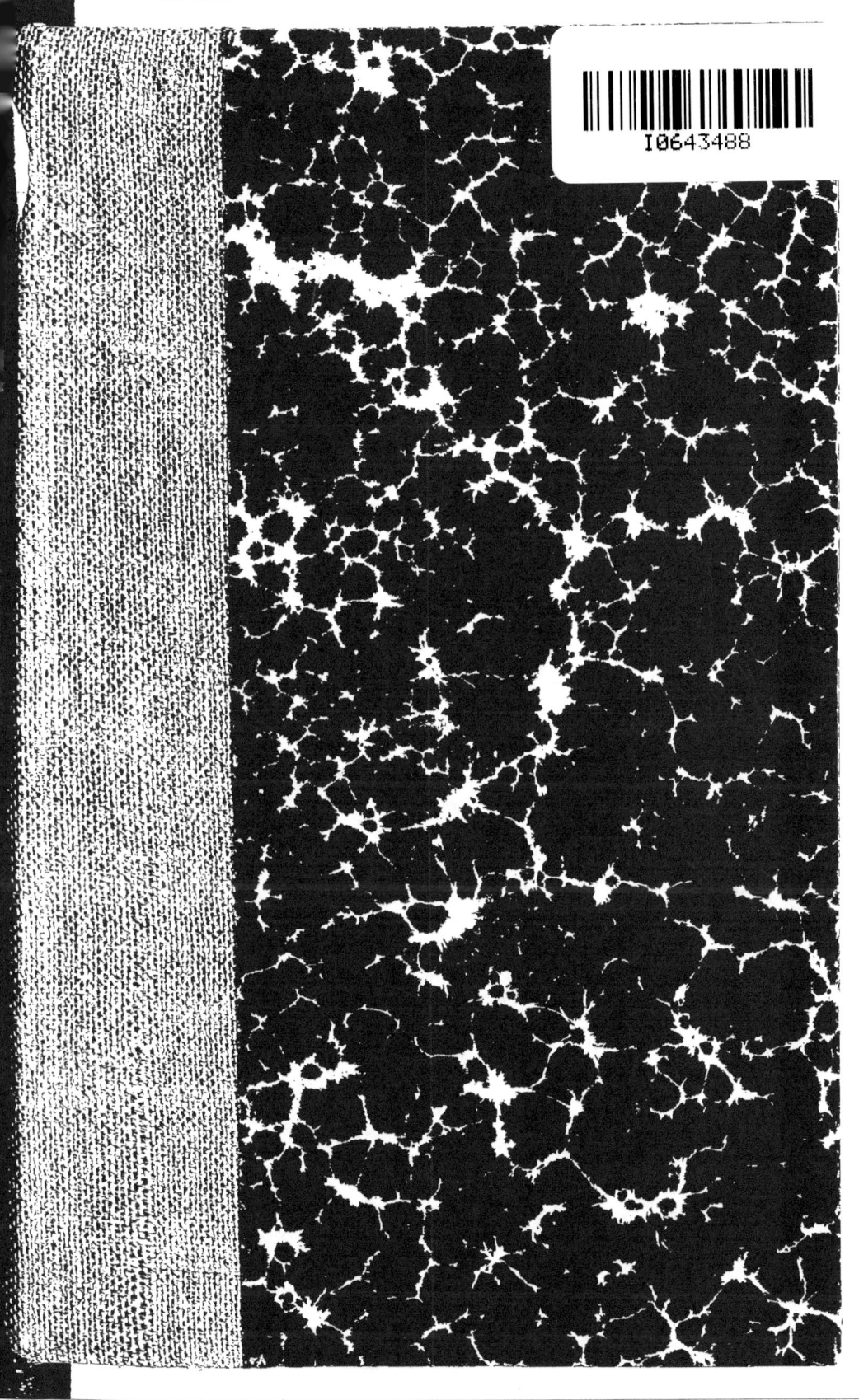

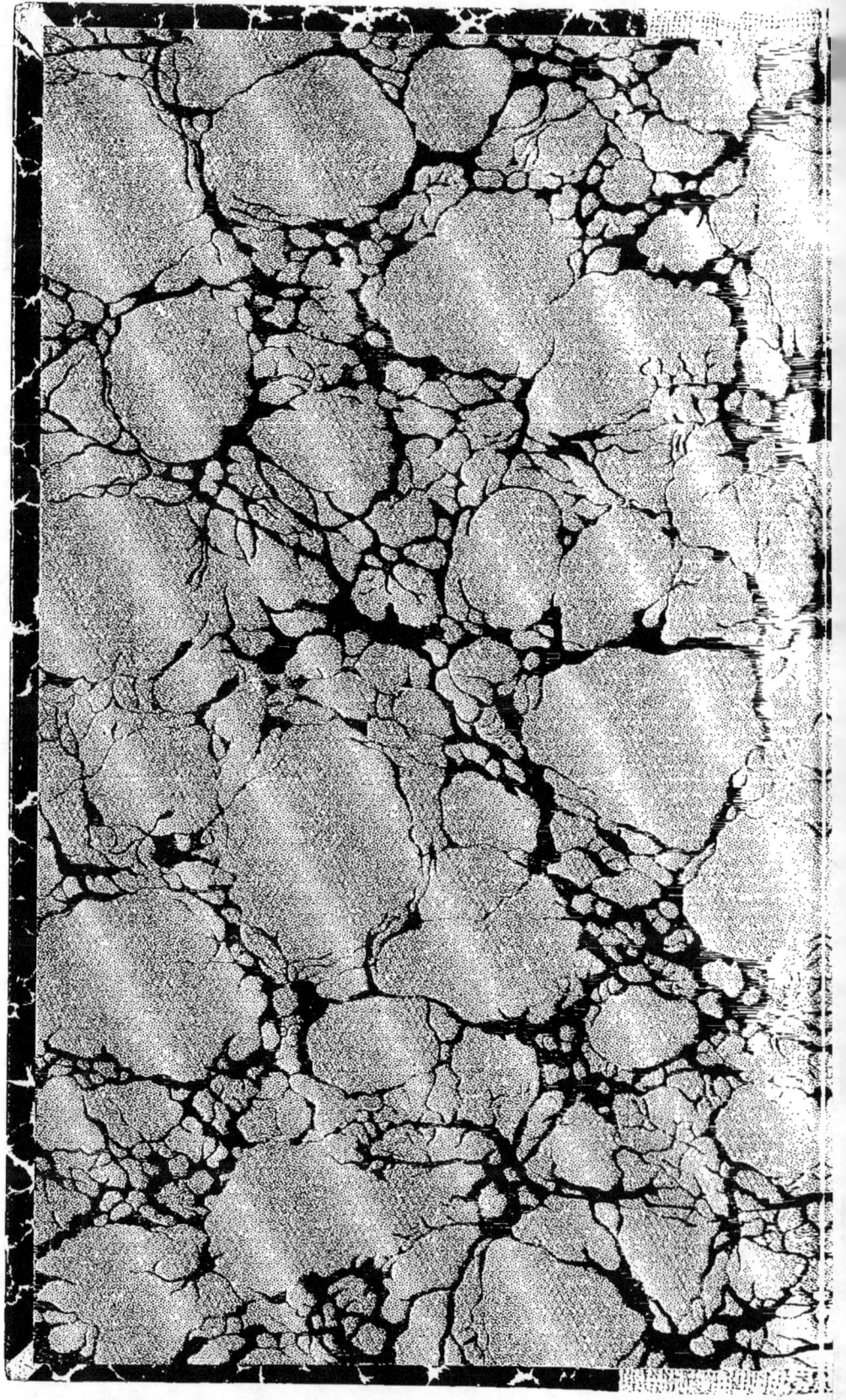

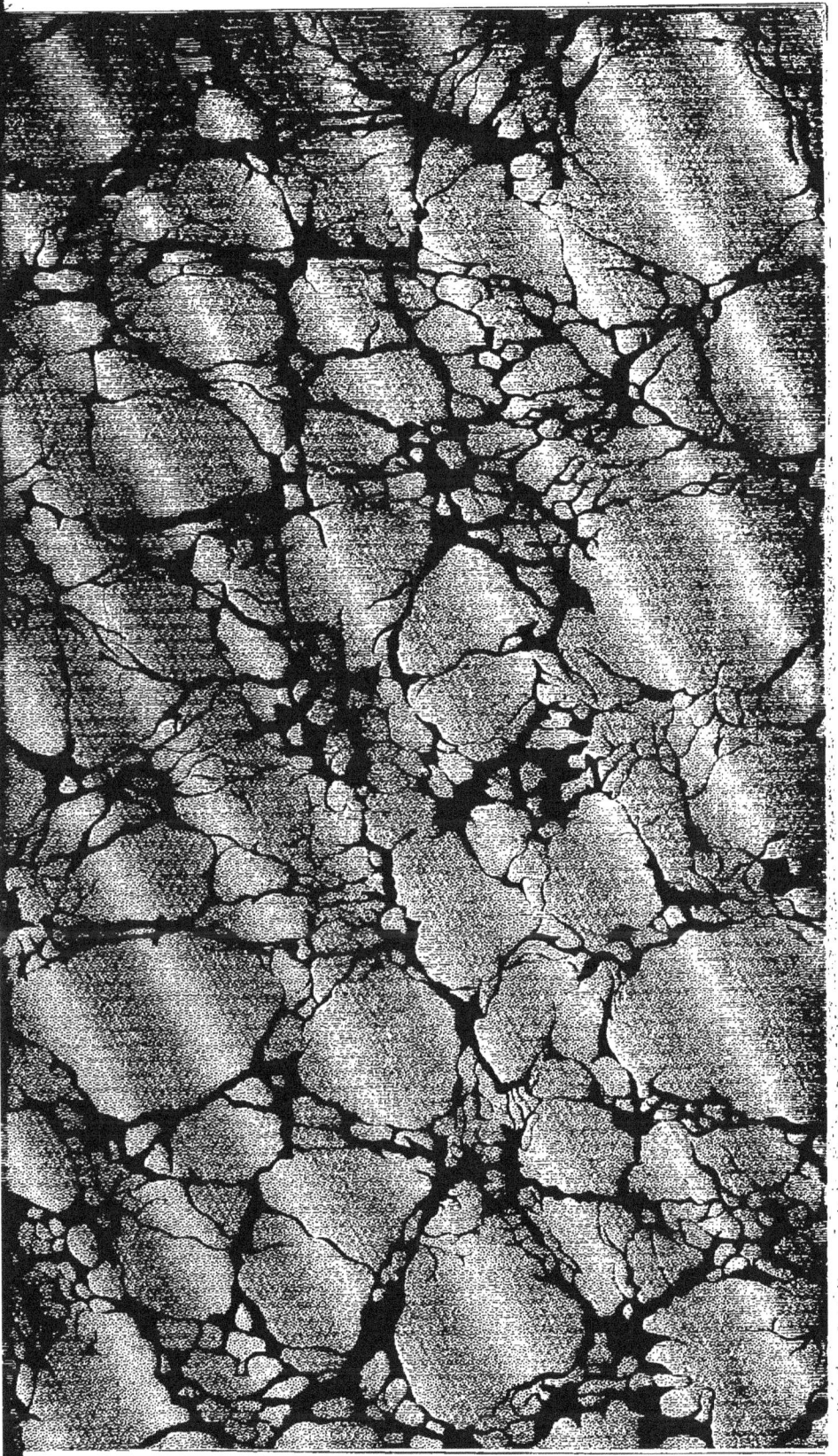

Mrs CRAIK

(MISS MULOCK)

UNE
NOBLE FEMME

ROMAN ANGLAIS

TRADUIT AVEC L'AUTORISATION DE L'AUTEUR

PAR

C. STRYIENSKI

« Sois fidèle jusqu'à la mort. »

PARIS
LIBRAIRIE HACHETTE ET Cie
79, BOULEVARD SAINT-GERMAIN, 79

UNE

NOBLE FEMME

Mrs CRAIK

(MISS MULOCK)

UNE

NOBLE FEMME

ROMAN ANGLAIS

TRADUIT AVEC L'AUTORISATION DE L'AUTEUR

PAR

C. STRYIENSKI

Sois fidèle jusqu'à la mort. »

PARIS

LIBRAIRIE HACHETTE et Cie

79, BOULEVARD SAINT-GERMAIN, 79

1884

A MA MÈRE

JE DÉDIE MON PREMIER TRAVAIL

C. S.

Paris, 25 janvier 1882.

UNE NOBLE FEMME

PROLOGUE

Il y a eu, pour chacun de nous, un moment dans la vie qui a décidé de notre existence. Au moment même, nous n'avons pas conscience du changement qui se fait en nous; mais il vient un jour où nous nous disons, soit avec reconnaissance, soit avec regret : « Si telle ou telle chose ne m'était pas arrivée, si telle ou telle personne ne s'était pas trouvée sur mon chemin, je n'aurais pas été ce que je suis. »

Pour moi, Winifred Weston, c'est à l'époque où j'entrai dans ma seizième année que je ressentis cette mystérieuse influence.

J'avais une passion, cette passion était absolument innocente. Je n'étais qu'une simple fillette, et l'objet de mon admiration, que dis-je? — de mon adoration — était une vieille dame de soixante-dix ans.

Une jeune fille éprise d'une vieille femme! n'est-ce pas ridicule? Eh! non, mes bons amis, pas autant qu'on pourrait le croire d'abord, et le cas est plus fréquent que vous ne pensez.

La première fois que je l'aperçus, c'était à l'église de Brierley, dont mon père venait d'être nommé vicaire. Je la vis entrer seule, sans domestique, bien que ce fût la dame du château ; elle se dirigea d'un pas lent et solennel vers un banc, dont les riches coussins rouges passés et fanés faisaient contraste avec ses vêtements noirs.

Je savais qui elle était. Nous n'étions à Brierley que depuis une semaine, mais c'était une personne dont on s'occupait assez pour que nous en eussions entendu parler. On m'avait dit que je la verrais à l'église, le seul endroit où l'on pût l'apercevoir, autrement elle ne se montrait jamais en public. On me l'avait décrite avec tant de minutie que je ne pouvais manquer de la reconnaître à première vue.

Je crois bien que, même sans cela, je l'aurais remarquée. C'était ma destinée, pauvre fille sans mère, de m'éprendre de cette belle vieille femme — lady de Bougainville !

Ce nom convenait bien à sa personne ; elle était si distinguée ! Je me rappelle toujours avec quelles délices je contemplais chaque trait de son pâle visage et combien j'admirais son grand air.

Elle était *aristocratique* dans la plus belle acception du mot ; il n'y avait en elle rien de hautain, rien de méprisant.

Lorsqu'elle chantait les répons, on remarquait qu'elle avait un léger accent étranger ; rien, d'ailleurs, ne révélait en elle une étrangère. Sa toilette était celle de toutes les veuves anglaises après quelques années de deuil ; ses robes étaient très simples, tout unies, mais faites avec de très riches étoffes, comme une personne de son rang et de sa fortune et qui n'avait pas d'héritiers pouvait en porter.

Car lady de Bougainville était veuve et elle avait perdu tous ses enfants. Elle vivait solitaire dans un grand château que son mari, sir Edouard de Bougainville, avait acheté et rebâti il y avait bien des années.

Elle ne s'en absentait jamais et ne recevait aucune visite. Telle avait été sa vie pendant plus de vingt ans, à ce que m'avait dit notre propriétaire bavarde ; tout le monde s'en étonnait dans le pays, et parlait soit avec pitié, soit avec envie de lady de Bougainville ; les uns la vénéraient, les autres la critiquaient.

Ceux qui la vénéraient étaient les pauvres, pour lesquels elle avait une charité sans bornes ; ceux qui la critiquaient étaient les gens riches du comté que, depuis longtemps, elle avait cessé de voir, et les nouveaux arrivants qu'elle ne cherchait pas à connaître. On s'indignait naturellement que le château de Brierley fût fermé, qu'on ne donnât pas de dîners dans la belle et antique salle à manger où, disait-on, Charles II avait fait un repas après une partie de chasse.

Les jeunes gens aussi regrettaient qu'on ne fît jamais de parties d'arbalète sur la grande pelouse, et qu'on ne donnât jamais de bal dans le fameux salon des tapisseries.

Autrefois, la vie avait été bien différente dans ce domaine. Pendant que sir Edouard faisait rebâtir le château, il habitait une maison voisine et y vivait selon sa fortune; sa femme voyait et recevait la meilleure société du voisinage. Toute la famille était très aimée; le père, cependant, était considéré comme un être à part, quelque peu sauvage et malade imaginaire; mais la mère était la reine de toute cette joyeuse société de Brierley. Elle devait bientôt céder la place, hélas! Après un grand bal, le maître du château avait été atteint d'une étrange maladie: on disait que sa tête était dérangée; il languit, loin de tous les regards, pendant plusieurs mois, et mourut. Une pierre commémorative en marbre blanc se trouvait dans l'église, au-dessous du banc où sa femme venait s'asseoir tous les dimanches.

Il y avait encore une autre tablette funéraire qui portait les noms de ses six enfants. Les uns étaient morts à l'étranger, les autres en Angleterre, tous, dans un espace de temps assez restreint, disparaissant, comme il arrive dans certaines familles, lorsque tout semble faire croire qu'elles revivront dans de nombreuses et belles générations. Quand je lisais la liste de ces noms, et que je contemplais ensuite la figure de la mère, je ne m'étonnais plus de la tristesse empreinte sur son visage.

Plus je la voyais, plus je sentais que je n'avais jamais vu et que je ne verrais jamais personne qui ressemblât à lady de Bougainville.

Jusqu'ici j'avais connu peu de femmes; dans la paroisse éloignée où nous avions vécu avant de venir à Brierley, il n'y avait que des fermes, et mon père m'en interdisait l'entrée. Il évitait, du reste, la société des femmes; car, il faut que je le dise une fois pour toutes : je n'avais plus de mère, et cependant ma mère n'était pas morte. Mon père m'avait élevée lui-même, et plus en garçon qu'en fille; au fond, j'aurais voulu être garçon; et je méprisai mon propre sexe, jusqu'au jour où je vis lady de Bougainville.

Elle était pour moi le type de la vraie femme, de la vraie mère; et tous ses enfants étaient morts!

Quand le service fut terminé, au bout de deux heures, il me semblait que je l'aimais depuis des années.

Elle descendit par le bas-côté, un peu avant tous les fidèles, quittant l'église non pas avec les gens de son monde, mais avec les pauvres qui la saluaient sur son passage

C'était une révélation pour moi que le sentiment que m'inspirait cette noble femme. Je revins à la maison pour penser à elle toute la journée, et pour rêver à elle toute la nuit; je dessinais son profil au milieu des chiffres de mon ardoise et sur les marges de mes cahiers. Je tenais mon esprit en éveil et mes oreilles ouvertes pour saisir au passage quelque renseignement qui la concernât; je n'osais pas faire de questions sur elle; j'étais aussi timorée que si j'eusse été un jeune homme, et lady de Bougainville mon premier amour. Ne vous moquez pas de moi, vous qui lisez ceci; c'est une si douce chose d'aimer pour la première fois. En vieillissant, nous aimons d'une façon plus tranquille et plus raisonnée, mais, même alors, c'est avec tendresse que nous pensons à nos affections d'autrefois.

Les semaines me semblaient interminables, et j'attendais avec impatience le dimanche pour la revoir. Je vivais ainsi, nourrissant une sorte de désir contenu, mais assurée du moins de le satisfaire au jour si longtemps attendu; car, par tous les temps, lady de Bougainville ne manquait jamais de venir à l'église.

Aujourd'hui encore, je ne sais pas du tout pourquoi elle fit attention à moi. C'est peut-être par pure bonté · de cœur, quand elle vit un jour que je n'étais pas à ma place habituelle et qu'elle demanda ce que j'étais devenue et qui j'étais.

Elle apprit que j'étais malade (j'avais la rougeole); alors, tous les jours elle fit prendre de mes nouvelles, et m'envoya des gâteries. C'étaient d'abord des fleurs et des fruits du château; puis, quelque petit oiseau lui ayant fait savoir qu'un pauvre vicaire n'a pas toujours une table aussi bien garnie que celle d'un ouvrier heureux, elle prit l'habitude de m'envoyer des gelées, des soupes et autres réconfortants. Quand je sus d'où tout cela me venait, je ne me sentis pas de joie, et il me sembla que l'on me nourrissait d'ambroisie.

Malgré tout, ma maladie traînait en longueur; il y avait cinq semaines que je n'étais allée à l'église, lorsqu'un lundi matin — oh! béni soit ce lundi! — mon père reçut une petite lettre écrite sur un papier d'une couleur tendre et scellée d'un petit cachet noir. Cette lettre, je l'ai encore :

« Lady de Bougainville présente ses compliments au révérend Henri Weston et lui serait très reconnaissante s'il voulait bien lui confier sa fille pour une semaine. On a toujours considéré le château de Brierley comme un endroit très sain, et lady de Bougainville a déjà vu bien des cas de longues convalescences qui auraient traîné moins de temps, si l'on avait songé à un changement d'air. Elle prendra le plus grand soin de l'enfant (ici le mot enfant était barré et remplacé par mademoiselle Weston), si M. Weston veut bien s'en séparer. La voiture l'ira chercher aujourd'hui ou demain — afin qu'elle ne se fatigue pas. »

J'étais dans le pays des rêves; la lettre tomba de mes mains tremblantes.

— Père, vous me permettrez d'aller, n'est-ce pas? m'écriai-je. Pas aujourd'hui peut-être (je voulais réparer un peu le désordre de ma garde-robe), mais demain. Faites dire que je serai prête à midi.

J'avais toujours fait toutes mes volontés; aussi mon père accéda-t-il à mon désir.

La seule pensée d'aller chez lady de Bougainville m'avait presque rendue à la santé; je nageais dans la joie. J'allais vivre sous le même toit que ma belle vieille dame, la voir tous les jours et lui rendre les différents petits services qu'une fillette peut rendre à une personne d'un certain âge.

Je faisais tous les efforts imaginables pour cacher à mon père cette joie débordante : je ne voulais pas lui laisser croire que ce fût un bonheur pour moi de le quitter.

Quoi qu'il en soit, lorsque je lui dis adieu aussi solennel-
lement que si je partais pour les antipodes, et lorsque je
me trouvai dans la voiture du château, je sentis que mon
cœur faiblissait un peu. Le luxe était une chose si nouvelle pour moi, j'en étais effrayée. « Après tout, me
disais-je, pour me rassurer un peu, ne suis-je pas de
très bonne famille ? mes ancêtres n'ont-ils pas possédé
des voitures aussi belles que celle-ci ? »

En passant par le village, je vis les gens ouvrir de
grands yeux; ils s'étonnaient de voir à cette heure la
voiture du château; tout d'abord, je m'assis bien droite
sur le rebord des coussins, pensant, avec un certain
plaisir, que chacun me verrait dans ce bel équipage;
mais je me reprochai cette vanité mesquine. Ne valait-il
pas mieux cacher mon bonheur au fond de mon cœur, et
m'enfoncer dans le coin le plus obscur ? Aussi je me
reculai en arrière, me disant avec un mélange de joie
et de fierté : « Personne ne le sait, personne ne le sait. »

Il me semblait que l'univers entier m'envierait, s'il
savait que j'allais passer quelques jours chez lady de
Bougainville.

Nous arrivâmes à la loge du portier. En entrant dans
le parc, je crus pénétrer dans quelque lieu enchanté.

Je fus reçue à la porte du château par une agréable
femme de chambre, qui me sourit d'un air amical.

— Madame m'a dit, mademoiselle, de vous conduire
dans votre chambre, pour que vous vous y reposiez jusqu'à l'heure du dîner. Je vais vous apporter une tasse de
thé.

Elle me fit passer par une grande salle que je traversai sans rien voir, tant j'étais intimidée; je montai un bel escalier et je me trouvai dans une chambre à coucher bien chauffée, où brillait un feu de cheminée.

Jamais je n'avais rien vu d'aussi luxueux. Je passai, pour m'amuser, l'inspection des flacons mystérieux et des miroirs de toutes sortes qui remplissaient cette chambre. Le lit était si riche et si beau qu'il me sembla que je ne pourrais jamais y dormir.

Je me mis à déballer ma garde-robe, et je la rangeai de mon mieux dans les différentes armoires et commodes. Je m'étendis ensuite sur le canapé et je contemplai le feu en me disant que lady de Bougainville avait bien fait de me laisser seule jusqu'au dîner. Au bout d'une heure je me fatiguai de rêvasser, et je commençai à mourir d'envie de voir autre chose que ma chambre.

J'entr'ouvris la porte et j'allongeai le cou, aussi timide qu'une jeune souris qui va courir le monde. Tout était silencieux ; qui m'empêchait de pousser une pointe jusque dans l'escalier pour le regarder à mon aise ?

C'était une superbe construction que cet escalier, je m'appuyai sur la balustrade en chêne sculpté et vis d'abord le plafond circulaire où des amours tenaient des couronnes de fleurs, et puis les larges marches polies qui tournaient peu à peu d'un mouvement grandiose et superbe : je pensai aux charmantes femmes qui avaient monté et descendu cet escalier avec leurs robes à grandes queues et leurs hautes coiffures — semblables à celle du portrait de mon arrière-grand'mère — et je m'imaginais que

dans ce temps-là on était plus beau moralement et
physiquement qu'on ne l'est aujourd'hui.

En descendant, je regardai à droite et à gauche de la
grande salle qui occupait tout le centre de la maison,
d'une porte à l'autre. A chaque extrémité, le jour pénétrait par de grandes fenêtres à vitraux. Au centre se dres-
saient des colonnes de marbre ; les murs étaient décorés
de figures pompéiennes.

Peu à peu, à mesure que je faisais connaissance avec
cette splendide demeure, je me figurais que l'âme de
mon arrière-grand'mère était entrée dans la mienne ; je
pensais, sotte fillette que j'étais, que si seulement j'avais
une queue à ma robe, je pourrais monter le bel escalier
avec autant de grâce et de majesté qu'elle. J'étais tellement absorbée dans ce rêve enfantin que je me redressai
de toute ma hauteur, arrangeant les plis de ma méchante
robe de coton, et tâchant de me figurer que j'étais une
de ces belles dames du temps passé.

Tout à coup une porte s'ouvrit, et je vis lady de Bougainville qui s'avançait de mon côté.

— Que faites-vous donc là, ma petite amie ? me demanda-t-elle, et où alliez-vous ?

J'étais toute confuse et, à l'heure qu'il est, quand je
me rappelle mon trouble, je me fais encore pitié à moi-
même.

— Je n'allais nulle part, madame, répondis-je sans
hésiter.

Elle sourit et me demanda avec la meilleure grâce du
monde des nouvelles de mon père ; mais je voyais bien

qu'elle voulait savoir comment je me trouvais ainsi hors de la chambre qu'on m'avait assignée. Elle insista; et j'avais certainement conscience de la sottise d'un pareil aveu, néanmoins je lui dis tout naïvement que j'essayais de monter l'escalier comme si j'avais une queue à ma robe et que je m'imaginais être mon arrière-grand'mère.

— Qui était votre arrière-grand'mère? me demanda-t-elle.

— C'était une femme très belle, je crois, et très riche.

— Mais, je croyais que votre famille était pauvre!

— Maintenant, oui, mais elle ne l'a pas toujours été.

Je lui racontai une ou deux histoires du temps de la grandeur des Weston qui avaient toujours fait mes délices. Elle les écouta sans paraître s'y intéresser bien vivement et reprit :

— Et votre arrière-grand'mère?

— C'était, répétai-je, une femme très belle; elle vivait dans une maison qui, je suppose, devait ressembler beaucoup à la vôtre. J'étais à me demander ce qu'elle devait éprouver dans une semblable demeure.

— Vraiment. Dites-moi donc, Winifred, voudriez-vous être votre arrière-grand'mère ?

— Pour certaines choses, oui, madame; mais je ne voudrais pas lui ressembler en tout.

— Pourquoi donc?

— J'ai entendu dire qu'elle n'avait pas été heureuse.

— Peu de femmes le sont, me dit-elle, avec un léger soupir qui m'étonna autant que ses paroles.

Naturellement, je ne répondis rien; elle changea

alors de conversation et me parla de ma santé et de ce
qu'elle comptait faire pour moi. Dans tout ce qu'elle me
disait, on sentait une tendresse maternelle. Je ne savais
pas ce que c'est qu'une mère ; mais j'avais assez de bon
sens pour deviner instinctivement, sans le savoir d'avance,
que celle qui me parlait ainsi avait eu plusieurs enfants.
Ses yeux, en me regardant, avaient une expression tendre
et triste, comme s'ils cherchaient à retrouver une autre
personne dans la personne qu'ils contemplaient. Certaines femmes ont cette expression toutes les fois qu'elles
regardent un enfant ; elles semblent se souvenir de ceux
qui sont morts ou peut-être se représenter ceux qui ne
sont jamais nés.

J'étais trop jeune pour comprendre le caractère de cette
noble femme et je crains bien, en écrivant ces souvenirs,
de reproduire des observations faites quelques années
après, plutôt que mes impressions du moment ; mais,
tout enfant que j'étais, je pouvais apprécier ce qu'il y
avait de bon et de sincère en elle.

Elle me reprocha de n'avoir pas obéi à ses ordres et
d'avoir quitté ma chambre ; d'abord, elle ne prêta qu'une
oreille distraite à mes excuses, mais je m'aperçus que
ma naïveté l'amusait et qu'elle comprenait mon impatience de parcourir une aussi belle maison, la plus
grande et la plus magnifique que j'eusse jamais vue.

— Vous avez dû mener une vie bien tranquille, mon
enfant, me dit-elle. Comment était la maison où vous
avez été élevée?

— Je n'ai jamais eu pour maison que des appartements garnis; vous ne savez pas ce que c'est que de passer des mois et des années dans des appartements garnis!

Elle sourit.

— Alors, vous n'avez jamais connu que la pauvreté, ma chère?

— Oui, madame.

— Voilà une réponse qui me fait plaisir. Il n'y a pas de honte à être pauvre quand on ne rougit pas d'avouer sa pauvreté. Malgré tout, c'est quelquefois bien dur à supporter.

— Oh! oui, m'écriai-je, ravie de trouver en elle une sympathie, sur laquelle je ne comptais pas; je n'aime pas la pauvreté, mais je la supporte.

— *Pauvre petite!* me dit-elle en français. Mais à peine avait-elle prononcé ces paroles qu'elle se détourna. Je ne sus que longtemps après qu'elle avait l'habitude de parler français à ses enfants.

Tout d'un coup elle prit un ton sévère qui m'étonna.

— Ainsi vous êtes pauvre, me dit-elle, et vous voudriez être riche; ne dites pas non, je n'aime pas la fausseté. Dites-moi franchement, petite sotte, que vous voudriez être à ma place et vivre dans ce château. Vous vous imaginez que je dois être heureuse!

Il y avait de l'ironie dans sa voix; j'étais tout effrayée; mais elle s'aperçut bien vite qu'elle parlait à une enfant et que je ne pouvais rien comprendre à ce qu'elle disait.

— Ne rougissez pas ainsi, me dit-elle, vous n'avez rien fait de mal, ma petite, quand même vous vous seriez imaginé que vous allez hériter de ma fortune. A votre âge, je

comprends qu'on ait ces idées-là. Seulement si jamais ce
beau rêve devenait une réalité, je vous plaindrais de tout
mon cœur.

— Vous me plaindriez!

Elle posa sa main sur mon épaule et me regarda bien
en face avec ses grands yeux sombres.

— Voyons, me dit-elle, écoutez-moi afin que vous sachiez bien quelles seront nos relations. Jusqu'ici, le seul
lien qui existe entre nous est l'intérêt qu'une femme de
soixante-dix ans peut porter à une jeune fille de seize ans;
mais je vois que vous avez beaucoup d'imagination, et je
tiens à vous avertir, Winifred : ne bâtissez pas de châteaux
en Espagne, n'allez pas vous imaginer que, pour vous
avoir invitée à venir passer ici le temps de votre convalescence, j'aie l'intention de vous adopter et de faire de
vous mon héritière.

— Madame! m'écriai-je.

Je n'étais qu'une enfant, mais j'étais tellement exaspérée
que je sentais en moi toute l'énergie d'une femme; je demeurai immobile pendant une minute et je sentis ma colère s'enflammer de plus en plus; aussi, je partis comme
une flèche et, en un clin d'œil, je fus en haut de l'escalier.

— Winifred, où courez-vous?

— Je vais chercher mon chapeau; je veux retourner
chez mon père.

Mais l'effort que je fis pour parler me fit éclater en
sanglots, je n'eus que le temps de gagner la porte de
ma chambre et d'aller me cacher le visage dans les coussins du canapé.

Je ne sais combien de temps je demeurai dans cet état ; ce dont je me souviens, c'est que, lorsque je revins à moi, je sentis une main fraîche sur ma tête et que j'entendis une douce voix m'appeler. Lady de Bougainville était debout près de moi ; elle avait l'air grave et attristée.

Elle me tendit la main en souriant.

— Je me suis trompée, je le vois, ne vous faites pas tant de chagrin ; une vieille femme ne peut-elle pas plaisanter, quand l'envie lui en prend ?

— C'était donc une plaisanterie ? Vous n'avez jamais pu penser que j'étais venue ici avec ces idées-là ? Vous ne me croyez pas capable d'une pareille bassesse ? Je ne dis pas que je n'aimerais pas à être aussi riche que vous, mais soyez sûre que jamais je ne vous ai envié vos richesses. Gardez-les, je les méprise.

— Moi aussi je les méprise, me dit-elle doucement. Je ne pouvais pas comprendre pourquoi elle me disait cela.

Elle n'ajouta pas un mot ; elle se tint près de moi, attendant la fin de la crise.

J'étais encore trop faible pour supporter une pareille secousse ; je ne pus descendre pour le dîner, ni même bouger de mon canapé. Lady de Bougainville prit soin de moi, sans demander le secours d'une servante ; je me rappelle vaguement qu'elle me fit avaler quelque médecine et qu'elle me mit dans mon lit elle-même, comme si j'avais été un bébé ; il faisait grand jour le lendemain matin quand je me réveillai.

Ce fut un réveil délicieux. Ma fenêtre était au levant

et le soleil pénétrait dans ma chambre; dehors, les oiseaux chantaient leurs joyeuses chansons avec un entrain tout particulier.

Je me sentais fatiguée et j'étais à peine remise; mais je ne restai pas au lit; j'étais déjà toute prête quand j'entendis frapper à ma porte. C'était la servante qui m'apportait mon déjeuner.

— Madame fait demander, me dit-elle, comment vous allez, mademoiselle; elle vous prie de rester dans votre chambre jusqu'à midi.

Je fus peu charmée de cette captivité forcée, mais j'obéis et je ne sortis de ma chambre que lorsque la pendule de la cheminée eut frappé douze coups.

Alors, heureuse, je pris la clef des champs; mais j'eus comme un remords en me rappelant ce qui s'était passé. Je me consolai en pensant que ce petit incident avait eu cet heureux résultat de rompre la glace entre mon idole et moi.

Je descendis l'escalier raisonnablement, sans faire de mines comme la veille, et, lorsque je vis lady de Bougainville entrer par la porte du jardin, je sentis mon cœur battre; j'éprouvais un mélange de plaisir et de crainte, mais je sentais bien que si mon cœur battait, c'était de tendresse.

Elle s'avança en souriant; je la trouvai un peu réservée. Ce ne fut que plus tard qu'elle me montra toute l'étendue de son affection.

Il y a des gens qui vous disent : comment vous portez-vous? et qui n'attendent même pas qu'on leur réponde.

Mais elle, c'était bien différent; elle semblait réellement s'intéresser à vous.

Elle me fit une ou deux questions au sujet du petit incident de la veille; mais, me voyant confuse et honteuse, elle cessa d'en parler et reprit la conversation juste au point où nous l'avions laissée.

— Vous désiriez voir ma maison, me dit-elle, voulez-vous que je vous la montre? Nous avons tout le temps avant le lunch.

— Cela ne vous fatiguera-t-il pas trop? lui demandai-je.

J'avais remarqué qu'elle était très pâle et que le cercle bleu qui cernait ses yeux était plus marqué; elle avait l'air d'avoir veillé toute la nuit.

— Seriez-vous fatiguée vous-même, Winifred?

— Oh! non, madame.

— Alors, ne vous inquiétez pas de moi. Lorsque j'étais jeune, on me disait que j'étais une Spartiate, ajouta-t-elle en souriant, et, malgré mon âge, je tâche encore de l'être. Ce serait odieux pour moi de devenir une de ces vieilles femmes malades et radoteuses. J'espère pouvoir réussir à mourir comme ce grand philosophe de l'antiquité qui, sa dernière heure venue, se leva de son siège en disant qu'il mourrait debout.

Je pensais bien qu'elle en serait capable, à la voir si droite et si ferme.

J'ajoutai, quelque peu fière de montrer mon érudition, qu'il était très beau de mourir comme Macbeth avec son harnais sur le dos. Lady Bougainville sembla s'amuser de ma réflexion.

— Vous avez lu Shakespeare, je vois ?

— Oh ! j'ai lu tout.

— Voilà un grand mot. Moi, je n'ai pas lu tout ce que j'aurais dû lire dans ma vie. Je ne suis pas une personne instruite. Mais venez, ma maison vous intéressera plus que mon bavardage.

— Aimez-vous beaucoup votre maison, madame ?

— Je n'en sais trop rien ; tout ce que je puis vous dire, c'est que j'aime à avoir autour de moi de belles choses ; ce fut de tout temps une agréable société pour moi ; maintenant c'est la seule que j'aie.

C'était donc bien vrai qu'elle ne recevait personne et que j'étais tout à fait privilégiée, je pouvais à peine croire à mon bonheur. En me promenant de chambre en chambre avec elle, j'écoutais avec délices tout ce qu'elle me disait, et je me croyais au septième ciel.

Sa maison portait partout l'empreinte de celle qui l'habitait et semblait ne faire qu'un avec elle.

C'était une demeure comme on en bâtissait à la campagne il y a un ou deux siècles, dans lesquelles le confort n'était pas sacrifié au luxe et au goût artistique.

La maison était carrée ; aux quatre coins se trouvaient des salons, et au centre la grande salle. On aurait pu dire que ce n'était pas une maison très pittoresque, mais c'était ce que j'appelle une honnête maison, dans laquelle tout est réel et solide, une maison bien bâtie, bien aérée, avec des plafonds élevés et de vastes corridors. Les fenêtres étaient grandes, les murs solides et les foyers larges et hospitaliers ; tout y était à souhait pour une grande et heureuse famille qui aime à recevoir. Et pourtant lady de Bougainville y demeurait toute seule!

Lorsque nous montâmes le bel escalier, elle me fit remarquer les superbes sculptures des balustrades, les panneaux peints et les plafonds décorés avec tant de goût; elle me raconta que toutes les peintures étaient recouvertes de plâtre, quand elle avait pris possession de la maison, et qu'elle avait eu toutes les peines du monde à les nettoyer et à les restaurer.

— Je suis sûre que vous trouvez la maison très grande pour une femme toute seule; mais je ne m'y sens pas seule du tout. Quand on arrive à soixante-dix ans, on a toujours, que l'on soit seule ou non, tout un monde d'amis autour de soi.

Puis, voyant sans doute que j'avais l'air effrayée, elle m'assura qu'elle ne voulait pas parler de fantômes ou de revenants.

— Ma maison n'est pas hantée, Winifred, je vous en réponds; vous ne verrez pas apparaître les amis dont je vous parle; de plus, vous avez trop de raison déjà pour vous montrer sotte comme une enfant. Quel âge avez-vous donc à propos? Vous me l'avez dit, mais je l'ai oublié.

Je lui dis que j'avais seize ans.

— Je me suis mariée le jour où j'avais seize ans, reprit-elle en demeurant pensive.

Je mourais d'envie de lui en demander davantage, de savoir quel était son nom de demoiselle, quelle figure avait son mari et comment ils s'étaient aimés.

Mais je sentis bien vite que c'eût été la blesser, et j'attendis qu'elle en vînt d'elle-même à me faire ces révélations.

Je résolus donc de me contenter de l'écouter parler, ce qui était un grand charme pour moi. Sa conversation n'avait rien d'apprêté, rien d'affecté; cependant, en l'entendant, on aurait pu dire d'elle qu'elle parlait comme un livre. Je pense qu'elle s'exprimait ainsi, comme on écrit, parce qu'elle avait été si longtemps isolée. C'était inné en elle comme son exquise distinction; converser avec elle et ensuite avec les gens du commun, c'était tomber d'aussi haut que de passer de Shakespeare à un journal quotidien.

Après le lunch, nous allâmes dans la fameuse salle des tapisseries, et là lady de Bougainville jouit vraiment de mon admiration. Elle me fit toute l'histoire de ces tapisseries qu'on avait découvertes par hasard sous une tenture des plus ordinaires; on avait aussi trouvé six splendides panneaux admirablement conservés.

— Combien vous avez dû être heureuse de cette découverte! lui dis-je.

— Oui, bien heureuse; j'aimais les vieilles choses et, de plus, ajouta-t-elle, ces tapisseries ont une très grande valeur; il se pourrait que les cartons qui ont servi à les faire fussent de Van Dyck, elles rappellent sa manière. Voyez comme tous ces chevaliers et ces dames, ces chasseurs et ces fauconniers sont habilement dessinés!

— Que représentent toutes ces scènes, madame?

— On ne le sait pas; jamais on n'a pu le deviner. Mais ce pourrait être l'histoire de Christophe Colomb. Voyez cet homme qui s'avance vers un roi et une reine dans lesquels on a cru reconnaître Ferdinand et Isabelle. Combien il est triste de penser que les noms de ceux qui ont fait cet admirable ouvrage de patience sont oubliés et que nous ne pouvons même pas savoir ce qu'ils ont voulu représenter! Tout passe. « *L'homme n'est qu'une ombre, c'est en vain qu'il s'inquiète.* »

— Oui, dis-je, et pour montrer que je connaissais la Bible, je finis le reste du verset, j'ajoutai étourdiment : « *Il entasse des richesses et ne sait à qui elles reviendront.* »

A peine avais-je fini ma phrase que je sentis que j'avais manqué de tact, et, un manque de tact, on se le reproche autant qu'une mauvaise action.

Je m'aperçus que, sans le vouloir, j'avais fait une peine cruelle à lady de Bougainville.

Je vis comme une ombre grise passer sur son visage; elle se détourna, s'assit soudain près de la fenêtre, serrant ses bras contre sa poitrine et regarda la vue; puis elle se remit peu à peu, comme si la beauté du coucher du soleil avait calmé sa douleur.

Quelques instants après, je me hasardai à lui demander, pour rompre le silence, de me montrer sa chambre à coucher. Elle m'y conduisit par un petit escalier qui donnait dans la salle des tapisseries. Je fus surtout surprise de voir son lit qui était dressé au milieu de la chambre immense, comme un catafalque, avec des marches et un dais.

Je lui demandai timidement si elle couchait réellement dans cette chambre.

— Oui, me répondit-elle, les serviteurs habitent une autre partie de la maison. L'hiver dernier, pendant que j'étais malade, ma femme de chambre voulait coucher ici ; mais je ne l'ai pas laissée faire. J'aime mieux être seule. A soixante-dix ans, et elle sourit, on sent moins la solitude qu'à seize ans.

— Vraiment, vous n'avez pas peur, madame ?

— De quoi aurais-je peur ? de moi-même ou de ces fantômes amis dont je vous ai parlé ? Vous verrez, mon enfant, quand vous serez aussi vieille que moi, qu'il faut bien se résigner à la solitude. Car il arrive un moment où nous vivons seuls, et c'est toujours seuls que nous quittons ce monde. Qui nous accompagne dans notre dernier voyage ? Avons-nous jamais pu suivre les personnes que nous chérissions ? Tout ce que nous pouvons faire, c'est de les porter dans nos bras jusqu'au rivage affreux et de les voir partir sans jamais savoir où elles aborderont.

— Mais, dis-je tout bas, Dieu le sait !

Lady de Bougainville tressaillit, comme si ces naïves paroles avaient fait la lumière dans son esprit.

— Oui, vous avez raison, me dit-elle avec conviction. Puis, me montrant son grand lit, elle ajouta : C'est là que je couche chaque soir, tout heureuse de penser qu'il viendra un jour où je me coucherai pour ne plus me relever.

Je fus terrifiée.

Pour me remettre, je fis le tour de la chambre, et je regardai les tableaux suspendus au mur. C'étaient des portraits de toutes sortes, à l'huile, au pastel et au crayon, représentant des personnes de différents âges.

—Ce sont mes enfants, me dit-elle devinant que ma curiosité devait être satisfaite.

— Et où est leur père? avais-je envie de demander; je m'étonnais de ne pas voir le portrait de sir Edouard de Bougainville au milieu de ceux de ses enfants.

Nous nous séparâmes pour nous habiller pour le dîner; j'eus bientôt fini ma toilette, anxieuse que j'étais de continuer ma promenade dans la maison; quand je redescendis, j'entrai, sans le savoir, dans la seule chambre que je n'avais pas encore vue, la salle à manger; j'y vis un grand portrait à l'huile qui était éclairé par le feu du foyer.

— Qui est-ce? demandai-je à un domestique qui mettait la table.

— C'est sir Edouard, mademoiselle, le mari de madame.

— C'est juste, dis-je en essayant de prendre un air indifférent. Puis, je quittai la chambre en toute hâte, me sentant peu rassurée devant ce respectable valet de pied.

Mais, en vérité, rien ne m'avait jamais tant étonnée que cette découverte. D'abord, sir Edouard était en robe ecclésiastique et je lui trouvais une figure commune, une de ces physionomies qui ne disent rien — correctes mais inintelligentes. Je me disais aussi que c'était peut-être la faute du peintre: la pose du modèle et l'arrangement des accessoires révélaient bien un artiste médiocre; mais j'avais la ferme conviction que Titien lui-même n'aurait jamais réussi à donner de l'intérêt à ce front arrondi, à ce long menton et à cette bouche de lapin qui souriait avec complaisance.

Etait-il possible que ce fût là le mari de la belle lady de Bougainville ?

Je vis que c'était un portrait qui lui avait été offert; car, sur le cadre il y avait cette inscription : *Hommage d'admiration, les fidèles de l'église de *** de Dublin.*

J'en conclus que sir Edouard était Irlandais et je m'avisai qu'il avait tout à fait le type irlandais. Je faisais mille autres suppositions et je grillais de faire des questions, mais c'était impossible.

A dîner mon hôtesse s'assit le dos tourné au portrait et moi juste en face d'elle. La lumière des bougies brillait sur son visage aux tons doux et délicats; je ne pouvais me lasser de l'admirer. Elle en était arrivée à cette époque de la vie où la plus belle femme n'a plus aucun éclat si ses traits ne révèlent pas une belle âme et plus que jamais, ce soir-là, je remarquais en elle cette beauté morale que je ne pouvais découvrir dans le portrait de son mari.

Lorsque nous nous levâmes de table, lady de Bougainville me prit par le bras, et nous traversâmes la grande salle pour aller dans le salon dont les boiseries étaient de cèdre; c'est là que nous passâmes la soirée, bien paisiblement. Elle prit un livre et m'en donna un ; jusqu'à l'heure du coucher nous lûmes sans dire un mot.

Quand je me retirai — de très bonne heure, sur son ordre — elle m'embrassa sur les deux joues avec tendresse. Ce baiser me fit frissonner de joie et de plaisir, je me figurai alors le bonheur d'un jeune chevalier, vainqueur dans la lutte, lorsqu'il reçoit pour la première fois le gage d'amour de sa bien-aimée.

Lorsque je fus seule dans ma chambre, je fus si heureuse qu'au lieu de dormir je me mis à réfléchir sur le changement qui s'était produit dans mon existence, et je ne pus me défendre de penser à mon père qui n'avait pas, comme moi, une belle chambre confortable; hélas! tout lui était indifférent, il ne tenait plus à rien; mais moi, j'aurais bien voulu avoir toujours ce luxe autour de moi!

J'étais perdue dans mes rêveries depuis plus d'une heure, lorsque j'entendis frapper trois légers coups à ma porte; c'était lady de Bougainville; en la voyant entrer vêtue d'une grande robe de flanelle grise qui la faisait ressembler à une nonne, je poussai un cri d'effroi.

— Petite sotte, pourquoi ne vous couchez-vous pas? A votre âge, vous devriez dormir depuis longtemps; que faisiez-vous donc?

— Rien de mal, je pensais...

— A quoi pensiez-vous donc?

— Je regrettais ma pauvreté et me demandais comment je pourrais bien faire pour devenir aussi riche que vous.

Elle tressaillit, comme si quelqu'un l'avait touchée d'une main froide et glacée.

— Qui vous a dit que j'étais riche?

— Personne, répondis-je sans hésiter.

Mais j'étais tellement exaltée que je me mis à lui

parler, sans trop savoir ce que je disais, de son opulence, de son luxe, et de l'envie qui me dévorait d'être riche comme elle.

Lady de Bougainville me voyant dans cet état, au lieu de m'envoyer au lit, s'assit près de moi et me prit la main.

— Ainsi donc, me dit-elle, vous aimeriez à avoir une fortune comme la mienne et à en jouir comme j'en jouis. Pauvre enfant ! Je ne peux souffrir que vous ayez des idées aussi fausses : je vais vous raconter une histoire.

J'espérais qu'elle allait me raconter l'histoire de sa vie, mais non, c'était simplement une petite fable. Il s'agissait d'un berger devenu vizir à la cour d'un calife ; on l'accusait d'avoir volé les trésors de son maître et de les tenir cachés dans une boîte de bois qui ne le quittait jamais. A la fin, pressé par les ennemis du vizir, le calife voulut absolument savoir la vérité. Il rassembla tous ses courtisans pour faire ouvrir, en leur présence, la boîte mystérieuse. Il n'y trouva qu'un vieil habit de laine tout déchiré, des sandales de berger et une houlette.

— Eh bien ! Winifred, voulez-vous faire comme le calife et les courtisans envieux ? Voulez-vous venir voir mon trésor caché ?

Elle me conduisit dans sa chambre ; au pied de son lit, caché sous un coussin de velours rouge, se trouvait un petit coffre. Elle l'ouvrit et je vis... devinez quoi ?... Une robe de basin blanc, trois petits jupons de calicot lilas, deux paires de souliers de garçon en très mauvais état et une paire de pantalons usés jusqu'à la corde.

C'était tout. Je regardais cette boîte, comme j'aurais regardé un cercueil, mais je ne disais pas un mot; je voyais à son visage qu'il valait mieux ne pas parler. Elle referma silencieusement la boîte et replaça le coussin rouge, avec une tendresse touchante, comme si elle eût couvert un berceau; puis elle me prit par la main et me reconduisit dans ma chambre.

— Allez dormir maintenant, Winifred, mais ne pensez plus à la fortune et ne m'enviez plus mes richesses.

CHAPITRE PREMIER

LE VICAIRE DE DITCHLEY

J'ai recueilli assez de renseignements sur lady de Bougainville, soit dans mes conversations avec elle, soit de la bouche des gens de son entourage, pour pouvoir raconter son histoire. Je me reporte donc à cinquante ans en arrière, et je vais tâcher de retracer les phases de cette belle existence.

Il y a plus d'un demi-siècle, le révérend Edouard Scanlan fut nommé vicaire de la paroisse de Ditchley, petite ville de l'ouest de l'Angleterre.

Son supérieur immédiat, le recteur Henri Oldham, était un vieillard, dernier rejeton d'une grande famille. Il était entré dans les ordres un peu à contre-cœur ; ses goûts ne l'y portaient pas, et il avait dû céder à des convenances de famille. Ce ne fut qu'assez tard qu'il hérita de toutes les richesses accumulées par les siens, hélas ! un peu trop tard, car Henri Oldham était déjà un vieux garçon endurci, quand il recueillit cette grande fortune. Il n'alla pas demeurer dans les biens de ses pères au manoir d'Oldham ; il loua le château à des étrangers et con-

tinua de vivre modestement dans son presbytère, habitation charmante entourée d'un beau jardin qui était toute
sa joie et où il avait, disait-on, dépensé des sommes
folles.

De temps en temps il officiait au temple et prêchait un
sermon de quinze minutes, régulièrement, une fois par
mois; voilà en quoi consistait tout son travail de pasteur.

En dehors de cela, il se reposait entièrement sur son
vicaire. Son nouveau suppléant était un jeune Irlandais.
M. Scanlan — on le vit bientôt à Ditchley — avait eu
beaucoup de succès dans son pays comme prédicateur.
Dès le premier dimanche, il transporta ses auditeurs qui,
jusqu'ici, avaient coutume de dormir aux prêches de l'ancien vicaire. M. Scanlan ne lisait pas son sermon, il im-
provisait, ce qui était une grande nouveauté. Sa voix était
sonore et énergique, ses phrases se suivaient sans peine,
elles coulaient de source. Ses beaux yeux d'un bleu foncé
produisaient une grande impression. Il était petit de
taille, mais les dames de Ditchley n'en proclamèrent pas
moins tout de suite que c'était un fort bel homme.

Un dimanche ou deux après, on ajouta que c'était un
homme très intelligent, uniquement peut-être parce qu'on
avait conçu une si favorable opinion de sa personne. Une
chose certaine, c'est que les sermons de M. Scanlan ne
ressemblaient en rien à ceux de son prédécesseur. Il présentait les sujets sacrés d'une façon très vive et les traitait avec la plus grande aisance, il empruntait ses com-
paraisons à la poésie et souvent étouffait son idée, s'il en
avait une, sous la profusion de ses fleurs de rhétorique.

Parfois, il tombait dans l'excès contraire et scandalisait son auditoire par le terre à terre de ses rapprochements. Mais on lui pardonna bientôt ces quelques erreurs ; un homme qui parle tant et avec une si grande éloquence peut laisser échapper quelquefois un mot de trop ; puis, il acceptait si humblement la critique qu'il désarma bien vite tout le monde. Surtout lorsqu'on remarqua que le recteur avait le bon goût de ne jamais prendre parti pour ou contre son vicaire.

M. Oldham était content comme les autres ou, au moins, semblait l'être. Il était très gracieux pour M. Scanlan et se déclarait entièrement satisfait de lui. Le recteur avait eu une vie laborieuse dans sa jeunesse et en prenait à son aise, maintenant qu'il se faisait vieux ; il avait une sainte horreur de ce qui pouvait le déranger de ses petites habitudes et lui donner le moindre surcroît de travail. Le zèle de M. Scanlan procurait de grands loisirs au vieillard ; aussi se disait-on tout bas que M. Oldham payait au vicaire une pension bien supérieure à celle des vicaires qui l'avaient précédé. Mais il n'y avait rien d'étonnant à cela, M. Scanlan était un homme si remarquable ! et de plus, il était marié !

Lorsque les dames de Ditchley eurent découvert ce détail, ce fut un affreux coup pour elles, il faut l'avouer. La valeur du nouveau vicaire en diminua tout de suite ; mais le jeune Irlandais était trop séduisant pour que les dames lui tinssent longtemps rigueur.

Aussi, après quelques remarques aigres-douces sur l'imprudence qu'il avait commise en se mariant de si

bonne heure, et en comptant sur son traitement de vicaire pour entretenir toute une famille, l'étoile de M. Scanlan brilla de son ancienne splendeur.

Pendant des semaines, on ne parla que de lui; les com-
mérages allaient bon train. On s'occupait beaucoup de sa
femme. On se demandait quelle figure elle pouvait avoir,
d'où elle venait, etc., etc. L'imagination de ces dames put
se donner ample carrière, car le vicaire occupa sa maison tout seul pendant trois mois. Un jour, il se décida à
annoncer aux personnes les plus respectables de l'endroit
que madame Scanlan attendait à Dublin, chez sa belle-
mère, la naissance de son second enfant, et qu'elle le re-
joindrait dès que sa santé le lui permettrait.

Ces révélations furent saisies au vol et devinrent le
sujet de bien des conversations. A dater de ce jour, la
glace fut tout à fait rompue, et l'on reçut le jeune cler-
gyman presque partout : certaines familles de la noblesse
attendaient, cependant, l'arrivée de madame Scanlan
pour ouvrir leur porte au vicaire ; elles voulaient en savoir
davantage sur ses antécédents.

Il est certain, quoique très bizarre, que, quelle que soit
la valeur d'un homme au point de vue du talent et du savoir, on ne le considère digne d'appartenir à la société
qu'après l'avoir jugé d'après sa femme.

M. Scanlan était, à n'en pas douter, un homme char-
mant, le vrai type du gentleman, disait-on; on voyait
qu'il avait eu une excellente éducation, et tout faisait supposer qu'il avait été élevé dans un milieu de luxe et d'o-
pulence; ses habitudes et ses goûts établirent bientôt des

liens d'amitié entre lui et les fils des propriétaires des environs.

On se demandait bien un peu à Ditchley ce que c'était que ce nom de Scanlan qui n'avait pas une physionomie bien aristocratique. La seule fois qu'on l'eût rencontré quelque part — on se passa la nouvelle en cachette, et le vicaire ne le sut jamais — c'était sur une bouteille de bière qui traînait dans quelque coin ; l'étiquette portait : « Scanlan et Cie, brasseurs à Dublin. » Mais, après tout, ce pouvait être une simple coïncidence ; il y avait, sans nul doute, bien des Scanlan en Irlande ; et même, si le vicaire appartenait à cette famille, quel mal y avait-il à cela ? Les brasseurs ne sont-ils pas des gens très honorés en Angleterre ?

Quoi qu'il en soit, les gentilshommes du comté attendirent l'arrivée de madame Scanlan pour porter un jugement définitif sur le nouveau venu. Quand cette femme gracieuse et distinguée se montra, on ne songea plus à se demander ce que pouvait bien être son mari.

Je m'imagine facilement l'effet qu'elle produisit la première fois qu'elle apparut en public ; c'était au temple, car elle arriva un samedi ; je la vois traverser l'église avec son teint pâle qui devait contraster avec les figures saxonnes des gens de Ditchley et avec leurs joues roses et fraîches.

Qui était-elle ? d'où venait-elle ? se demandait-on sans pouvoir le deviner. Elle parlait anglais dans la perfection ; mais les dames qui allèrent lui rendre visite la semaine suivante découvrirent qu'elle avait un léger accent étran-

ger. Elles virent bien vite qu'elles ne pourraient rien
savoir de la bouche de madame Scanlan et qu'il serait
difficile de lui faire des questions. On lui parla de ses
bébés dont elle semblait très fière; de son mari, dont
elle écoutait l'éloge avec un sourire approbateur, mais ce
fut tout; ces dames s'en allèrent, ne sachant sur elle rien
de plus que ce qu'elles en savaient la semaine précédente.

Ce fut une révélation que l'apparition de cette jeune
femme accomplie; son amabilité, sa courtoisie et son
tact lui concilièrent tout le monde; on ne tarda pas à
chanter partout ses louanges.

Personne, toutefois, ne sut ce qu'elle pensait de l'accueil
qu'on lui avait fait. Elle avait tout le naturel et toute la
simplicité d'une femme qui ne s'inquiète pas de s'assurer une position qu'elle a eue toute sa vie et se soucie
fort peu du jugement que l'on peut porter sur elle.

Elle affermit d'un seul coup et pour toujours la situation
de son mari. Elle fit même plus; dans sa charmante naïveté, elle expliqua certains faits que, jusque-là, il avait
tenus cachés; elle raconta peu à peu l'histoire de la famille Scanlan. Le père du vicaire était décidément un
riche brasseur de Dublin. Ce brasseur avait élevé son
fils en vue de l'état ecclésiastique; il allait lui acheter
une cure, lorsqu'il fit de mauvaises affaires. Il mourut
peu après avoir fait faillite, absolument ruiné, laissant
derrière lui une femme déjà âgée et ce fils qui n'avait plus
qu'à se procurer des moyens d'existence et à se tirer
d'affaire de son mieux. Bien qu'Edouard Scanlan eût un
très grand succès comme prédicateur, dans son pays, il

n'en était pas plus riche; ses amis l'abandonnèrent et il
ne conserva aucun espoir de se créer une position en
Irlande. C'est alors qu'il rencontra M. Oldham, qu'il se
lia avec lui et accepta de le suivre en Angleterre.

Voilà ce qu'elle raconta, franchement, sans rien cacher.
Elle finit aussi par satisfaire la curiosité de ces dames à
son égard; elle leur dit brièvement qu'elle était d'origine
Française et que son père et sa mère étaient tous les deux
d'une ancienne famille huguenote, qui appartenait à la
vieille noblesse de France. On avait remarqué une cou-
ronne brodée sur son mouchoir, voilà pourquoi elle avait
parlé de sa haute naissance, ajoutant, sans hésiter et tout
naturellement, que son père, le vicomte de Bougainville,
avait été longtemps professeur à Dublin et y avait vécu
très pauvrement.

On voit que je ne veux pas faire de mystère et que la
personne dont je parle n'est pas inconnue à mes lecteurs.

Mademoiselle Joséphine de Bougainville était fille
unique; ses parents étaient de pauvres émigrés chassés
de France par la Révolution. La mère était déjà morte
lorsque Joséphine se maria à seize ans à Edouard Scanlan. Je crois que ce fut, en dépit des apparences, un
mariage d'inclination. Edouard Scanlan, qui était beau
garçon, jeune et ardent, semblait bien être le mari qui
devait convenir à cette douce créature. Ce fut à l'église
qu'il devint tout d'un coup éperdument amoureux d'elle;
ses parents virent l'avantage pour leur fils de se marier
avec une jeune fille aussi belle et aussi bien née, et
l'encouragèrent dans ses projets. Ils demandèrent à

M. de Bougainville la main de Joséphine, et le pauvre vicomte, qui mourait de faim dans son grenier, fut très heureux de la leur accorder et de voir sa fille établie avant de la quitter pour un monde meilleur.

Si je puis raconter toute cette histoire avec tant de détails, c'est que j'ai trouvé deux sources de renseignements qui me permettent souvent de me retrouver dans mes souvenirs épars.

D'abord, chaque samedi, lorsque ses enfants étaient au lit et que son mari préparait son sermon du lendemain, madame Scanlan écrivait un journal. Elle notait avec la plus grande précision les événements et non pas les réflexions qu'ils pouvaient suggérer. C'était un confident discret que ce journal, car elle le rédigeait en français, et son mari n'avait jamais pris la peine d'apprendre cette langue.

Secondement, lady de Bougainville avait une singulière manie : elle n'aurait pas voulu brûler le plus petit morceau de papier. Elle gardait avec la plus scrupuleuse minutie toutes les lettres qu'elle recevait. Aussi, si elle avait été une personne célèbre et qu'on eût voulu écrire sa biographie, on n'aurait pas eu beaucoup de peine à reconstituer toute son existence. Je me suis moquée d'elle bien des fois à ce propos, et je lui ai maintes fois déclaré que, si j'étais un grand personnage, je voudrais donner à ceux qui viendraient après moi le plus de peine possible ; que je brûlerais au fur et à mesure tout ce qui pourrait leur procurer quelque renseignement sur mon compte.

Elle souriait alors et parlait d'autre chose.

Peut-être pensait-elle à ses enfants en conservant ces mille souvenirs, à ce petit garçon et à cette petite fille qui étaient tout son bonheur et lui faisaient oublier que la vie à Ditchley n'avait rien de bien divertissant. Je retrouve dans son journal des notes sur le premier printemps qu'elle passa dans sa nouvelle résidence. Il est question de son petit César qui, un matin, lui rapporta, à pleines mains, des jacinthes bleues et de la joie qu'elle en éprouva ; elle l'embrassa à l'étouffer et il lui sembla qu'elle-même redevenait enfant, tant elle se sentait heureuse.

La faillite de M. Scanlan senior avait amené, de plus, un changement qu'elle regardait comme un bienfait du ciel. Jusque-là, les jeunes gens n'avaient pas demeuré chez eux. Joséphine était si peu expérimentée et son mari si étourdi, que les vieux parents avaient cru bien faire de leur offrir l'hospitalité dans leur grande maison ; la déconfiture avait mis fin à cette vie en commun qui n'était guère du goût de la jeune femme. Et, cependant, j'ai tout lieu de croire que son beau-père et sa belle-mère étaient bons et bienveillants, malgré leur manque d'éducation première. Quand elle parlait d'eux, c'était toujours avec tendresse ; toutefois, la fille du pauvre émigrés imbue de toutes les traditions du *sang bleu* et de ce sentiment chevaleresque qui met l'honneur au-dessus de tout, avait dû parfois cruellement souffrir de l'ostentation grossière et maladroite de ces parvenus qui croyaient que l'argent était tout, parce qu'il pouvait leur procurer tout ce qu'ils désiraient.

Aussi, quand le malheur arriva, madame Scanlan n'é-
prouva-t-elle pas tous les regrets qu'elle aurait dû éprouver ; elle ne pouvait se défendre de montrer une certaine
joie, comme quelqu'un qui passerait d'une serre chaude
à l'air pur et libre.

Elle prit son courage à deux mains et trouva en elle
toute l'activité nécessaire pour se tirer d'embarras, jusqu'au moment où elle s'embarqua pour passer en Angleterre avec Brigitte (sa servante) et ses deux enfants.

Tout d'abord, il faut le dire, M. et madame Scanlan
n'eurent pas trop à souffrir de leur changement de fortune : ils avaient pu sauver du grand naufrage bien des
objets de luxe. Quand la pittoresque petite habitation
destinée au vicaire fut prête, il arriva de Dublin assez de
meubles — restes d'une ancienne splendeur — pour en
faire un petit nid commode et coquet ; et lorsque madame
Scanlan put quitter le deuil et accepter quelques invitations elle se montra dans des toilettes assez élégantes pour
que les dames fussent contraintes de dire à M. Scanlan :
« Comme votre femme s'habille bien ! On voit qu'elle
est Française. »

Le vicaire, on le comprend, était ravi et admirait
sa femme plus que jamais en la voyant admirée par les
autres.

Lui aussi avait assez bien supporté ses revers de
fortune, il n'en avait rien perdu de sa gaîté. La vie solitaire qu'il avait menée avant l'arrivée de sa femme ne lui
avait pas semblé trop pénible, grâce à l'hospitalité de la
plupart des gens du voisinage ; cependant il se trouva

très heureux dans sa maisonnette aux murs couverts de roses et de jasmin — dans son *nid de roitelets*, comme on l'appelait, — où tout le monde venait admirer le goût de sa femme et envier le bonheur champêtre du jeune ménage.

Parfois même le vicaire pouvait à peine croire qu'il était pauvre et qu'il n'était plus cet Edouard Scanlan, habitué dès le berceau à une existence si facile ; car ses parents s'étaient mariés tard et avaient lutté pour arriver à la fortune bien avant sa naissance. Il s'habillait encore avec sa recherche accoutumée, d'une façon prétentieuse peut-être, mais avec goût ; il avait toujours de l'argent dans ses poches, et il le dépensait encore sans se rendre compte de la valeur des souverains ou des schellings.

Sa mère avait dit à Joséphine en partant :

— Ne confiez pas l'argent à Edouard, chargez-vous de le garder, ma chère ; les pièces d'or brûlent ses poches.

Joséphine sourit comme une enfant à cette recommandation dont elle ne comprenait pas toute la portée. Plus tard elle sut trop bien ce qu'elle signifiait.

Elle était loin alors de s'en douter, jamais elle ne passa un été plus agréable dans sa vie ; c'était la première fois qu'elle avait son mari à elle toute seule et qu'elle pouvait jouir librement de sa société ; elle sortait avec lui plus qu'elle ne l'avait fait depuis son mariage. Ils faisaient de grandes promenades pour explorer la contrée et allaient ensemble rendre visite aux gens de Ditchley, s'amusant de cette nouvelle société et la critiquant parfois ; on les considérait presque comme des nouveaux mariés et on les traitait comme tels avec beaucoup de prévenance et d'amabilité. C'était une vie charmante.

Les enfants eux aussi étaient contents, ils se trouvaient comme dans un paradis terrestre au milieu de la verdure et des fleurs, respirant le bon air, et se portant mieux que jamais, César surtout. La petite fille — Adrienne — avait toujours été très délicate, mais son frère devenait tous les jours plus fort et plus gros, si bien que sa bonne faisait admirer partout où elle allait sa belle mine et son air de santé.

Les jours se passaient tranquillement, mais il arriva un moment, vers la fin de l'année, lorsque l'hiver eut attristé le *nid de roitelet*, où les Scanlan se rappelèrent qu'ils étaient réellement des gens pauvres.

CHAPITRE II

PREMIERS NUAGES

Il y a bien des degrés dans la pauvreté ; mais la pauvreté des Scanlan était la plus terrible de toutes, celle qui n'ose pas se montrer ; leurs dépenses dépassaient de beaucoup leurs revenus, et leur position les obligeait — ils le croyaient du moins — à garder certaines apparences et à s'imposer continuellement des privations pour soutenir leur rang. C'est une grave question de savoir s'il est juste ou nécessaire d'agir ainsi ; mais une chose certaine, c'est qu'un vicaire qui est obligé de fréquenter des gens du monde se trouve dans une position bien plus dure qu'un ouvrier ou un petit boutiquier qui a, par an, la même somme pour vivre, surtout si l'on pense que l'un et l'autre ont une famille à élever et que les enfants du vicaire ne peuvent pas être élevés comme ceux de l'ouvrier.

M. Scanlan avait placé à la banque de Ditchley une certaine somme assez ronde qu'il s'attendait à voir durer longtemps, mais lorsqu'il vit que ce trésor était presque épuisé, il éprouva une surprise très désagréable. Sa première pensée fut que sa femme avait dépensé beaucoup

trop vite dans son inexpérience, d'autant plus qu'elle ne
savait pas ce dont elle pouvait disposer pour tenir son
ménage ; son mari, fier de sa nouvelle dignité de maître
de maison, l'avait priée de lui laisser prendre la direction des affaires d'argent et de lui demander au fur et à
mesure les sommes nécessaires. Joséphine avait cru qu'il
était de son devoir d'obéir, malgré les recommandations
de sa belle-mère, se disant qu'une femme connaît mieux
son mari que personne au monde ; aussi, elle ne s'inquiéta pas de savoir où en étaient les affaires ; elle se reposait entièrement sur son mari.

Par une journée de novembre, humide et triste, elle
apprit que le dépôt fait à la banque était épuisé ; elle se
rappela longtemps cette journée : c'était la première fois
que son bonheur était troublé.

M. Scanlan était allé à Ditchley le matin, et pendant ce
temps sa femme avait fait tous les préparatifs nécessaires pour recevoir une nouvelle servante ; sa vieille
Brigitte avait beaucoup d'ouvrage, et les enfants, obligés
de rester davantage à la maison, à cause du mauvais
temps, étaient très difficiles à garder ; de plus, M. Scanlan attendait, sous peu, un événement de famille ; il était
donc indispensable de prendre une autre bonne, malgré
le surcroît de dépense qui devait en résulter.

Brigitte, voyant que sa maîtresse semblait très fatiguée
de sa matinée, prit les enfants avec elle à la cuisine ; elle
fit coucher la mère sur un canapé d'où elle pouvait voir
la route et guetter le retour de son mari.

Elle était vraiment lasse, mais non pas abattue ; il n'était

pas dans sa nature de se laisser abattre. Dieu lui avait
donné non seulement la force, mais une grande élasticité
de tempérament; d'ailleurs, elle se sentait heureuse alors
et jouissait pleinement de son bonheur.

Elle était étendue, rêveuse et pensive, lorsqu'elle vit
son mari se diriger à grands pas vers la porte du jardin;
son cœur battit plus fort en le voyant — elle avait conservé
toutes les illusions et toute l'affection d'une jeune fiancée!
Elle fit un effort pour se lever et pour aller à sa rencontre avec un visage souriant.

Mais il la reçut froidement avec un air lugubre, lui qui
était toujours si gai.

— Qu'y a-t-il donc, mon cher? Etes-vous malade?
Qu'est-il arrivé?

— Vous me le demandez! prétendez-vous me faire
croire que vous ne savez pas ce qui nous arrive? Regardez!

Il lui lança un de ces petits livres de banque qui n'ont
l'air de rien, mais qui souvent contiennent de terribles
révélations; puis il alla se jeter éperdu sur le canapé.

— Qu'est-ce que c'est que cela? dit-elle en ouvrant le
livre avec une certaine curiosité, car elle n'avait jamais
vu ce petit cahier — il l'avait tenu caché dans un tiroir,
sous prétexte que les femmes n'entendent rien aux
affaires.

— Mais vous savez bien ce dont il s'agit, Joséphine;
vous avez tout dépensé, vous m'avez presque ruiné. Nous
avons touché plus d'argent que nous n'en avions déposé,
et aujourd'hui c'est nous qui redevons à la banque deux

livres et cinq schellings — non, sept — je ne puis jamais
me rappeler ces stupides chiffres !

— Pourquoi ne m'avez-vous pas avertie plus tôt?

— Naturellement, ces messieurs ont pensé qu'il était
inutile de nous prévenir et qu'un homme comme moi aurait un compte courant et ferait rentrer l'argent au fur et
à mesure. Mais je ne le peux pas. Je n'ai rien au monde
en dehors de mon maigre traitement. Tout cela c'est
votre faute, Joséphine.

Ce fut un coup de foudre pour madame Scanlan. Sans
doute son mari lui avait parlé plus d'une fois avec dureté,
mais jamais il ne l'avait traitée avec tant d'injustice. Elle
s'arrêta court et réfléchit un instant pour se demander
s'il n'était pas possible que la conduite d'Edouard fût
moins blâmable que la sienne; elle l'aimait, et il lui
aurait moins coûté de s'accuser elle-même que de rejeter
les torts sur lui.

— Il se peut bien que je sois en faute, mon ami, mais
soyez assuré que, dans tous les cas, c'est sans le savoir.
Asseyez-vous ici et tâchez de me faire comprendre ce
dont il s'agit.

Elle parlait gaiement, sans se douter combien tout
cela était sérieux; mais peu à peu le jour se fit dans son
esprit et elle prit un air très grave.

— Je crois que je comprends maintenant. Vous avez mis
à la banque tout l'argent que nous avions — une centaine
de livres, je crois — et vous avez été en chercher, sans
compter, toutes les fois que je vous en ai demandé ou que
vous en aviez besoin vous-même; aujourd'hui, on vous dit

que vous avez tout dépensé et qu'il ne vous reste plus rien. C'est cela, n'est-ce pas?

— C'est tout à fait cela. Comme vous êtes intelligente, comme vous avez vite compris la chose! dit-il d'un ton plus doux, soulagé de voir l'empressement de sa femme à lui pardonner son étourderie, car, au fond, dans son âme et conscience, il se sentait bien un peu coupable.

— Oui, je crois avoir bien compris, dit-elle, en pâlissant un peu, je vois que je ne pourrai pas me procurer l'argent dont j'aurais eu besoin et que nous ne pourrons en avoir avant le payement de votre second semestre.

— Oui, ma chère; mais ne vous tourmentez pas, nous pouvons vivre à crédit, mon père a vécu ainsi assez longtemps.

Joséphine ne dit rien; elle était heureuse de penser que son mari était assez respecté dans la ville pour qu'on le crût sur parole, mais elle ne comprenait pas comment sa bonne réputation pourrait suffire pour payer les notes des fournisseurs qui affluaient à ce moment de l'année. Puis elle pensa à d'autres dépenses, — et ce fut pour son cœur de jeune mère un déchirement de considérer la naissance d'un troisième enfant comme une charge de plus, au lieu de pouvoir s'en réjouir.

— Edouard, lui dit-elle tristement, si nous ne pouvons pas nous procurer de l'argent avant le mois de mai, que ferons-nous donc en mars, au moment de l'événement?

— O ciel! j'avais oublié! C'est vous qui auriez dû prévoir tout cela. Mars! quel mauvais moment! que faire? il faut bien se soumettre; il faut que vous vous tiriez d'embarras comme vous le pourrez.

— Comment! vous me dites de me tirer d'embarras comme je le pourrai, reprit-elle, répétant les paroles de son mari lentement et en le regardant bien en face. Peut-être lisait-elle sur ce visage quelque chose qu'elle n'y avait jamais lu, quelque trait qui révélait un caractère moins noble qu'elle ne se l'était figuré d'abord. Elle avait pris l'habitude de l'aimer en toute confiance, mais cette indifférence l'avait terrifiée. « Il ne me comprend pas, » se dit-elle à elle-même, et elle n'ajouta pas un mot.

— C'est très fâcheux, continua le vicaire, mais je suppose que vous trouverez bien moyen de faire face à tout; les femmes des paysans et des ouvriers ne se tirent-elles pas d'affaire avec la moitié des ressources que j'espère vous procurer. Hélas! un vicaire est bien plus pauvre qu'un journalier. Quant à la servante dont vous me parliez ce matin, vous voyez bien qu'il serait impossible de l'engager; elle mangerait autant que nous deux, et nous avons bien assez de bouches à nourrir comme cela, nous en avons même trop.

— Trop!

Ce n'était qu'un mot, dit au hasard, mais ce fut pour elle comme un coup de poignard — c'était la première fois que son mari l'avait blessée réellement. Elle ne répondit pas un mot; elle se détourna lentement et regarda par la fenêtre qui donnait sur le cimetière de Ditchley. Alors, elle se prit à penser qu'elle pourrait bientôt y être enterrée avec un enfant, et que, de cette façon, la maisonnée se viderait de son trop-plein !

C'était une idée si terrible qu'elle la refoula bien vite en elle et s'efforça de parler d'autre chose.

—Mais, dites-moi, il faut bien que vous payiez les deux livres et les quelques schellings que vous devez à la banque ?

— Oh ! non ; on aura confiance en moi, on sait que je suis un gentleman.

— Mais un gentleman ne doit-il pas toujours payer ? Mon père le pensait ; quelles que dussent être nos privations, si le propriétaire réclamait son loyer, mon père le lui payait sur-le-champ.

— Votre père..., dit M. Scanlan, d'un ton narquois, mais il s'arrêta ; il voyait en face de lui les yeux de la fille du pauvre vicomte qui le regardaient fixement. Elle se tenait plus droite qu'à l'ordinaire — peut-être sans le savoir — et ses joues amaigries se coloraient de tout le sang des Bougainville.

— Il est inutile, dit-elle, de demander un délai à ces messieurs de la banque. J'ai payé hier toutes mes notes du mois, mais il me reste encore trois souverains dans ma bourse ; vous pouvez les prendre.

— Qui vous presse ? Comme vous ennuyez les gens !... Enfin ! donnez-moi cet argent.

— Edouard ! — comme il tendait la main elle le retint à demi enjouée — embrassez-moi ! ne me quittez pas fâché ; j'espère que nous n'allons pas commencer aujourd'hui à ne plus nous entendre.

— Pas le moins du monde ; seulement, promettez-moi d'être moins étourdie une autre fois.

Elle promit, bien qu'elle ne sût pas exactement ce qu'elle pouvait avoir à se reprocher. Quand son mari se fut retiré et qu'elle se mit à penser à ce qui venait de se passer, elle vit clair dans la situation, hélas ! trop claire.

Elle savait qu'elle avait eu tort ; mais non pas dans le sens que croyait son mari : c'était tout le contraire. Comment avait-elle pu, elle, mère de famille, être assez étourdie pour vivre pendant tout un été sans s'inquiéter de rien, sans se demander si l'argent ne viendrait pas à manquer un jour ?

—— Naturellement, se disait-elle, ce n'était pas l'affaire d'Edouard de penser à tout cela ; sa pauvre mère avait raison, c'était moi qui devais m'en occuper, mais j'avais si peu d'expérience et j'étais si heureuse, si heureuse !

Elle éprouva comme un sentiment de crainte qui lui serra le cœur et se mit à sangloter si fort que Brigitte l'entendit de la cuisine et accourut.

Mais lorsque la servante lui demanda ce qu'elle avait et lui proposa de rappeler le vicaire qui était reparti, madame Scanlan s'y refusa résolument.

Brigitte n'était pas bien avec son maître. M. Scanlan avait pris l'habitude de traiter les domestiques avec cette rudesse que certaines personnes se croient obligées de montrer pour faire voir la grande différence qui les sépare de leurs gens. Aussi, quand elle le vit par la fenêtre s'éloigner dans la direction de Ditchley, quittant

la maison sans se retourner, elle fut outrée de cette indifférence, devinant bien qu'il avait dû être la cause de
l'agitation et du chagrin de sa femme.

Toutefois elle fut assez raisonnable pour ne rien dire
de ce qu'elle pensait et tâcha de calmer sa maîtresse ;
un petit accident des plus heureux mit fin à ses pleurs :
César et la petite Adrienne, laissés seuls à la cuisine,
s'étaient brûlés en se disputant la fourchette aux rôties et
vinrent, en pleurant, se mettre sous la protection de leur
mère. Madame Scanlan, tout en essayant de les consoler,
se consola bientôt elle-même. Alors elle regarda Brigitte
qui se tenait debout près d'elle, sans souffler mot, et lui
dit pour s'excuser :

— Je ne sais pas ce qui m'a rendue si malade, je n'ai
presque rien fait aujourd'hui.

— C'est d'avoir trop parlé, madame, répondit Brigitte,
mais monsieur est parti pour Ditchley et il ne reviendra
pas de sitôt, ajouta-t-elle, d'un air de triomphe, comme
si l'absence du maître était un bienfait pour toute la
maison.

— Oui, il est sorti pour ses affaires, dit madame
Scanlan.

Elle se souvint alors des affaires qui occupaient son
mari ce jour-là et devint si pâle, en y pensant, que Brigitte en fut effrayée.

— Oh ! madame, s'écria-t-elle, que vous est-il donc
arrivé ?

— Mais rien ! répondit madame Scanlan ; je vois que je
suis un peu plus faible que d'habitude, mais j'espère que

cela sera bientôt passé. Viens, bébé, il est temps de te coucher; voyons, ne pleure pas tant! tu me fends le cœur.

Elle se leva et commença à se promener de long en large avec Adrienne dans ses bras, essayant sans succès de l'apaiser et de l'endormir; elle avait l'air tellement lasse et semblait si incapable du moindre effort, que Brigitte lui dit à la fin :

— Ce n'est pas vous qui devez faire cela, madame; non, ce n'est pas votre affaire.

— Que voulez-vous dire? reprit madame Scanlan, en se retournant rapidement, qu'est-ce que je ne dois pas faire?

— Porter cette enfant qui est trop lourde pour vos bras, je ne veux pas vous laisser faire.

— Mais il le faut, dit madame Scanlan d'un ton si dur que Brigitte tressaillit.

Madame Scanlan s'aperçut bien vite qu'elle avait fait de la peine à sa servante, et elle ajouta, les larmes dans les yeux :

— Je ne voulais pas vous chagriner, Brigitte; je voulais seulement que vous compreniez qu'il faut que je l'habitue à travailler plus que je ne l'ai fait jusqu'ici.

— Mais pourquoi?

— Parce que nous n'aurons pas de nouvelle servante.

Brigitte la regarda fixement.

— C'est tout à fait impossible, ajouta madame Scanlan, nous ne pouvons nous permettre ce surcroît de dépenses; c'est l'avis de mon mari, et naturellement il faut s'y soumettre; ne vous chagrinez pas, je me mettrai à la besogne, et peu à peu je m'habituerai à faire bien des choses. Je savais si peu ce que c'était que de tenir une maison lorsque je suis venue ici, mais je ne me décourage pas, je vois de jour en jour que je deviens plus habile.

Et elle prononça ces paroles en souriant.

— C'est bien vrai, madame, je n'ai jamais vu une dame comme vous; vous vous êtes mise au ménage comme un canard à l'eau; c'est bien dommage, allez! dire que vos jolis doigts qui savent jouer du piano et faire de beaux ouvrages lavent des assiettes et le linge sale des bébés! Je voudrais pouvoir les emprisonner dans un sac, ces gentils doigts?

Madame Scanlan riait de bon cœur.

Elle finit par expliquer à Brigitte, sans entrer dans aucun détail, qu'elle devait vivre avec la plus stricte économie et qu'elle avait dépensé plus qu'elle n'aurait dû le faire.

Mais Brigitte, qui n'était pas sotte, ne se tint pas pour battue et résolut de découvrir la cause du chagrin de sa chère maîtresse; elle se doutait bien qu'il s'était passé quelque chose entre le mari et la femme, et elle ne pouvait pas s'expliquer la parcimonie du vicaire.

— Ce n'est guère dans ses habitudes de compter, pensait-elle, en quittant le salon pour aller faire son ouvrage et remettre en ordre la grande chambre qui servait de chambre à coucher aux parents et aux enfants. En entrant elle trouva, sur le petit lit de César, les habits de M. Scanlan, des chemises froissées et une demi-douzaine de gants gris perle défraîchis, — il s'était habillé pour

aller dîner en ville. A cette vue, la servante ne put s'empêcher de dire :

— Qu'a-t-il donc besoin de porter des gants gris perle ?
je voudrais bien le savoir ; avec l'argent qu'ils ont coûté,
on aurait acheté deux paires de souliers à M. César et un
chapeau neuf à madame.

Ces hommes! quelles drôles de créatures!

CHAPITRE III

LE RECTEUR

A partir de ce jour, le vicaire commença à reconnaître avec tristesse qu'il était réellement pauvre.

Ce n'est pas que son traitement fût insuffisant, le recteur, au contraire, avait été très généreux. Mais c'est que la véritable richesse consiste moins dans l'argent que l'on gagne que dans l'art de le dépenser. Si M. Scanlan n'avait pas connu autrefois des jours meilleurs, il se serait trouvé, sans aucun doute, dans une assez bonne position et aurait même attendu avec plaisir le troisième petit être qui, avant peu, devait venir augmenter sa famille.

Pour le moment, il ne voyait dans cet enfant qu'une charge de plus, — il se plaignait d'avance de ce que la maison allait être bien pleine et bien bruyante, et qu'il n'y pourrait plus travailler à son aise. Sans être un homme bien studieux, il aimait à s'entourer de livres — surtout de livres grecs et latins — cela faisait bon effet; mais bientôt il n'allait plus trouver un coin pour faire son petit étalage d'érudit amateur.

Aussi prit-il le parti de s'absenter souvent et d'accepter

toutes les invitations que ses voisins ne cessaient de lui prodiguer.

Sa femme en ressentit quelque chagrin; mais il ne s'en douta nullement, il ne pensait pas qu'elle eût jamais besoin de lui; il ne se rendait pas compte qu'une jeune femme inexpérimentée ne peut être laissée à elle-même sans conseils et sans appui. Il était toujours là quand tout allait bien dans la maison, mais dès qu'un petit nuage obscurcissait l'horizon — une petite maladie des enfants ou un embarras de ménage — il disparaissait et laissait sa femme se tirer d'affaire toute seule.

Quoique madame Scanlan sortît peu, elle était très appréciée des personnes de Ditchley; on venait encore la voir assez souvent, et elle recevait chacun de ses visiteurs avec le tact et la délicatesse qui la caractérisaient.

— Tout le monde m'aime, se disait-elle parfois; je ne sais pas pourquoi, mais je le sens; j'en suis bien heureuse, c'est pour moi une vraie consolation.

Une consolation! combien c'était triste! quelle est la jeune femme qui songe à trouver un soutien ailleurs que dans son mari?

Depuis quelques mois la vie de madame Scanlan avait bien changé! Elle sentait qu'elle avait à lutter non seulement contre la pauvreté, mais aussi contre l'égoïsme et l'indifférence de son mari.

Ce dernier tenait beaucoup à ce que sa femme figurât à la tête des œuvres de charité de la paroisse, il sentait que sa popularité s'en accroîtrait; il avait fondé différents

comités pour venir en aide aux pauvres et avait trouvé
accès, grâce à ces institutions, dans les familles les plus
riches du comté; malheureusement madame Scanlan ne
pouvait plus guère payer de sa personne et venir en aide
par son travail, aux protégés de son mari.

— Je ne puis me mettre à coudre des vêtements pour
les enfants des autres, dit-elle un jour, lorsque les miens
ont à peine de quoi se vêtir. Il m'est bien dur de faire
des distributions de combustible et de couvertures, quand
je pense combien nous endurons nous-mêmes de privations de toute espèce; cependant je ferai de mon mieux,
puisque vous le désirez.

— Je vous en prie, répondit-il; pour le monde c'est d'un
si bon effet que de voir un ecclésiastique et sa femme faire
la charité; et puis, qui donne aux pauvres prête à Dieu!

— Prêter à Dieu! dit-elle, je voudrais bien alors qu'il
commençât par me rendre un peu ce qu'il me doit; j'aimerais qu'il m'envoyât une paire de souliers neufs pour chacun de mes enfants : ils en ont bien besoin.

M. Scanlan parut goûter médiocrement ce discours, surtout parce qu'il s'aperçut que sa femme parlait ainsi en
présence de son recteur, M. Oldham, qui était entré en
passant. Il est possible qu'il n'entendit rien, car il était
un peu sourd et profitait quelquefois de cette infirmité
d'une façon très habile.

Le recteur était une des personnes qu'on recevait avec
le plus de plaisir dans la maison du vicaire; il venait toujours sans cérémonie et ne causait aucun embarras; si la
mère était occupée, il s'amusait avec les enfants qui l'ai-

maient beaucoup, bien qu'ils eussent un peu peur de cet
homme vénérable.

Madame Scanlan venait d'avoir une autre petite fille;
elle la tenait sur ses genoux quand arriva M. Oldham.

— Voilà l'enfant que j'aurai le plaisir de baptiser
dimanche, lui dit le recteur en s'approchant d'elle; n'êtes-
vous pas fâchée, madame, que j'aie refusé de lui servir de
parrain? Vous savez sans doute que son père me l'a
demandé.

Elle n'en savait rien et n'aurait pas été contente si le
recteur avait accepté; mais elle fit comme si elle avait été
avertie et se contenta de sourire.

— Quels sont vos projets pour votre fils aîné? lui
demanda-t-il en montrant César; comme je le disais
l'autre jour à son père, il serait grand temps de l'envoyer
à l'école, mais Scanlan m'a répondu qu'il préférait se
charger lui-même de son instruction.

— Oui, répondit laconiquement Joséphine, car M. Oldham avait touché là un point délicat.

M. Scanlan était très fier de son fils aîné et avait insisté
auprès de sa femme pour qu'elle lui permît de donner à
César ses premières leçons; malheureusement, le père
n'avait aucune aptitude pour l'enseignement, il ne savait
pas ce que c'était que la régularité et se laissait guider par
sa fantaisie et ses caprices, faisant surtout ce métier de
précepteur quand cela l'amusait. Les résultats naturellement étaient déplorables, et l'enfant, qui n'était pas un
aigle, grandissait sans rien apprendre du tout.

Lorsque, un jour, madame Scanlan parla d'envoyer

César à l'école, son mari ouvrit de grands yeux, lui demandant quel besoin il y avait de l'école puisqu'il se chargeait
de l'instruire à la maison ; il parla aussi de l'impossibilité
de supporter cette nouvelle char e quand elle lui avait dit
à lui, le père de famille, qu'il devait se passer d'un vêtement neuf et attendre six mois pour en commander un.
Quelques discussions s'ensuivirent, et finalement on
décida que César resterait encore un an à la maison, mais
sa mère se mit à apprendre le latin pour lui donner elle-
même ses leçons. Malgré tout, le père ne se passa pas de
son vêtement neuf : quand l'archevêque fit sa visite, il se
montra dans une superbe redingote qui venait tout droit
de Londres, dîna avec le prélat et fit un sermon sur la
charité qui eut le plus grand succès.

Lorsque M. Oldham toucha cette question de l'école et
que Joséphine lui répondit par ce oui qui en disait bien
long, il vit passer sur la figure de la jeune femme une
ombre de tristesse, et il changea de conversation.

— Ma cousine, dit-il, la comtesse Emma Lascelles qui
vient de se marier, doit dîner chez moi jeudi prochain avec
son mari, voulez-vous être des nôtres ? J'ai déjà invité
M. Scanlan, et il a accepté sans hésiter.

— Naturellement, ce sera pour lui un vrai plaisir.

— J'aimerais à vous voir faire la connaissance d'Emma,
continua le vieillard ; c'était une charmante jeune fille, et
je suppose qu'elle n'a rien perdu en se mariant. Je suis
persuadé que vous lui plairez et que vous lui conviendrez
plus que la plupart des dames de Ditchley.

— Vraiment ! dit-elle avec un sourire.

— Car, voyez-vous, elle leur fait peur, il ne leur arrive pas souvent de rencontrer sur leur chemin une vraie comtesse. Vous verrez quelle femme c'est que ma cousine !

— Je ne crois pas que je puisse profiter de votre bonne invitation, monsieur, je suis bien fâchée de vous refuser, mais vous savez bien que je ne sors plus jamais ; il y a des années que je n'ai été dîner en ville.

— C'est bien ce que votre mari m'a dit ; mais il a ajouté que vous pouvez faire une exception et m'a chargé de vous décider, il désire autant que moi que vous veniez.

— Vraiment ? dit Joséphine ; il vous a dit cela ? je crois que vous ne l'avez pas bien compris. Mon mari sait très bien que je ne vais pas dans le monde par la bonne raison que je ne le peux pas.

— Pourquoi ?

Madame Scanlan prit un air grave et troublé.

Lorsque le recteur vit que cette question, qui lui semblait toute naturelle, lui causait un si grand trouble, il fit mine de se retirer et lui dit :

— Je vous demande pardon, je vous en prie, ne me répondez pas.

— Non, je crois qu'il vaut mieux vous répondre une fois pour toutes, lui dit-elle, après une pause. Ce sera agir honnêtement, et au moins vous ne croirez pas que je veuille être impolie envers vous. Si j'ai renoncé à aller dans le monde, c'est que, en vérité, nos moyens ne me le permettent pas.

— Je sais bien, madame, dit M. Oldham, que la Providence qui a été prodigue de dons envers vous, vous a refusé la richesse; mais je pense que vous viendrez quand même chez moi, vous savez que c'est votre société avant tout que nous recherchons. Laissez-moi un peu d'espoir de vous voir jeudi prochain.

— Je ne peux pas, dit-elle, avec embarras; et, se mettant à sourire et à rougir tout à la fois, elle ajouta : J'ai une raison peut-être bien ridicule à vous donner, mais je vous avoue que je n'ai pas de robe convenable.

— Venez comme vous êtes là; cette robe de mousseline blanche vous va à ravir.

— Certainement, je pourrais parfaitement aller avec cette robe, toute simple qu'elle est; mais mon mari...

— Je ne mets pas en doute le bon goût de mon ami Scanlan et, en ma qualité de vieux garçon, je ne puis savoir les idées que les maris se font sur la toilette de leurs femmes; mais, si j'avais une femme et qu'elle fût aussi charmante que vous, madame, je ne... Mais restons-en là; jeudi est encore loin, et j'espère bien avoir le temps de convaincre votre mari. Puis-je entrer un instant? il fait un peu froid dehors pour un vieillard comme moi.

Il entra et resta avec elle et ses enfants pendant plus d'une heure; mais, bien qu'il parlât de choses indifférentes, et ne fît plus de questions, madame Scanlan le vit inspecter d'un œil scrutateur les moindres recoins de la chambre, les tapis usés et les meubles défraîchis qu'une femme voit en un clin d'œil, mais qu'un homme ne découvre que si son attention est éveillée.

Madame Scanlan se sentait un peu malheureuse et regrettait d'avoir parlé à cœur ouvert au vieillard; il lui semblait indélicat d'avoir agi ainsi envers un supérieur, elle craignait d'avoir l'air d'exciter sa pitié et de lui demander une augmentation de traitement pour son mari.

Pendant cette conversation, il n'avait plus été question du dîner; mais en prenant congé d'elle le recteur se frappa le front et lui dit :

— A propos, j'allais oublier que je suis venu pour vous demander un conseil et savoir de vous qui je dois inviter à ma petite fête.

— De moi!

— Mais certainement, n'êtes-vous pas au mieux avec tout le monde ici? ne vient-on pas à vous en toute occasion? vous saurez me renseigner mieux que personne.

— Dites-moi d'abord qui figure déjà sur votre liste, et donnez-moi quelques détails sur ce dîner qui va être le sujet de toutes les conversations de Ditchley.

Elle prit un crayon et du papier et se mit à écrire sous la dictée du recteur; mais tout d'un coup elle s'arrêta à un certain nom et s'écria :

— Le docteur Waters et sa femme... Oh ! c'est inutile, Madame Waters ne sort jamais.

— C'est vrai! j'avais oublié, quelle étourderie de ma part!

Et alors M. Oldham chercha à rencontrer le regard de Joséphine, mais elle avait baissé les yeux, et, pour se donner une contenance et ne pas trahir son embarras, elle noircissait le papier de traits de crayon. Ils avaient évidemment touché un point délicat sans que chacun d'eux sût jusqu'à quel point l'autre était au courant.

— Croyez-moi, invitez le docteur sans sa femme, dit enfin madame Scanlan sans lever les yeux ; si vous l'invitez elle et qu'elle le sache, elle voudra venir, et vous savez bien qu'elle ne doit pas venir.

— Je vous comprends. Pauvre madame Waters ! elle est dans un bien triste état.

Madame Scanlan demeura silencieuse.

— Je pensais, dit le recteur en toussant légèrement, que mon pauvre ami et moi, nous avions réussi à cacher cette pénible maladie et que personne en ville n'en savait rien.

— Mais je ne crois pas qu'on soit au courant à Ditchley de cette catastrophe ; je ne vois même pas comment on pourrait l'être, dit Joséphine avec douceur, et en cherchant à calmer le recteur qui avait un air tout troublé.

Elle savait bien pourquoi ; seulement elle ne s'attendait pas à voir tant de compassion dans ce vieillard dont l'abord était froid, et qui passait pour égoïste.

— Mais vous, vous êtes au courant, dit-il avec anxiété ; oui, je le vois bien maintenant à votre visage. Dites-moi franchement ce que vous savez.

— Je crois tout savoir ; je l'ai appris par hasard.

— Combien de temps y a-t-il ?

— Six mois.

— Et vous n'en avez pas parlé ? Je vous avoue que je vous admire ; vous êtes la seule femme capable de discrétion que je connaisse.

— Vraiment! dit Joséphine.

M. Oldham voulut néanmoins savoir exactement ce qu'elle avait appris, et il vit bien qu'elle connaissait tous les détails d'un de ces drames domestiques qu'on tâche toujours de cacher. La femme du docteur Waters avait été prise tout d'un coup d'un accès de folie et avait tenté de se tuer. La crise passée, elle s'était remise un peu, mais pas assez pour se montrer en public, elle était sous la surveillance d'une garde. C'est de cette femme que madame Stanlan avait tout appris un jour qu'elle l'avait rencontrée aux abois, courant après sa maîtresse qui lui avait échappé.

— Et vous n'en avez pas parlé même à votre mari? demanda M. Oldham.

— Non, cela ne l'aurait pas intéressé, répondit-elle en manière d'excuse.

Elle ne pouvait avouer ce qui l'avait retenue, c'est que son mari n'aurait pas su être discret, et que le lendemain tout le monde aurait connu le secret.

— Du reste, ajouta-t-elle, j'avais promis à la garde de me taire, et l'on doit toujours tenir une promesse.

— Certainement, chère madame, certainement.

Le vieillard la contemplait avec admiration.

— Voilà ce que j'appelle une femme!

Il entendit, à ce moment, frapper à la porte. C'était le vicaire qui rentrait, — il s'était absenté peu après l'arrivée du recteur.

— Voici Scanlan qui revient; il faut que je retourne chez moi; je vais seulement lui serrer la main en passant. Adieu, madame, au revoir.

Il la salua et disparut.

Le lendemain, par la diligence, madame Scanlan reçut un paquet renfermant une superbe robe de soie et un billet dont elle reconnut bien l'écriture, et qui contenait ces mots :

« De la part d'un vieillard, hommage de respect à une dame qui sait tenir une promesse et garder un secret. »

Hélas ! en ce moment il n'y avait plus de secret à garder. Madame Waters avait eu un nouvel accès et n'était plus de ce monde.

Le dîner n'eut pas lieu, le brave recteur avait trop de chagrin pour songer à réunir des amis autour de sa table. Mais la comtesse Emma vint, et madame Scanlan la vit, ce qui enchanta le vicaire, tant la noble dame admira sa femme. La robe de soie ne fut pas faite, en dépit des supplications de M. Scanlan. — Joséphine se contenta de remercier le recteur de son beau cadeau, et serra l'etoffe dans un tiroir aussi tristement que si c'eût été un vêtement de deuil

CHAPITRE IV

UNE EXPLICATION

Le visage de Joséphine Scanlan devenait chaque
année plus pâle après la naissance de chacun de ses
enfants — car presque tous les ans elle en avait un.
Heureusement, comme disaient les voisins, ils ne
vivaient pas tous ; au bout de dix années néanmoins six
enfants égayaient la maison du vicaire ; c'étaient trois
garçons et trois filles : César, Adrienne, Louis, Gabrielle,
Martin et Catherine. Tous, sauf Adrienne qui ne promettait pas d'être jolie, ressemblaient aux Bougainville : ils
étaient beaux, bien faits, gracieux. La mère était très
fière de cette petite famille, c'était tout son bonheur ;
cependant on voyait sa figure perdre de plus en plus sa
fraîcheur et son éclat.

Il existe un portrait d'elle, fait vers cette époque par
un artiste qui était venu passer l'été à Ditchley et s'était
lié avec le vicaire. M. Summerhayes, frappé de la beauté
de madame Scanlan, avait demandé la permission de la
peindre, et par politesse avait fait ensuite le portrait de
son mari, pour faire pendant.

Les deux têtes sont très caractéristiques. L'une porte la marque d'une gravité charmante, et l'autre révèle une insouciance légère et peu sympathique. Il n'est besoin que de regarder ces deux portraits, si éloquents encore, pour découvrir le secret de la vie d'Edouard et de Joséphine; on s'aperçoit bien vite que le mari fuit tous les embarras de l'existence et laisse la femme se courber toute seule sous le poids de ce lourd fardeau.

Il n'y avait rien d'étonnant à voir cette femme si belle se faner et prendre une physionomie inquiète; la seule pensée de ses enfants la rendait soucieuse, sans parler de la grande charge qu'elle avait d'élever tout ce petit monde à elle seule. Car son mari devenait de jour en jour plus indifférent à tout ce qui se passait chez lui.

Madame Scanlan souffrait aussi de ne pouvoir donner à ses enfants l'éducation qu'elle avait rêvée pour eux et de ne pas les voir grandir dans un milieu plus gai, qui aurait pu avoir même sur leurs petits esprits une influence salutaire; hélas! c'était à peine si elle parvenait à les nourrir et à les vêtir convenablement!

C'est dans le journal dont j'ai parlé, ce journal qu'elle rédigeait tous les samedis, que j'ai trouvé ces douces plaintes d'une mère qui pourtant se résigne.

« Ma pauvre Adrienne souffre, écrit-elle, et toute la maison en est attristée; j'étais déjà habituée à voir cette chère enfant s'occuper un peu du ménage, et son aide me manque. Si seulement je pouvais aller avec elle, ne fût-ce que pour une semaine, au bord de la mer! mais comment pourrais-je quitter mon chez-moi et laisser Edouard

tout seul? Tout irait de travers, évidemment, et mon mari
se sentirait si malheureux! Je n'aimerais même pas à lui
parler de ce projet : nous n'avons pas l'argent nécessaire
pour le mettre à exécution ; ce voyage serait presque aussi
coûteux que le voyage qu'il se proposait de faire à Londres
avec M. Summerhayes, mais auquel il a dû renoncer.

» C'est tout à fait impossible, malgré les bontés que
M. Oldham ne cesse d'avoir pour nous depuis longtemps le recteur envoyait chaque jour du lait, des œufs,
du beurre et des légumes à ses petits amis. Dieu sait
seulement si je parviendrai à joindre les deux bouts à la
fin de l'année! quelle triste perspective! ce serait plus
terrible que tout ce qui a pu déjà nous arriver de fâcheux. »

On trouve en effet dans le journal quelques notes qui
montrent bien que madame Scanlan était souvent contra-
riée : « César, mon petit César, m'obsède pour que je lui
permette d'apprendre le dessin avec M. Summerhayes ;
ce n'est pas qu'il ait des dispositions, mais c'est une distraction pour lui, plus grande que ses livres ; je déplore
que ce soit une occasion de quitter la maison et d'aller se
promener dans la campagne pour faire des croquis. Il
s'habitue, en compagnie de cet artiste, à une vie trop peu
en rapport avec son éducation à lui ; ce M. Summerhayes
ne m'est pas très sympathique, d'ailleurs, et je suis fâchée
de voir mon mari se lier de plus en plus avec lui. »

Si les rapports de M. Scanlan avec sa femme n'étaient
pas toujours excellents, si le mari et la femme ne se com-
prenaient pas, ce n'était pas au point de faire parler

d'eux; pour les gens de Ditchley, le ménage du vicaire était un ménage heureux.

Madame Scanlan, elle, trouvait dans son rôle de mère une vraie consolation : ses enfants étaient toute sa joie. Elle les élevait d'une façon toute pratique et les habituait de bonne heure à se rendre utiles dans la maison. C'était même pour eux un vrai plaisir, et leur amusement favori était d'*aider maman*. Elle en parle souvent dans son journal; voici ce qu'elle écrit un jour à ce propos :

« Ce matin, Adrienne a commencé à repasser des mouchoirs de poche et, vraiment, pour son coup d'essai, elle s'en est très bien tirée; était-elle assez fière ! la voilà qui veut maintenant repasser chaque semaine; je le lui permettrai bien si je vois que son pauvre dos, qui est si faible, n'en souffre pas; mais certainement je lui défendrai de porter le prochain bébé. »

Hélas! le prochain bébé.

Un autre jour, je trouve ceci :

« César et Louis se sont amusés à jardiner aujourd'hui papa avait dit qu'il les aiderait, mais il est sorti oubliant sa promesse. Mes deux garçons sont nés jardiniers et aiment à s'occuper de leurs petits carrés de terrain ; que je voudrais les voir réussir à faire de meilleures récoltes. Au moins nous n'aurions pas tout à accepter de la générosité du recteur. Il est toujours très mauvais de contracter trop d'obligations, même envers le meilleur des voisins; je le dis souvent à mes enfants et je tâche de leur faire comprendre qu'ils auront un jour à se suffire à eux-mêmes.

» Je leur ai dit hier d'essayer de se passer de sucre,
— il est si cher maintenant — ils ont d'abord fait un peu
la grimace, mais ils ont vite cessé de se plaindre, disant
qu'ils pouvaient bien faire ce que maman faisait. Mes enfants sont de si braves enfants ! »

Aussi peu à peu reporta-t-elle sur ces petits êtres une
grande partie de l'affection qu'elle avait autrefois pour
son mari.

Quelle joie dans une maison que des enfants ! Les petits
Scanlan faisaient parfois oublier à leur mère ses chagrins
et ses inquiétudes ; elle se mêlait à leurs jeux et à leurs
parties de plaisir et se sentait redevenir jeune au milieu
d'eux ; M. Scanlan, au contraire, ne prenait aucune part
à la vie de ses enfants et ne descendait jamais jusqu'à
eux. Il était toujours hors de chez lui. Avec cette perspi-
cacité des jeunes esprits, les enfants sentirent bientôt
que ce père n'était pour eux qu'un indifférent ; et ils trouvaient en leur mère toute la sollicitude et toute la bonté
qu'ils ne trouvaient pas en lui. Toutefois, madame Scanlan
tâchait de leur cacher le chagrin qu'elle avait au fond du
cœur et ne leur parlait jamais de leur père ; c'était pour
elle une bien cruelle épreuve !

Sa seule consolation était de penser que personne n'en
savait rien. Les gens de Ditchley la plaignaient, parce
qu'elle avait peu de ressources et beaucoup d'enfants
parce que, charmante, distinguée, accomplie comme elle
l'était, elle avait pour mari un pauvre vicaire ! Mais
jamais il ne vint à l'esprit de personne de la plaindre
d'être délaissée et incomprise, et d'avoir, au fond du

cœur, le noir chagrin, au lieu de la joie et de l'amour.

Avec le temps, madame Scanlan se détacha de plus en plus de la société de Ditchley ; au milieu de sa vie de fatigues et de luttes, elle n'avait pas le temps d'entretenir des rapports suivis avec les dames qu'elle avait vues pendant les premières années de son séjour. Elle passait maintenant des semaines entières sans recevoir de visites, et les rares personnes qui venaient semblaient se déranger par pure déférence pour M. Scanlan, qui n'avait presque rien perdu de son prestige auprès de ses paroissiens.

Il restait cependant à cette pauvre femme un ami fidèle, c'était le recteur. Il ne cessait, d'une façon ou de l'autre, de venir en aide à la petite famille du *nid de roitelet*.

Mais, malgré cette bonté et cette générosité, le moment critique arriva où madame Scanlan déclara à son mari qu'elle était à bout de ressources.

Il fut bien étonné ! il n'en voulait rien croire et déclarait à sa femme qu'elle était toujours disposée à voir les choses en noir et à s'inquiéter.

— Vous devez vous tromper, lui dit-il.

— Pas le moins du monde, reprit-elle avec calme, voyez plutôt ! Et elle mit sous ses yeux le relevé de tout ce qu'ils devaient ; l'argent qu'ils avaient en main pouvait à peine couvrir la moitié de ces dettes.

M. Scanlan prit le papier d'un air d'insouciance.

— Comme ces comptes sont bien écrits et bien faits ! dit-il ; je vous assure, Joséphine, que vous devriez vous présenter quelque part comme teneur de livres.

— Je voudrais pouvoir le faire, dit-elle à demi-voix.

Son mari ne l'entendit pas ou ne voulut pas l'entendre.

Il ne paraissait pas très content, malgré ses airs d'in-différence.

— Il aurait fallu me dire tout cela plus tôt, ma chère.

— Je vous en ai parlé, mais vous m'avez dit de ne pas vous ennuyer de ces affaires d'argent. Sans cela, certai-nement je n'aurais pas attendu au dernier moment.

— Je ne comprends pas ce que vous voulez dire; com-ment se fait-il que vous soyez dans l'embarras? C'est votre faute, sans nul doute, car c'est vous qui dirigez tout et qui dépensez tout.

— Pas tout à fait, dit-elle; et elle lui présenta une seconde liste.

Elle était divisée en deux parties: sur l'une figuraient les dépenses du ménage, sur l'autre les dépenses de papa. Les deux sommes totales étaient les mêmes et, naturelle-ment, le papa fit la grimace. Il se mit en colère et fit de durs reproches à sa femme, mais elle les reçut sans rien dire.

Elle en était arrivée à ce degré de fermeté de pouvoir, par son calme et son silence, faire voir au coupable qu'elle avait le droit de lui mettre sa faute sous les yeux. Elle attendit que son mari fût plus calme, et alors elle lui dit :

— Tout cela n'avance à rien, il est préférable de nous concerter et de voir ce que nous avons de mieux à faire.

—Que voulez-vous dire? à propos de quoi venez-vous me parler de toutes ces choses ennuyeuses? Je ne suis pas le roi Midas, et je n'ai pas le pouvoir de changer les cailloux en or. Que voulez-vous que nous fassions? je ne sais qu'imaginer; si au moins nous avions quelque parent ou quelque ami, nous pourrions lui demander assistance...

— Nous n'en avons pas, heureusement!

— Pourquoi — heureusement? Oui, je sais quelles sont vos idées à cet égard; elles sont tout à fait fausses, Joséphine. Les amis doivent s'entr'aider. Ne trouve-t-on pas dans l'Évangile ces paroles : « Donne à celui qui demande, et ne chasse pas celui qui viendra t'emprunter? »

— Oui, mais l'Évangile ne dit pas : « Emprunte, bien que tu saches que jamais tu ne pourras payer. »

— Chansons! nous finirions bien par payer.

— Certainement, mais je ne voudrais pas essayer.

Elle parlait avec tant de mesure et de calme que M. Scanlan la regarda, se demandant si elle plaisantait ou si elle était sérieuse.

— Avouez que vous êtes une femme étrange, Joséphine; je ne puis pas vous comprendre, aujourd'hui, moins que jamais. Mais voyons, puisque vous rejetez ma proposition, dites-moi quelle est votre idée à vous; je remets toute l'affaire en vos mains, je ne veux plus en entendre parler.

Il se jeta sur le canapé avec un mouvement de lassitude et de dégoût.

Elle s'assit près de lui et lui proposa une chose bien simple : c'était de vendre ses bijoux, qui avaient du prix et dont elle n'avait que faire maintenant. Mais elle avait compté sans son hôte; ce sacrifice, qui était si facile pour madame Scanlan, M. Scanlan le trouva trop dur.

— Comment! vous vendriez ces belles émeraudes, ces superbes diamants qu'on a tant admirés et qui vous parent si bien! vous les vendriez à Ditchley, et on les porterait ici sous vos yeux avec ostentation, répétant partout combien nous sommes pauvres! C'est impossible, jamais je ne vous le permettrai.

Voyant qu'il ne la persuadait pas, il changea de tactique et voulut la prendre par les sentiments.

— Je m'étonne vraiment qu'il vous soit venu à l'esprit de vous défaire ainsi de ces bijoux qui vous viennent de moi : Joséphine, vous n'avez qu'un cœur de pierre !

— Vraiment! s'écria-t-elle; j'en suis presque à le souhaiter.

Comme son mari l'entourait de ses bras, elle se mit à fondre en larmes, et il tâcha de la calmer par ses caresses; puis elle l'excusa, pensant après tout, qu'il avait raison de tenir à ces vieux souvenirs du temps passé.

— Oh! Edouard! dit-elle, appuyant sa tête sur son épaule, autrefois comme nous nous aimions!

— Autrefois! mais j'espère bien que nous nous aimons encore. Vous êtes pour moi une femme excellente, et je vous assure que je fais tous mes efforts pour être un bon mari. Jamais nous n'aurions de ces différends, si vous vouliez bien m'écouter et ne pas tant tenir à votre opinion. Rappelez-vous que la femme doit obéissance à son mari. Oui, ma chère, continua-t-il, il faut me céder plus que vous ne le faites. La source de tous nos maux, c'est notre pauvreté, et nous n'en sortirons jamais si nous restons ici à nous embourber dans ce petit trou de province; je vous l'ai dit souvent, il nous faut aller à Londres.

Madame Scanlan se recula instinctivement et devint si pâle qu'il en fut effrayé.

— Ma chère, vous vous trouvez mal, prenez un verre de vin. Brigitte!

— Ne l'appelez pas, je n'ai besoin de rien; et puis, nous n'avons pas de vin à la maison.

— Il faudrait qu'il y en eût, répliqua-t-il d'un air mécontent. Vraiment, Joséphine, je ne puis me faire à cette vie de privations. C'est honteux qu'un homme comme moi soit enfoui dans cette méchante petite ville, où il lui est impossible de prendre la position qui lui appartient dans le monde. Il faut que ce soit la faute de quelqu'un.

— La faute de qui?

L'éclair de son regard fit baisser les yeux à son mari.

— Ce n'est pas votre faute à vous, ma chère; je n'ai pas eu l'idée de vous accuser. Ce n'est pas non plus celle des enfants, quoiqu'il soit évident qu'un homme chargé de famille n'a pas ses coudées franches dans le monde; ils n'y peuvent rien, ces pauvres petits! mais je suis sûr que pour eux et même pour vous, il vaudrait bien mieux vivre dans un plus grand centre. Il faut que vous veniez demeurer à Londres.

Il ne put dire ce « il faut » avec toute l'énergie voulue, sachant bien quelle était l'opinion de sa femme à cet égard.

Cette pomme de discorde avait été jetée entre le mari
et la femme par M. Summerhayes, l'artiste. Il avait persuadé à Edouard Scanlan (qui se laissait persuader par
tout le monde) que son talent de prédicateur avait besoin
de se montrer ailleurs qu'en province et qu'il devait se
faire entendre à Londres. Au moment où le peintre avait
donné ce conseil, Joséphine avait réussi à dissuader son
mari, lui montrant clairement qu'il y avait trop de risques
à courir. Les arguments qu'elle lui présentait étaient si
forts que son mari abonda bientôt dans son sens, suivant
en cela son habitude d'être toujours de l'avis de la dernière personne à laquelle il avait parlé. Pourtant, il pensait toujours à ce projet, et, toutes les fois qu'il se sentait
découragé et abattu, il revenait à la charge; aussi, sa
femme avait-elle pris le parti de ne plus rien dire.

Cette fois cependant, elle dut presque se fâcher.

— Je ne veux plus entendre parler de ce Londres,
disait-elle; mes petits chéris resteront ici avec moi et
n'iront pas là-bas mourir de faim. Je ne veux pas,
Edouard.

Elle parlait avec tant d'animation qu'Adrienne montra
sa tête à la porte de la chambre, demandant avec inquiétude si maman ne l'avait pas appelée.

La mère alors reprit soudain son calme.

— Non, chérie, lui dit-elle tout bas en la faisant
sortir; va-t'en, mignonne; papa et moi nous avons à
causer.

Puis elle se retourna et dit d'une voix douce :

— Mon cher, je vous demande pardon.

— Vous me deviez bien cette réparation, dit-il d'un
air fâché.

Mais il n'était pas homme à garder longtemps ran-
cune.

— Sachez, dit-elle quand ils furent réconciliés, que
mon parti est pris. Je ne puis consentir à ce projet qui
vient de vous, ou plutôt de M. Summerhayes.

— Vous êtes injuste — vous l'avez toujours été —
pour mon ami Summerhayes. C'est un homme de grande
valeur, il vaut mieux que la plupart de ces stupides gens
de Ditchley, qui ne sont pas une société pour un homme
comme moi. Si vous voulez toujours agir à votre guise et
m'enterrer ici toute la vie, libre à vous! Seulement vous
devez en supporter les conséquences.

— Je les supporterai, dit-elle.

Et elle sentit son cœur battre encore une fois. Elle se
reprochait de s'être mise en colère et se disait que son
mari était bien bon de lui avoir cédé si vite; sa nature
généreuse se refusait presque à accepter un si grand
sacrifice. Oh! si elle avait été seule! mais, il y avait ces
six petits enfants! Puis elle se représenta Londres
comme elle l'avait vu, une seule fois dans sa vie — lorsqu'elle était venue d'Irlande à Ditchley — ce Londres
lugubre où, au milieu des splendeurs, on voit tant de
gens mourir de faim. Elle se demandait si ses enfants
à elle ne trouveraient pas la mort dans cette grande
cité, si son mari ne réussissait pas dans son entre-
prise. Non, elle ne pouvait consentir et même, si elle
consentait, ils ne pouvaient mettre leur projet à exécu-

tion : il leur restait à peine de quoi payer les dépenses du voyage.

Le remords, toutefois, qu'elle avait, d'avoir été dure envers Edouard lui donnait le courage d'écouter son mari avec patience; il lui parlait d'un autre projet dont il l'avait déjà souvent entretenue, sans arriver à la persuader : c'était de demander à M. Oldham une augmentation de traitement.

— Je mérite bien cela, disait le vicaire, je fais tout l'ouvrage, et il a tout l'argent. Je voudrais bien savoir ce qu'il possède en somme et ce qu'il compte faire de toute sa fortune; c'est un avare, comme tous les riches, et il ne me donnera rien de plus que ce qui a été convenu entre nous.

— Je ne crois pas, dit Joséphine en souriant, que M. Oldham soit avare; voyez comme il est bon pour les enfants.

— Bah! les enfants! A-t-il jamais été bon pour moi? a-t-il jamais voulu apprécier mon talent et le sacrifice que je fais en restant ici auprès de lui, lorsque je pourrais si facilement... Mais je ne veux pas vous contrarier, ma chère....

— Mon ami, dit-elle, je ne m'oppose pas à ce que vous fassiez une tentative auprès du recteur, je veux bien vous céder, cette fois.

Si elle parlait ainsi, c'est qu'elle voyait quelque justice dans la demande de son mari; et c'est ce qui la décida autant que sa situation désespérée.

Il s'agissait de savoir qui ferait la démarche.

— Je crois que vous vous en tirerez mieux que moi, ma chère, dit M. Scanlan; les femmes sont plus habiles que les hommes pour ces missions délicates.

Elle hésita un peu et, après quelques instants de réflexion, promit à son mari d'aller trouver M. Oldham dès le lendemain.

CHAPITRE V

UN SECRET

Joséphine Scanlan ne se doutait pas que ce lendemain devait décider de sa vie entière.

Il lui coûtait d'aller rendre cette visite au recteur ; c'était prendre la place de son mari et tenter pour lui une démarche qu'il était trop faible pour faire lui-même.

Ah ! qu'elle le connaissait bien cet homme qui aurait tout fait pour s'épargner la moindre peine.

Dans cette démarche tout froissait la délicatesse de ses sentiments. Peut-être essuierait-elle un refus ? Peut-être le recteur lui ferait-il comprendre qu'elle se mêlait d'une chose qui n'était pas de son ressort ? Peut-être lui adresserait-il des questions auxquelles elle serait forcée de répondre, et alors il se demanderait pourquoi elle ne réussissait pas à se tirer d'affaire là où bien des gens aussi pauvres qu'eux trouvaient moyen de faire face à tout. Enfin, elle avait peur que M. Oldham ne fût de l'opinion de son mari et ne lui conseillât d'essayer d'aller chercher fortune à Londres.

Elle pensa à ses enfants, et cette pensée lui redonna

du courage; c'était pour eux, pour leur bien, qu'elle s'exposait peut-être à entendre sa propre condamnation ou celle d'Edouard qui, pour le monde du moins, était un homme digne de son amour et de son respect.

On était à la mi-juin, la chaleur était accablante. Elle partit résolument, d'un pas précipité, pour ne pas se laisser aller à ses tristes pressentiments.

Il y avait des mois qu'elle n'avait rendu visite au recteur; en arrivant à la porte de son joli jardin, la vue des belles fleurs réveilla de vieux souvenirs en elle et aussi de vains désirs. Ce n'était pas pour elle-même qu'elle enviait cette retraite agréable, c'était pour les siens; si elle avait été seule au monde, elle se serait contentée de son *nid de roitelet*, bien qu'il prît tous les jours un air plus triste et plus délabré.

Elle trouva M. Oldham, non pas dans son cabinet de travail, comme elle pensait, mais assis tranquillement dans sa serre il était assoupi; à l'arrivée de madame Scanlan, il sortit de sa somnolence.

— Je vous demande pardon, madame, lui dit-il, confus d'être pris en flagrant délit. Je suis ravi de vous voir; comme c'est aimable à vous d'avoir bravé la chaleur pour venir me faire une visite ce matin et pour égayer un peu ma solitude.

Elle se sentait toute honteuse de la courtoisie du vieillard et lui dit d'une voix mal assurée :

— Ne me remerciez pas trop, monsieur; je ne mérite pas vos compliments, car j'ai bien peur que ma visite ne

vous semble pas désintéressée. En venant ici ce matin,
je fais une démarche...

— Je serai très heureux de vous être agréable, chère
madame; mais, je vous en prie, mettez-vous à l'aise;
j'aime votre franchise, quand même elle devrait blesser
un peu la vanité d'un vieillard; vraiment, comment ai-je
pu avoir l'idée qu'une mère de famille, occupée comme
vous l'êtes, puisse perdre son temps à venir demander
des nouvelles de sa santé à un vieux garçon comme
moi?

— Vous avez été malade? je n'en savais rien.

— Personne ne le savait, si ce n'est Waters; je n'aime
pas qu'on s'occupe de moi, comme vous le savez. Je crois,
madame, que nous en sommes arrivés à nous comprendre
assez bien tous les deux.

— Je l'espère, dit-elle en souriant.

— Venez causer un peu dans le jardin, reprit-il, et
ensuite je vous ferai voir mes roses. J'ai les plus belles
roses mousseuses que vous ayez jamais vues.

Des roses mousseuses! et la triste affaire dont elle
avait à l'entretenir! C'était pour la femme du vicaire un
contraste bien attristant; mais elle fit un violent effort et
commença. Une fois partie, il lui en coûta moins d'aller
jusqu'au bout, d'autant plus que le recteur eut la courtoisie de ne pas l'interrompre et d'écouter jusqu'à la fin
son triste récit.

Alors, il la regarda à la dérobée, sans rien dire; ensuite, baissant les yeux, il se mit à tracer des dessins sur
le sable avec le bout de sa canne.

— Ce que vous me dites là, madame, vous croyez peut-être que je ne le sais pas, mais je le sais. Votre mari m'en a parlé plus d'une fois ; tenez, il n'y a pas plus de huit jours il est encore revenu à la charge, mais sans succès ; j'ai opposé un refus formel à sa demande.

— Vraiment! mais il ne m'en a rien dit, et c'est lui qui m'envoie ce matin pour renouveler ses instances.

Pendant un instant l'indignation de Joséphine lui avait fait oublier sa prudence ordinaire.

— Je vous demande pardon, monsieur, ajouta-t-elle, en se levant, je vois que je n'aurais pas dû venir ici. Mais M. Scanlan m'avait dit...

Elle s'arrêta. Il n'était pas toujours prudent de répéter les paroles de M. Scanlan, sans avoir des preuves en main.

— M. Scanlan vous a dit sans doute une quantité de choses comme on en peut dire quand on est contrarié, et je crois l'avoir vivement contrarié l'autre jour; mais excusez-moi, madame, votre mari est un jeune homme, et il devrait savoir supporter les boutades d'un vieillard comme moi. Veuillez vous rasseoir, chère madame; reparlons tranquillement de cette affaire.

Elle lui obéit, quoiqu'il lui en coutât beaucoup; elle se décida, en se rappelant que le recteur était pour elle un véritable ami; en réalité, c'était le seul qui lui restât.

— M. Scanlan m'a parlé naturellement de ses nouveaux projets; il m'a même mis au pied du mur et m'a signifié que si je n'augmentais pas ses appointements, il

me quitterait pour aller s'établir à Londres. Il paraît
qu'il a d'admirables projets...

Madame Scanlan ne trouva pas un mot de réponse,
tant elle était étonnée de voir que son mari avait parlé, à
la dernière personne qui lui serait venue à l'esprit, de
choses qui devaient être tenues secrètes.

— Je sais tout cela, continua M. Oldham, mais dans
des questions aussi importantes je préfère toujours savoir
ce que pense la femme. Voyons, dites-le-moi franchement, est-ce votre désir à vous de quitter Ditchley?

— Non, décidément non.

Le vieillard parut enchanté.

— J'en suis ravi; je vous avoue que j'aurais été fâché,
madame, de vous voir, après tant d'années, témoigner le
désir de nous quitter. De plus, je ne vois pas ce que l'on
peut tant reprocher à Ditchley; la ville est jolie, les gens
agréables, l'air excellent pour les enfants. Pourquoi iriez-
vous à Londres?

— C'est mon mari qui le désire.

— Oui, je m'en souviens, il m'a dit qu'il y serait
mieux apprécié, qu'il pourrait avoir une certaine vogue,
etc... C'est vrai, c'est un homme de talent; mais c'est
une affaire de chance, et, s'il ne réussit pas, que
deviendra-t-il? que deviendrez-vous, vous et vos enfants?

Madame Scanlan se sentait soulagée d'entendre ces
paroles pleines de sens et de raison; elle voyait que le
recteur n'avait pas pris en mauvaise part les confidences
de son mari. Elle était pleine de reconnaissance pour

cet excellent vieillard et elle lui exprima toute sa grati-
tude.

— Non, non, vous n'avez pas à me remercier; c'est
moi qui, au contraire, vous suis obligé. Je vous assure que
ce serait pour moi un vrai regret si vous quittiez Ditchley.

— Pour moi aussi et pour mon mari également, ajouta-
t-elle; je suis sûre qu'il vous quitterait avec peine; mais
j'ai bien peur que nous n'en soyons bientôt réduits à cette
extrémité : il nous est impossible de vivre avec ce que
nous recevons de vous, et nous n'avons aucune autre
ressource.

— Vraiment? je m'en doutais, mais je n'en étais pas
bien sûr. Pauvre femme, vous devez parfois vous trouver
dans de cruels embarras.

— Je ne me plains pas, dit-elle avec une certaine fierté,
je lutterais bien encore, mais cette année je n'ai pas pu
parvenir à faire face à toutes les dépenses, et je me trouve
dans une affreuse situation. Savez-vous que nous devons,
à l'heure qu'il est, quinze livres!

— Quinze livres! quelle grosse somme! dit le recteur
en souriant.

— Pour vous, peut-être, c'est une bagatelle, mais pour
moi c'est un poids si lourd que j'ai grand'peine à le
porter!

Elle se mit à parler à cœur ouvert; il y avait si longtemps qu'elle n'avait trouvé à qui confier ses peines!

— C'est que, voyez-vous, jamais je n'ai passé par de
semblables épreuves. Mon père, — ah! si vous aviez connu
mon père! — aurait mieux aimé supporter la faim que de

faire des dettes! Si vous l'aviez connu! répéta-t-elle en
sanglotant.

— Je ne vous en ai jamais parlé, dit le recteur d'une
voix douce, mais j'ai eu l'honneur de voir un jour à Paris
le vicomte de Bougainville; c'était au mariage de sa
sœur.

Madame Scanlan fut très surprise, mais elle ne voulait
pas adresser de question à M. Oldham; elle garda le silence. Peu après, le maître d'hôtel apparut, annonçant
que le lunch était servi.

— Me permettez-vous? dit le recteur, en lui offrant
son bras. Après le lunch nous reparlerons de notre
petite affaire.

La femme du vicaire se leva, et le courage, qui commençait à lui manquer, lui revint. Pendant le repas la
conversation fut très agréable; M. Oldham parla de son
jardin et se montra très empressé, il fit même apporter
une bouteille de son meilleur bourgogne, disant qu'il
voulait célébrer l'honneur trop rare de la recevoir chez
lui; mais la bonté du recteur fit plus de bien à madame
Scanlan que son vin vieux.

Comme elle contemplait la belle et grande salle dans
laquelle elle se trouvait, le recteur lui dit :

— Vous semblez admirer cette pièce.

— Oui, je l'ai toujours trouvée fort belle. Votre maison, selon moi, est la plus jolie maison de Ditchley; et,
vous le savez, j'ai un faible pour toutes les jolies choses.

— Moi aussi; parfois même je me dis que je devrais
me laisser aller à mes goûts et collectionner quelques

tableaux, par exemple. Mais à quoi bon? je suis trop vieux ;
je n'en jouirais pas assez longtemps, et à ma mort on les
disperserait à tous les vents. Non, non, j'ai pris la ferme
résolution de laisser à ceux qui viendront après moi le
soin de dépenser mon argent à leur guise.

C'était la première fois que M. Oldham parlait ouvertement de ses héritiers. Il en avait évidemment, les gens
riches ont toujours une quantité de cousins au douzième
degré qui se montrent au moment voulu pour recueillir
un héritage ; ses projets n'étaient connus de personne,
mais on pensait que, à défaut d'héritiers, il laisserait sa
fortune à quelque institution de charité. Madame Scanlan n'en savait pas plus long que les autres à cet égard ;
et, se rappelant qu'il était le dernier descendant des
Oldham, elle jugea que ce sujet ne devait pas lui être très
agréable. Aussi essaya-t-elle de détourner la conversation.

— J'espère, dit-elle, que ceux qui doivent venir après
vous attendront longtemps leur héritage.

— Je vous remercie. Ils ne perdront rien pour attendre,
ils trouveront ma fortune bien en ordre. Je mets du temps
à me décider, mais, une fois ma résolution prise, je change
rarement d'avis. Mes héritiers peuvent compter en toute
sécurité sur ce qui doit leur revenir.

C'était une remarque singulière, et Joséphine fut très
embarrassée pour y répondre. Elle voyait bien que c'était
par amitié que M. Oldham lui parlait ainsi de ses affaires,
mais elle avait d'autres préoccupations qui l'intéressaient
bien plus vivement. Cependant, elle ne voulait pas s'impo-

ser et attendit avec une impatience fiévreuse le moment
de quitter la salle à manger et de reprendre l'entretien
commencé.

A la fin, le recteur se leva et la conduisit dans son cabinet de travail ; il s'établit dans une chaise et lui fit signe
de s'asseoir. Il ne paraissait pas disposé à lui parler tout
de suite de son affaire.

— Pensez-vous quelquefois à la mort ? lui dit-il.

— Voulez-vous parler de la mort au point de vue reli-
gieux ? lui demanda-t-elle.

— Non, du tout, je vous demande simplement si vous
croyez vivre longtemps.

— Dans ma famille, on vit très longtemps ; je crois que
je me porte aussi très bien et que je vivrai longtemps !
Oui, j'espère bien que Dieu m'accordera la grâce de voir
tous mes enfants dans la force de l'âge.

Elle soupira faiblement ; elle pensait qu'à la naissance
de son dernier fils elle avait failli mourir et laisser ses
chers enfants sans autre aide et sans autre protection que
leur père. A dater de ce jour, elle avait plus que jamais
pris soin de sa santé.

— Ma vie est dans les mains de Dieu, ajouta-t-elle,
mais, humainement parlant, je ne vois pas pourquoi je
mourrais jeune. J'espère, pour mes enfants et pour mon
mari, que je vivrai longtemps.

— Votre mari est moins fort que vous, du moins il me
le dit toujours. Dans ses moments de tristesse, il s'imagine qu'il n'atteindra jamais mon âge.

— Je crois bien cependant qu'il arrivera jusque-là, dit-

elle, surtout s'il ne se fatigue pas trop et s'il habite toujours la campagne ; c'est là une des raisons qui me
font prendre en dégoût l'idée d'aller à Londres.

— Attendez, nous reviendrons là-dessus tout à l'heure.
Pour l'instant je veux vous parler d'une affaire particulière, je veux vous communiquer un secret, je sais que
vous êtes femme à garder un secret.

Madame Scanlan baissa la tête en signe d'assenti-
ment, se demandant ce qu'elle allait apprendre. Certainement, pensait-elle, il ne va pas m'annoncer son mariage,
quoique, après tout, on voie des gens de soixante-quinze
ans se marier.

— C'est, reprit le recteur, un secret que vous aurez à
garder pendant quelque temps, peut-être pendant plusieurs années ; il faudra n'en parler à qui que ce soit ;
votre mari même n'en doit jamais rien savoir.

— Je n'en dois pas parler à mon mari ? s'écria Joséphine, en reculant. Tenez, monsieur, je crois qu'il vaut
mieux que vous ne me disiez rien : il est bien difficile
(même en ne tenant pas compte du côté moral de la question), oui il est bien difficile à une femme d'avoir des
secrets pour son mari.

— Peut-être ; je n'ai jamais eu l'avantage d'être marié, et
il est bien certain que je ne tenterai pas cette expérience ;
mais cependant, vous n'avez pas parlé à votre mari de
madame Waters et de ce que vous saviez de sa triste
maladie.

— C'était bien différent, dit-elle avec quelque hésita-
tion.

— Quoi qu'il en soit, il faut que vous me promettiez de garder mon secret absolument, ou je ne puis vous le confier; pensez aussi qu'il est important, très important même, que vous le sachiez.

Le recteur parlait avec fermeté; on sentait, à l'entendre, qu'il serait inflexible.

— C'est un secret, continua-t-il, qui me concerne particulièrement, que Scanlan n'aurait aucun avantage à connaître; loin de là, s'il le connaissait, ce serait pour lui un vrai malheur. C'est par pure bonté que je ne veux pas qu'on lui en parle.

— Alors pourquoi m'en parlez-vous, à moi?

— C'est que vous, vous êtes d'un tout autre caractère. Ce que je veux vous dire, loin de vous être nuisible, pourrait vous être utile; je vous conseille de me laisser parler, c'est pour le bien de vos enfants.

— J'ai horreur des mystères, dit madame Scanlan.

Elle était très perplexe et se demandait quel pouvait bien être le secret du recteur; était-ce quelque affaire ecclésiastique? ou bien s'agissait-il de l'avenir de M. Scanlan? Elle pensait que M. Oldham voulait lui assurer, après sa mort, le rectorat de Ditchley.

— Moi aussi, madame, lui dit-il, j'ai horreur des mystères, mais il est tel cas où l'on est obligé d'avoir recours au mystère. Je vous demande donc de me répondre franchement par un oui, ou par un non; je ne veux plus même vous rien dire pour vous influencer; j'ajouterai seulement ceci : je suis persuadé que lorsque vous saurez mon secret, vous ne songerez plus à partir pour Londres.

La tentation était forte.

— Oh! monsieur, dit-elle tristement, pourquoi me mettez-vous à une aussi cruelle épreuve?

— J'agis ainsi pour votre bien. Croyez-vous, ma chère enfant, que je ne me mets pas à votre place? Je ne puis, je vous assure, vous poser d'autre condition : vous devez me promettre de ne pas révéler à votre mari ou à toute autre personne ce que j'ai à vous dire; si vous le faisiez, je considérerais la chose en question comme nulle et non avenue.

— Je ne vous comprends pas.

— Il est inutile que vous me compreniez. Je vous demande seulement d'avoir confiance en moi. N'ai-je pas toujours été pour vous un ami bon et sincère? Je vous en donne ma parole d'honneur, — celle du dernier des Oldham, ajouta-t-il avec une sorte de fierté attendrie qui alla droit au cœur de cette jeune mère; ce que je vous demande ne vous causera jamais le moindre embarras et ne vous compromettra en rien. C'est un secret qui est *mien*, j'aurais pu le garder jusqu'au jour de ma mort, seulement je crois que vous l'apprendrez avec quelque plaisir; je pense que Scanlan lui-même vous presserait d'accepter mes conditions s'il était au courant de cette affaire.

— Laissez-moi lui en parler, dit-elle d'un ton suppliant, laissez-moi lui dire qu'on me veut confier un secret, et qu'il doit me permettre de garder ce secret pour moi toute seule.

—Croyez-moi, dit le recteur, ne lui en dites rien. J'aime

beaucoup Scanlan, c'est un garçon de talent, un homme
agréable qui remplit à merveille ses fonctions de vicaire,
je voudrais le voir rester toujours avec moi ; mais, chère
madame, ne m'obligez pas à vous dire que.... que madame Scanlan est une femme très supérieure à son mari.

Pauvre M. Oldham ! il soupçonnait peu, en sa qualité
de vieux garçon, quel effet produirait son compliment.

Joséphine devint toute rouge, et elle prit un air de
dignité qu'il ne lui connaissait pas.

— Monsieur, vous n'avez pas sérieusement réfléchi à
ce que vous venez de me dire. Restons-en là et parlons
simplement de l'affaire dont mon mari m'a priée de vous
entretenir. Veuillez me faire connaître votre décision,
car il faut que je retourne auprès de mes enfants.

M. Oldham la regarda un instant et lui tendit la
main.

— Pardon, madame, je me suis oublié et je vous ai
parlé comme si vous étiez ma fille. Vous auriez pu
l'être ; autrefois j'ai aimé une personne qui vous ressemblait beaucoup.

En prononçant ces paroles le vieillard était ému. Naturellement madame Scanlan ne lui demanda pas quelle pouvait être cette personne. Plus tard elle eut sujet de croire
qu'il s'agissait peut-être de sa tante, cette belle Joséphine
de Bougainville qui était morte jeune, peu après son
mariage ; mais elle ne sut jamais là-dessus l'exacte vérité
et ne chercha jamais à la savoir.

— Il est facile, reprit M. Oldham, d'arranger l'affaire
dont votre mari vous a chargée. J'ai de l'affection pour

vous et pour lui, je désire qu'il reste mon vicaire jusqu'à ma mort, aussi dites-moi ce qu'il vous faut pour
vivre tranquillement et sans souci, et je vous l'accorde-
rai. Donnez-moi mon livre de chèques qui est là, dites-
moi la somme, et l'affaire sera terminée sans autre forme
de procès. Puis-je maintenant vous dire mon secret?

Madame Scanlan l'avait écouté avec étonnement, pleine
d'une reconnaissance trop grande pour se répandre en
paroles, mais elle hésitait toujours.

Une foule de questions s'agitaient encore dans son
esprit. Elle savait bien pourtant — et elle était convaincue
que le recteur le savait comme elle — qu'Edouard Scanlan
était l'homme le moins fait pour garder un secret. Mais
le sentiment profond qu'elle avait de son devoir l'arrêtait;
la devise des Bougainville : *Fais ce que dois, advienne que
pourra*, la poursuivait; jeune fille, elle n'y avait jamais
failli ; pouvait-elle, maintenant qu'elle était épouse et
mère, manquer de courage et oublier ce que lui dictait
l'honneur?

— Voyons, dit M. Oldham, c'est une trop grave question pour que j'exige de vous une réponse immédiate.
Voici un chèque en blanc, remplissez-le à votre guise et
allez ensuite faire un tour de jardin, prenez le temps de
la réflexion.

Il la conduisit par la main à la porte du jardin et la
laissa seule au milieu de ses belles roses.

Qui peut savoir ce qui se passa alors dans l'esprit de
Joséphine? Réussit-elle à se faire une raison et à sacri-

fier son devoir au bien de ses enfants? On ne saurait le dire.

Elle revint au bout d'un quart d'heure.

— Eh bien! chère madame, avez-vous pris une décision?

— Oui, vous pouvez me dire ce que vous voudrez, et je vous promets de garder votre secret fidèlement, toute ma vie.

— Comme vous avez gardé le secret de madame Waters?

— C'était autre chose; mais je vous promets de garder le vôtre aussi, je n'en dirai rien à mon mari.

— Je vous remercie.

M. Oldham lui serra la main avec effusion.

— Vous ne regretterez jamais ce sacrifice, ajouta-t-il.

Maintenant qu'il avait sa promesse, il ne semblait pas pressé de lui révéler le secret. Il lui remit le chèque signé et prenant sa canne et son chapeau sortit avec elle; il lui faisait admirer chemin faisant ses fleurs favorites.

— Cette rose n'est-elle pas admirable? Je la ferai transporter dans ma serre; j'avais pensé à installer un jardin d'hiver avec des roses de toutes les espèces, mais ce serait trop coûteux et de trop peu de durée peut être, puisque cette maison passera en d'autres mains après ma mort. Le château d'Oldham restera la propriété de ceux qui auront ma fortune, c'est un bien de quelque valeur, libre de toute hypothèque; mes héritiers pourraient même aller l'habiter tout de suite, mais je ne veux pas qu'il en soit ainsi. Mon exécuteur testamentaire, le docteur Waters, et mon notaire ont, à cet égard, des instructions précises.

Joséphine était à bout de patience, mais le recteur continuait toujours. Elle l'écoutait à peine, attendant le moment où il lui confierait son secret; ce ne fut qu'à la dernière minute, lorsque déjà elle avait passé la porte du jardin, qu'il en reparla.

— Vous croyez sans nul doute que ce secret sera pour vous un poids lourd à porter? rassurez-vous, vous ne le garderez pas longtemps, jusqu'à ma mort seulement.

— J'espère alors le garder bien des années.

— Peut-être pas une année entière. J'ai eu l'autre jour une petite attaque, qui m'a donné l'éveil et m'a fait mettre ordre à toutes mes affaires. Rappelez-vous que ce que je vous dirai ne doit rien changer à votre vie; tout doit marcher dans votre maison comme auparavant. Tout ce que je vous demande, c'est de ne plus venir à moi, comme aujourd'hui, avec cet air désespéré.

— Grâce à vous, je rentre toute heureuse aujourd'hui; la prochaine fois que je viendrai, je vous promets d'avoir l'humeur couleur de rose; voulez-vous que j'amène avec moi les enfants?

— Certainement, ils sont charmants et, ajouta-t-il, en prenant soudain un air grave, ne vous inquiétez plus de leur avenir, c'est inutile. Voici mon secret, il est bien simple : hier, j'ai fait mon testament, et je vous laisse toute ma fortune; pas un mot; adieu!

Il rentra vite, traversant son jardin à pas précipités. Madame Scanlan resta comme pétrifiée à la porte du jardin, et voyant qu'il ne lui restait qu'à partir, elle reprit aussi le chemin de sa maison.

CHAPITRE VI

UNE INVITATION

Joséphine Scanlan croyait rêver. Elle fut d'abord si étonnée qu'elle ne se rendit pas compte du changement qu'apportait dans son avenir et dans celui de ses enfants le secret du recteur.

Peu à peu, elle vit plus clair dans sa situation et se prit à penser à tous ses chers petits qui n'auraient jamais à souffrir comme elle avait souffert et commença à comprendre pourquoi M. Oldham avait exigé d'elle la promesse de ne jamais parler de ce qu'il lui avait confié; elle sentait que sa manière d'agir avait été aussi sage que noble et généreuse.

Elle ne voulut pas rentrer à la maison avant d'avoir repris ses esprits; elle fit donc un petit détour qui l'obligea à traverser Ditchley dans toute sa longueur. Elle marchait la tête haute, sans craindre de rencontrer qui que ce fût; n'avait-elle pas le chèque dans sa poche? C'était là pour elle un gage certain qu'elle ne verrait plus ces moments difficiles pendant lesquels elle avait tant souffert. En passant devant les boutiques de ses fournisseurs, elle se fit remettre toutes les notes et promit de les payer le lendemain matin.

Elle était radieuse et se sentait disposée à aimer tout le monde, tant son cœur débordait de reconnaissance.

Elle fut reçue à la porte de sa maisonnette par l'aînée de ses petites filles.

— Maman, vous apportez de bonnes nouvelles, s'écria-t-elle, en voyant l'expression souriante et heureuse du visage de sa mère.

— Oui, ma chérie, j'apporte d'excellentes nouvelles. M. Oldham a été très bon, il m'a accordé ce que je lui demandais; nous serons tout à fait riches maintenant.

Adrienne, naturellement, était au courant de tout, il était bien difficile de lui cacher des peines et des embarras de ce genre.

— Oui, reprit la mère, il ne faut plus vous inquiéter. M. Oldham a augmenté le traitement de papa ; nous devons tous lui en être très reconnaissants et faire tout ce que nous pourrons pour lui être agréables jusqu'à la fin de nos jours.

— Vraiment ? mais maman, si, comme papa vient de me le dire, le recteur aurait dû depuis longtemps le payer davantage, pourquoi devons-nous être si reconnaissants ? M. Oldham n'a fait que son devoir.

Madame Scanlan ne répondit rien; elle souffrait de ne pouvoir expliquer à sa fille que son père avait eu tort de lui parler ainsi.

— Adrienne, nous n'avons pas à discuter cela maintenant; qu'il te suffise de savoir que M. Oldham est très bon et que ton père et moi, nous l'aimons et le respectons.

— Je ne crois pas que papa l'aime beaucoup; il se moque toujours de lui et de ses manies.

— Nous nous oublions parfois jusqu'à nous moquer des personnes que nous aimons, dit gravement madame Scanlan, et entourant de ses bras le cou de sa fille, elle la pressa sur son cœur et pensa à l'avenir heureux qui attendait cette chère petite dont la figure amaigrie et inquiète portait la marque d'un chagrin précoce. Cette idée lui redonna du courage pour parler à son mari et lui cacher une partie des bonnes nouvelles qu'elle apportait.

Edouard Scanlan s'empara du chèque et éprouva une joie d'enfant en voyant que la somme accordée par le recteur était assez ronde. Il commença à énumérer toutes les dépenses qu'il avait à faire pour lui et pour la maison et avait déjà dissipé en imagination la moitié de la somme, avant que sa femme eût fini de lui raconter comment elle l'avait obtenue.

Il ne s'en inquiétait guère, l'important c'était de tenir l'argent. Il ne remarqua ni les hésitations de Joséphine ni le décousu de son récit, ni les caresses qu'elle lui prodiguait comme pour atténuer le chagrin que lui causait son manque de franchise envers lui.

Mais lorsqu'elle lui dit ce qu'elle avait fait à Ditchley et qu'il apprit qu'elle avait promis de payer le lendemain même une grosse somme à ses créanciers, M. Scanlan prit un air très mécontent.

— Que vous êtes ridicule de vous tant presser ! comme

si ces imbéciles ne pouvaient pas attendre un peu, après
nous avoir tant harcelés! Si je n'avais pas peur de me
déconsidérer comme ecclésiastique, je les ferais languir
exprès aussi longtemps que possible.

— Ce n'est pas parce que vous êtes ecclésiastique qu'il
faut agir honnêtement, lui dit sa femme avec tranquillité.
Voici la liste de nos dettes; vous voyez qu'il ne faudra
pas dépenser au hasard ce qui nous restera.

— Comment! vous allez payer tout cet argent à la fois?
Vous auriez mieux fait de ne rien apporter du tout. Que
nous revient-il de la *générosité* de M. Oldham, comme
vous dites, une belle générosité, ma foi! Pendant que
vous y étiez, Joséphine, pourquoi donc n'avez-vous pas
demandé un peu plus?

Joséphine se leva indignée.

— Comment! lui demander davantage, quand il nous
a déjà tant donné?..... quand il va nous donner......

Tout ce qu'il possède, allait-elle ajouter, mais elle s'arrêta à temps.

—Que va-t-il nous donner? Encore quelques robes de
soie, des livres pour les enfants ou des légumes de son
potager? C'est tout ce qu'il a l'idée de nous donner! Me
donne-t-il jamais quelque chose à moi? A-t-il l'air de se
douter seulement du sacrifice que je fais en restant dans
ce trou de Ditchley? Il doit cependant savoir ce que je
vaux, sans cela comment aurait-il consenti à m'augmenter? C'est un remords de conscience, il sait bien qu'il ne
trouverait jamais un vicaire disposé à se charger de mon
service au même prix.

— Vous savez bien, Edouard, qu'il le pourrait. Il m'a dit ouvertement que pour la moitié de votre traitement il pourrait avoir demain vingt vicaires s'il le voulait.

— Mais pas un seul vicaire comme moi.

— Ne pensez-vous pas, mon ami, que nous devrions accepter les bienfaits dont nous sommes comblés en ce jour et en remercier Dieu, plutôt que de discuter ainsi les bontés que l'on a pour nous.

Mais non, un homme mesquin n'est jamais reconnaissant. On a beau le combler, il crie toujours : Donnez encore !

Depuis cinq minutes à peine, Edouard Scanlan éprouvait une joie d'enfant à palper ce chèque, et déjà il commençait à regretter que la somme ne fût pas plus forte. Il fallut que sa femme lui fît honte pour qu'il avouât qu'elle s'était assez bien acquittée de sa mission.

— Voilà un jour qui vous sera compté, ma chère ; je reconnais que je vous dois beaucoup.

Joséphine sourit ; il lui devait plus qu'il ne pensait.

Peu de jours après, M. Oldham vint voir madame Scanlan, suivant son habitude ; lorsqu'elle voulut le remercier encore et lui parler de sa générosité, il lui fit signe de ne pas ajouter un mot.

— Ne me reparlez jamais de tout cela. J'ai peut-être mal fait de ne pas me taire, mais c'est trop tard maintenant. Rappelez-vous seulement votre promesse de ne jamais laisser deviner que vous savez quelque chose.

— Je suis vraiment fâchée..... si vos raisons.....

— Mes raisons sont bien simples : c'est que peu de

gens aiment à entendre parler de leur mort; je suis
comme la plupart des gens. Je tiendrai mon engagement,
madame, mais si jamais vous m'en dites un mot, il sera
nul. N'oubliez pas qu'il est bien facile de brûler un testament.

Joséphine se sentit humiliée, mais elle n'en fit rien
paraître.

— Je vous comprends, dit-elle, je vous prie d'agir toujours comme vous le jugerez à propos à cet égard.

Un des enfants coupa court à cet entretien. Jamais
on ne revint sur ce sujet délicat. Le recteur paraissait
si bien oublier ses confidences que Joséphine se demandait dans la suite, pendant les longues années qui suivirent, si ce n'était pas un rêve, un effet de son imagination.

Tout d'abord, néanmoins, elle crut à son bonheur et
s'en réjouit extrêmement. C'était une joie bien innocente
qui ne faisait de mal à personne et ne privait de rien
celui qui la causait. Ne fallait-il pas que cette grande
fortune fût un jour la propriété d'un autre, et ne serait-
ce pas une consolation pour le bon vieillard de penser
que, à l'heure de sa mort, il procurerait le bien-être à
toute une famille?

C'était une des grandes préoccupations de madame
Scanlan de penser à l'avenir de ses enfants; elle se com-
plaisait dans cette idée de fonder une famille et de revivre
longtemps dans de nombreuses générations.

Elle regardait son petit César qui était le portrait
vivant de son grand-père, le vicomte de Bougainville,

et voyait déjà renaître dans cet enfant toute la vieille race de ses ancêtres, ravie de penser qu'il aurait assez de fortune pour tenir son rang dans le monde.

Je crois que madame Scanlan devait être vraiment heureuse à cette époque; les soucis d'argent lui étaient épargnés, elle voyait que l'aisance revenait peu à peu dans sa maison, et que ses chers enfants ne manquaient de rien. Elle se sentait même plus disposée à pardonner au vicaire ses faiblesses, et son affection pour lui se raviva.

C'est alors qu'elle vit combien il était difficile de garder un secret; elle se reprochait de cacher quelque chose à son mari, et vingt fois par jour elle avait envie de se jeter à son cou et de lui dire ce qu'elle savait. Toutes les fois qu'elle le voyait un peu contrarié, elle aurait voulu pouvoir le consoler en lui disant qu'il verrait plus tard des jours meilleurs.

La tentation était si forte que plus d'une fois elle fut sur le point d'aller chez le recteur pour lui parler; elle voulait le supplier de la délivrer du poids si lourd qui pesait sur sa conscience de femme mariée, et faire comprendre à ce vieux garçon que le bonheur est impossible en ménage quand le mari et la femme ont des secrets l'un pour l'autre.

Un jour Joséphine prit le prétexte d'aller chez le recteur pour le remercier d'une invitation qu'il lui avait faite de venir passer avec ses enfants l'après-midi dans son jardin, elle avait déjà mis son chapeau, lorsque son mari entra dans sa chambre et lui demanda où elle allait.

— Je vais dire.à M. Oldham, répondit-elle, que nous ne pouvons pas nous rendre à la petite fête qu'il a organisée; nous sommes invités ailleurs, comme vous le savez.

— Comme c'est ridicule ! pourquoi refuseriez-vous ? préférez-vous conduire les enfants chez ces fermiers ?

Joséphine essaya de le convaincre, lui disant que l'invitation du recteur était venue trop tard et que les fermiers étaient de très braves gens.

— Je le veux bien, reprit le mari, mais il y va de notre intérêt de ne pas blesser M. Oldham; on m'a fait remarquer qu'il aimait beaucoup nos enfants.

— Ils sont si gentils, dit la mère d'une voix un peu tremblante.

— Je le sais aussi bien que vous, ma chère; mais c'est que, voyez-vous, si M. Oldham est si bien disposé pour eux, je vous engage à le cultiver autant que vous pourrez.

— Le cultiver !

— Vous me comprenez, n'est-ce pas? Ne peut-il pas à sa mort les favoriser et leur laisser un petit héritage qui, pour nous, serait d'un grand secours.

Joséphine ne put rien répondre, elle était trop émue.

M. Scanlan remarqua le silence de sa femme, il en fut blessé et lui en fit des reproches.

— Vous pensez, lui dit-il, que c'est très mal de ma part de parler ainsi? Vous trouvez toujours à redire à mes idées et à mes projets.

— N'avez-vous pas honte? croyez-vous qu'il soit

beau et noble de cultiver une personne dans l'espoir
que vous pourrez en retirer quelque profit? Ne devriez-
vous pas être content de ce que le recteur a déjà fait pour
nous?

— Laissons de côté cette question qui regarde l'avenir,
reprit-il, mais ne trouvez-vous pas que dès aujourd'hui
M. Oldham devrait nous aider un peu plus? Dimanche
dernier, ne m'a-t-il pas demandé ce que je comptais faire
de César, si je n'allais pas l'envoyer au collège et où? J'ai
trouvé la question légèrement impertinente.

— C'était de la bonté de sa part.

— Certainement, je comprends bien qu'il me faut
considérer la chose sous ce point de vue; mais j'ai pensé
que, puisqu'il s'intéresse tant à ce garçon et qu'il sait
que nous ne pouvons faire la dépense de l'envoyer au
collège, il pourrait se charger de son éducation; vous
qui êtes si habile, ne pourriez-vous pas le demander
adroitement à M. Oldham?

Joséphine tressaillit.

— Je ne vous comprends pas très bien, dit-elle.

— Vraiment, la chose est pourtant bien simple. Ne
voyez-vous pas quelle économie ce serait pour nous de
n'avoir pas à notre charge les frais de collège? Si le
recteur consentait, je pourrais me permettre d'aller à
Londres pour voir quelles chances j'aurais d'y réussir.

Joséphine ne dit rien encore, mais son visage prit une
expression rigide et sévère que son mari connaissait bien
et dont il avait peur. Il se radoucit.

— Je vois, reprit-il, que tout ce je viens de vous dire

n'entre guère dans vos vues. Vous connaissez M. Oldham mieux que moi, si vous pensiez un instant qu'il pût être blessé...

— Jamais je ne voudrais le tromper ainsi. Si je voulais lui demander un service, je m'adresserais à lui franchement, sans chercher à lui cacher la vérité. Mais comment osez-vous croire que je puisse aller à lui pour faire appel à sa charité quand nous n'en avons pas besoin ?

— Mais nous en avons besoin au contraire : César ne doit-il pas aller au collège, et n'est-il pas nécessaire que j'aille à Londres ?

— Je vous répète que c'est impossible, je ne puis en aucune façon demander ce service à M. Oldham.

— Je le sais bien, mais sur ce point je ne suis pas du même avis que vous ; je trouve que ma position de vicaire m'autorise à faire cette démarche auprès du recteur.

— Jamais je ne consentirai à une chose aussi vile et aussi basse ; mon père s'y serait refusé, mon fils fera comme mon père.

— Vous parlez toujours de votre père et de votre fils ! Votre mari vous est donc bien indifférent ! Évidemment, vous le considérez comme un être infime, qui peut agir comme bon lui semble.

— Chut ! Edouard, voici Adrienne.

La petite fille avait entr'ouvert la porte de la chambre et montrait sa petite figure pâle et inquiète.

— Elle peut tout entendre, dit M. Scanlan, ravi de se tirer ainsi de cette situation difficile. Viens ici, ma petite, voici ce dont il s'agit : je veux que vous alliez demain chez le recteur, et ta mère désire que vous alliez à la ferme, lequel préférerais-tu?

L'enfant embarrassée regardait tantôt son père, tantôt sa mère.

— Je croyais, papa, que vous n'aimiez pas beaucoup M. Oldham, vous trouvez toujours à redire à tout ce qu'il fait et vous vous moquez souvent de lui.

— Oh! la petite rusée, s'écria M. Scanlan que cette remarque amusait beaucoup. Ne t'inquiète pas, Adrienne, de savoir si j'aime M. Oldham ou non; je désire que vous alliez chez lui toutes les fois qu'il vous invitera et que vous soyez bien gentils pour lui, car il peut nous être très utile.

— Oui, papa, répondit l'innocente fillette tout en interrogeant des yeux sa mère pour savoir si elle l'approuvait.

Joséphine la rassura.

— Oui, chérie, je veux aussi que vous soyez tous très bons pour le recteur, c'est un homme qui nous a comblés et nous lui devons beaucoup de reconnaissance. Nous irons chez lui demain, puisque papa le désire tant.

— Je vous remercie bien, ma chère; que vous êtes bonne! lui dit son mari qui s'était complètement calmé. Il embrassa sa femme en la quittant; elle tendit la joue, mais ne lui dit pas un mot.

Elle ôta son chapeau et se mit à ranger machinalement autour d'elle, sans faire attention à Adrienne qui la suivait des yeux.

Joséphine s'assit sur le rebord de son lit en soupirant; elle sentit deux petits bras qui l'entouraient et entendit une petite voix bien douce lui dire : « Maman, maman! »

Elle se retourna et vit que c'était sa chère petite Adrienne; elle fondit en larmes en la pressant sur son cœur.

Naturellement, elle ne lui dit rien de ce qui s'était passé, et, à dater de ce jour, évita de parler à son mari d'envoyer César au collège; elle voulait prendre elle-même une décision à cet égard. L'idée d'aller chez le recteur pour lui demander la permission de révéler le secret à son mari ne lui vint plus à l'esprit après cette discussion. Elle reconnut que M. Oldham avait été fort bon juge et qu'elle seule était capable de discrétion.

CHAPITRE VII

UNE OUVRIÈRE EN DENTELLES

M. Scanlan alla à Londres. Comment fit-il pour se procurer l'argent nécessaire? voilà ce qu'il serait assez difficile de dire. Je soupçonne qu'il vendit à la fille d'un de ses voisins une superbe broche de perles qui représentait une somme assez ronde. Toujours est-il qu'il partit content et joyeux; depuis longtemps il désirait faire ce voyage.

C'était son ami, le peintre, qui lui avait mis ce projet en tête. Ce M. Summerhayes n'était pas sympathique à madame Scanlan, mais il avait su gagner le cœur de son mari. Quoiqu'il fût plus jeune que le vicaire, sa connaissance du monde et son expérience de la vie lui donnaient un certain ascendant sur son ami. Ils s'entendaient à merveille, bien qu'ils fussent d'un caractère très différent. Les enfants aussi aimaient beaucoup M. Summerhayes; ce jeune homme beau, brillant et distingué avait surtout frappé l'imagination de la petite Adrienne.

Quand elle vit son père partir avec lui, ce qu'elle regretta, ce ne fut pas de ne pas aller à Londres, ce fut d'être privée de la société de l'artiste.

A Londres M. Scanlan se remua beaucoup, il se montra dans le monde ecclésiastique et retrouva dans certaines réunions ses succès d'orateur; on s'occupa de lui, on le plaignit de vivre à l'écart dans une petite paroisse de province, mais personne n'alla jusqu'à lui offrir une place. Il s'aperçut que tout ce que M. Summerhayes lui avait dit n'avait aucune portée sérieuse, que son ami lui avait parlé au hasard, sans trop savoir ce qu'il disait. Avec cette insouciance qui le caractérisait, il avait pressé Scanlan de venir à Londres, mais il se lassa de sa société et peu à peu lui battit froid. Aussi le pauvre vicaire se trouvait-il parfois bien isolé, passant de longues soirées dans la solitude au milieu du bruit de la capitale; les lettres qu'il écrivait à sa femme n'étaient pas très gaies, il lui parlait du regret qu'il avait d'être aussi loin d'elle et du bonheur qu'il éprouverait de retourner à Ditchley. Joséphine était heureuse de voir les choses prendre cette tournure.

Lorsqu'il revint, un peu déconfit, elle le reçut avec joie et avec tendresse et tâcha de lui faire oublier ses ennuis et ses tribulations; elle écouta sans sourciller tout ce qu'il lui raconta de ses succès et de la sensation qu'il avait produite à Londres. Quand il parla des dépenses qu'il avait faites, il se montra que le prix de la broche n'avait pas été suffisant et qu'il avait emprunté quelque argent à son ami Summerhayes. Joséphine pensa alors à ce que lui coûtaient l'éducation de César et celle de Louis qu'elle s'était décidée à envoyer, aussi, loin de la maison. Pendant bien des nuits elle ne dormit pas, cherchant le moyen de se tirer de ce nouvel embarras ; elle ne comptait plus sur son mari pour la soutenir et la conseiller, aussi ne lui dit-elle rien. Elle avait pris ce parti depuis long-temps. Madame Scanlan avait toujours pensé à gagner de l'argent par son travail ; elle voyait bien qu'il lui fallait de toute façon augmenter son revenu pour faire face aux nou-velles dépenses, et, plus que jamais, au retour de son mari, elle songea à mettre son projet à exécution.

Elle se trouva très embarrassée toutefois quand il s'agit de trouver un moyen de se procurer un travail lucratif. Elle pensa d'abord à tenir une école, et bien qu'elle ne fût pas très instruite, s'étant mariée si jeune, elle vit par les progrès qu'avaient faits ses enfants sous sa direction, qu'elle pourrait se charger, en toute conscience, de la première éducation de quelques jeunes garçons et fil-lettes. Elle était toute décidée et, pour la forme, elle en parla à son mari, lui communiquant la chose comme un projet bien arrêté.

A sa grande surprise il fut très contraire à cette idée.

—Comment ! s'écria-t-il, vous parlez de tenir une école ! ma femme tiendrait une école !

Edouard Scanlan était hors de lui.

— Mais pourquoi pas ? ne suis-je pas assez savante ? dit-elle en souriant. J'ai réussi avec mes deux aînés. J'ai su qu'on les avait trouvés très bien préparés au collège. Et puis, ajouta-t-elle en prenant un air sérieux, c'est la nécessité qui me pousse ; nous manquons d'argent.

— Vous perdez tout à fait l'esprit, s'écria le vicaire très
irrité. Si nous sommes dans la gêne, pourquoi ne vous
adressez-vous pas à M. Oldham? Pourquoi ne lui deman-
dez-vous pas de nous augmenter encore?

Jamais elle n'avait voulu suivre ce dernier conseil,
malgré les instances de son mari. Elle ne répondit rien à
ce sujet et, pour changer de conversation, lui demanda
ses raisons pour l'empêcher de tenir une école.

— Quel mal peut-il y avoir à cela? Pourquoi ne con-
tribuerais-je pas à gagner le pain de toute la famille? Vous
travaillez assez, Edouard.

— C'est bien vrai! s'écria-t-il avec empressement.

— Pourquoi ne travaillerais-je pas aussi? J'en serais
plus heureuse, je ne vois pas quelle honte il y aurait à
cela?

— Vous vous trompez; avez-vous vu jamais une dame
travailler? Les boutiquiers se font aider dans leur commerce par leurs femmes, c'est vrai, mais dans notre
monde, c'est le mari seul qui travaille; la femme reste
chez elle.

— Vraiment? dit Joséphine. Elle n'essaya pas de lui
montrer combien ses idées étaient fausses à cet égard et
se contenta d'ajouter :

— Tout cela est fort bien, mais, moi, je préfère vous
aider à gagner notre vie, et je ne vois pas de bonnes raisons pour ne pas le faire.

— Certainement vous pouvez avoir raison à votre point
de vue; je vous répète que si j'étais commerçant, vous
pourriez sans inconvénient faire ce que vous dites et vous

tenir derrière un comptoir à vendre une livre de thé ou de sucre, mais sachez que la femme d'un ecclésiastique ne peut se dégrader à ce point.

— Que dites-vous donc, Edouard? Ne savez-vous pas vous-même que plus d'une femme d'ecclésiastique est devenue maîtresse d'école?

— Quand vous serez veuve, je ne dis pas, mais tant que vous serez ma femme je ne le souffrirai jamais. Me voyez-vous rentrer à la maison et vous trouver entourée d'une troupe d'affreux enfants, n'ayant plus une minute à vous? Ce serait intolérable. Et puis, que dirait-on à Ditchley?

— Je n'en sais rien et — pardon, Edouard — je m'en inquiète fort peu.

— Mais vous devriez vous en inquiéter. Il est très important que je garde mon rang et que les gens de Ditchley ne sachent pas à quoi s'en tenir sur ma vraie position. N'ai-je pas entendu dire l'autre jour : « Évidemment M. Scanlan doit avoir une fortune personnelle, car comment ferait-il, avec ses revenus de vicaire, pour entretenir une aussi nombreuse famille? »

— Et vous l'avez laissé dire, vous n'avez pas détrompé la personne qui croyait cela?

— Pourquoi donc? les gens n'en ont que meilleure opinion de moi. Je crains bien que vous n'arriviez jamais à comprendre qu'il nous faut absolument sauver les apparences.

— J'ai bien peur que non, dit Joséphine d'une voix calme. Restons-en là, cela vaudra mieux. Je vous demande simplement de me dire si vous me permettez de suivre mon idée, car il me faut votre consentement.

— Jamais vous ne l'aurez. Y pensez-vous ? Madame Scanlan, maîtresse d'école ! Si au moins vous m'aviez proposé de gagner de l'argent sans qu'on en sût rien.....

— Vous ne me refuseriez pas alors ? dit Joséphine avec empressement.

— Peut-être, et encore je n'en sais trop rien. Quoi qu'il en soit, je ne veux plus discuter avec vous, j'en suis fatigué. Croyez-moi, laissez-moi le soin de gagner l'argent qu'il nous faut pour vivre, restez tranquillement chez vous et remerciez le ciel d'avoir un mari qui travaille et vous apporte le fruit de son labeur.

Ils furent interrompus au moment critique et, avant que Joséphine pût trouver un instant propice pour reparler de cette question que son mari évitait autant qu'il pouvait, elle eut le temps de réfléchir paisiblement et de trouver un autre moyen d'en venir à ses fins

Elle comprenait bien qu'elle ne pouvait pas agir contre les idées de son mari, mais elle voyait bien également qu'elle ne pouvait lui céder complètement. Il avait beau lui démontrer qu'elle devait se contenter de rester tranquillement chez elle, elle ne pourrait pas se décider à laisser ses enfants mourir de faim. Le père gagnait de l'argent, il n'y a pas de doute, mais il le dépensait aussi vite qu'il le gagnait, sans penser aux suites de son insouciance ; on ne savait pas trop où passait tout cet argent, mais on savait bien qu'il ne servait pas entièrement aux besoins du ménage.

Madame Scanlan était donc obligée de trouver, de son côté, un moyen de subsistance; elle voulut suivre à la lettre les conseils de son mari et chercha comment elle pourrait gagner un peu d'argent sans que personne en sût rien.

Il lui vint une idée tout d'un coup; ce fut comme une inspiration du ciel.

La femme qui avait soigné la malheureuse madame Waters, fatiguée de son métier de garde-malade, avait monté une petite boutique où elle vendait de la lingerie; elle se chargeait aussi de laver et de réparer des dentelles. Ses affaires n'allaient pas mal; madame Scanlan, plus d'une fois, l'avait aidée de ses conseils, et l'avait encouragée. Elle pensa à cette femme et alla demander à Priscille Nunn de l'ouvrage qu'elle pourrait faire en cachette, chez elle, sans qu'on s'en doutât le moins du monde.

Priscille fut très étonnée, mais elle eut la délicatesse de n'en rien faire voir et accepta les offres de service que lui faisait la femme du vicaire, lui promettant une entière discrétion.

— Vous avez autrefois gardé mon secret, madame, lui dit-elle, je garderai le vôtre aujourd'hui. Pas une âme à Ditchley ne le saura; je dirai à toutes mes clientes que j'envoie mes dentelles à réparer à une ouvrière de Londres.

— Ne dites pas cela, je vous en prie, ne faites pas un mensonge à cause de moi; je m'inquiète fort peu qu'on le sache, il n'y a qu'une personne qui ne doit pas le savoir, c'est mon mari.

UNE NOBLE FEMME. 8

— Je comprends, madame; soyez sûre, je ne ferai pas
de mensonge, je garderai la chose pour moi, cela m'est
bien facile; j'ai l'habitude des secrets, et puis je n'ai personne à qui parler, Dieu merci! ajouta-t-elle en souriant
avec un air entendu qui étonna madame Scanlan. Dieu
merci! je n'ai pas de mari.

L'affaire fut arrangée et Joséphine revint chez elle avec
un gros paquet de dentelles de prix; pendant des semaines, elle travailla avec acharnement et gagna une
petite somme assez rondelette.

Sa fidèle Brigitte et la petite Adrienne découvrirent naturellement bien vite cet innocent mystère, mais il se
passa bien du temps avant que son mari le sût. Il avait
tellement l'habitude de la voir toujours à l'ouvrage, qu'il
ne pensa pas à s'inquiéter de ce qu'elle faisait. Un jour
il le lui demanda cependant et fut un peu vexé de savoir
pour qui elle travaillait ainsi, mais sa mauvaise humeur
se passa bien vite.

— Voilà un travail qui sied bien à une dame, dit-il,
en touchant la dentelle fine et légère sur laquelle elle
avait passé bien des heures. Cela vous fait rester à la
maison plus qu'autrefois, ce qui vaut bien mieux que de
vous promener partout avec vos enfants. Êtes-vous bien
sûre que personne n'en sait rien?

— Oui, j'en suis certaine.

— Eh bien! ma chère, je vous laisse libre de faire ce
qu'il vous plaira.

Joséphine était ravie de voir son mari prendre si bien
la chose, ayant besoin plus que jamais de gagner quelque

argent ; car bientôt, au lieu de six enfants à élever, elle allait en avoir sept. Elle ne se doutait pas de ce qui l'attendait ; ce nouvel enfant ne vécut que quelques heures. Elle se consola pourtant assez vite de ce chagrin. Elle se disait que ce petit ange serait plus heureux là-haut et n'aurait pas à passer par les cruelles épreuves de la vie.

Ce devait être son dernier enfant.

CHAPITRE VIII

UN MALHONNÊTE HOMME

M. Summerhayes, l'ami du vicaire, devait être un suje
de discorde entre M. et madame Scanlan. Joséphine
avait toujours vu ce peintre d'un mauvais œil ; elle sentait que cet homme léger et insouciant n'était pas une
société convenable pour son mari.

Un jour, il y eut une querelle de ménage à son sujet. Le
vicaire avait appris que M. Summerhayes se trouvait dans
une situation très critique : il était traqué et harcelé par
ses créanciers et cherchait à échapper à leurs poursuites.
Depuis quelque temps déjà il avait réussi à se cacher,
mais, poussé à la dernière extrémité, il vint demander à
son ami Scanlan de lui donner asile et de lui venir en aide.

Madame Scanlan s'y refusa de toute son énergie. Elle ne
voulait pas recevoir dans sa maison un malhonnête
homme. Elle fut sourde à toutes les supplications de son
mari et déclara que cet homme ne passerait pas le seuil
de sa demeure.

Cependant, M. Summerhayes fut découvert et mis en
prison.

Le vicaire fut exaspéré, mais il ne put faire aucun reproche à sa femme. Il ne dit rien pendant longtemps.

Un événement bien triste raviva sa colère.

Un certain jour, il rentra de fort mauvaise humeur. Il trouva à redire à tout dans la maison et resta assis sur un canapé pendant toute la soirée sans ouvrir la bouche.

Lorsque les enfants furent couchés, Joséphine eut l'explication de la conduite de son mari ; à force de questions elle parvint à découvrir l'entière vérité.

Il avait fait ce que font bien des gens de son tempérament et de son caractère : il avait répondu pour un ami. Or il s'était trouvé que cet ami était un vaurien et un filou, qu'il s'était enfui en Grèce ou en Turquie et que celui qui avait accepté le billet devait payer pour lui.

— Je vous assure, Joséphine, que je ne savais pas le moins du monde à quoi je m'engageais, disait le vicaire en manière d'excuse ; je croyais que ce n'était qu'une simple formalité ; la chose faite, je n'y avais plus jamais repensé, je vous le jure, ma chère.

— Je vous crois, dit sèchement Joséphine.

Jusque-là, elle n'avait pas répondu un mot à tous ses discours et à toutes ses explications. Il ne la regardait pas, sans quoi il aurait vu sa figure pâlir peu à peu, sa bouche se contracter et ses mains se tordre.

— Est-ce assez malheureux pour moi ? fit-il.

— Vous voulez dire pour nous, reprit madame Scanlan d'un ton impassible. Voyons, pouvez-vous rassembler vos esprits assez complètement pour me faire savoir deux choses? Combien avez-vous à payer et jusqu'à quand avez-vous pour vous acquitter?

Il eut un peu de peine à répondre, enfin il réussit à lui dire que le billet était échu et qu'il se montait à deux cents livres.

— Deux cents livres! Quand l'avez-vous signé?

— Y a-t-il un an ou six mois? Je n'en sais rien.

Elle le regarda avec indignation.

— Edouard, pourquoi ne m'en avez-vous pas parlé au moment même?

— Oh! ma chère, vous vous seriez tourmentée, et puis, il ne s'agissait que de donner ma signature, je ne m'attendais pas à payer jamais un sou. Jamais je ne me serais engagé, s'il ne s'était agi de mon ami...

— Vous ne m'avez pas encore dit qui était cet ami.

— Ah! une des raisons qui m'a poussé à vous cacher le service que je rendais, c'est que vous n'aviez aucune affection pour cet ami, pour ce pauvre Summerhayes, envers lequel vous avez toujours été si injuste.

— Ainsi, c'est pour M. Summerhayes que vous avez signé ce billet?

— Est-ce que je pouvais faire autrement? Il ne cessait de m'écrire lettre sur lettre.

— Quelles lettres? Je ne les ai jamais vues.

Edouard Scanlan rougit, il lui restait encore cette pudeur.

— Non, elles ne m'étaient pas adressées ici; je savais qu'elles vous auraient fait de la peine et je me les suis fait adresser poste restante. Dois-je vous l'avouer, ma chère, vous me faisiez réellement peur.

— Je vous faisais peur! dit Joséphine en se détournant.

Et elle sentit au fond de son cœur non pas de la jalousie ou de l'indignation, mais — ce que peut-être il y a de plus cruel pour une femme —un mépris profond pour son mari.

Edouard Scanlan connaissait bien peu Joséphine; elle ne songea pas à lui adresser des reproches oiseux, voyant bien que le mal était fait et qu'il fallait le réparer. Elle écouta cette confession avec tant de sang-froid qu'il put s'imaginer qu'elle n'en était pas même émue; il se sentit renaître, tout consolé à l'idée que Joséphine avait bien pris la chose et que bientôt elle le tirerait d'embarras. Il n'avait vu dans toute cette affaire que le petit côté : la difficulté d'avouer tout à sa femme. Il oubliait le manque d'énergie et de fermeté qui l'avait compromis lui et ses enfants. Il redevint donc tout à fait gai.

— Je suis vraiment content de vous voir prendre si bien les choses, ma chère; vous êtes la crème des femmes, je l'ai toujours dit à qui a voulu l'entendre. Maintenant, j'espère que vous voudrez bien m'aider à sortir de ce mauvais pas.

— Voulez-vous me dire comment?

— Vous n'avez qu'à aller chez M. Oldham lui demander de nous prêter la somme nécessaire. Il a des capitaux qui dorment, je le sais, et ces deux cents livres sont une bagatelle pour lui, quand même il s'agirait

pour lui de les donner au lieu de les prêter. Mais je ne
lui demande pas de les donner : qu'il nous les prête seulement, nous lui offrons de sûres garanties.

— Quelles garanties?

— Ma parole; n'est-ce pas assez? C'est là évidemment
tout ce que je peux lui offrir, n'ayant aucune fortune.
Ah! si quelque vieille tante non mariée ou quelque
vieux garçon avare comme Oldham m'en léguait une!

La respiration de Joséphine s'arrêta presque. Elle
savait bien que c'était une simple façon de parler, mais
elle ne put s'empêcher de regarder son mari bien en
face, comme pour voir s'il savait quelque chose. Elle reconnut bien vite qu'elle s'était trompée.

— Comme vous êtes rouge, Joséphine! ai-je dit quelque chose de si terrible, ou êtes-vous fâchée, comme à
l'ordinaire, parce que je vous prie d'aller demander de
l'argent à M. Oldham? Oh! cette fois, c'est bien différent, je suis tout à fait correct : c'est une démarche
d'homme du monde à homme du monde, et il devra être
très flatté que je m'adresse à lui. Mais vous avez peur de
ce pauvre vieillard — qui baisse tous les jours davantage, je le vois — comme si c'était le grand Mongol en
personne.

Joséphine réfléchit un instant; il lui fallait peser chaque mot.

— Edouard, dit-elle enfin, si c'est là ce que vous avez
décidé, il faut le faire vous-même. Je vous déclare que,
pour rien au monde, je n'irai demander quoi que ce soit
à M. Oldham. Il nous paye suffisamment, et même plus

qu'il ne devrait, et je ne veux pas contracter de nouvelles obligations envers lui.

— Vous n'avez vraiment pas l'ombre de raison! Pourquoi ne tirerions-nous pas de lui tout ce que nous pouvons en tirer? Il n'a pas d'enfants comme nous, et Dieu sait qui va hériter de sa fortune. Il peut laisser tout son argent à un collège ou à un hôpital, peu importe, personne ne s'en inquiète.

— Mais personne ne le doit, il fait de son bien ce que bon lui semble.

— Ah! si seulement il avait eu l'idée de faire de son pauvre vicaire son légataire universel! Nous pourrions aujourd'hui escompter l'avenir.

— Heureusement pour vous, vous n'avez aucune assurance de ce genre, lui dit sèchement sa femme.

Elle sentait qu'elle ne pouvait assez montrer à ce mari combien elle était indignée.

Il fallait pourtant sortir de cette position critique et faire comprendre au vicaire qu'il n'avait aucune raison d'être joyeux et satisfait. Joséphine trouva dans son cœur de femme assez de force et de courage pour aider son mari de ses conseils. Il lui faisait pitié, malgré tout; elle savait bien qu'il n'avait plus qu'elle au monde.

Il lui vint une idée, ce fut de déposer ses bijoux, que depuis longtemps elle n'avait pas portés, chez une amie, la comtesse Emma Lascelles par exemple, jusqu'au jour où, devenue riche, elle pourrait les reprendre.

— Je vais aller demander son adresse au recteur, dit-elle.

—Certainement, mais faites la chose de façon qu'il ne soupçonne rien, car j'ai bien peur que déjà on ne lui en ait dit quelques mots. Il m'a envoyé un billet très sec pour me prier de passer chez lui demain matin à dix heures. Il se peut que ce soit pour mon service, mais enfin je voudrais savoir à quoi m'en tenir; si seulement vous pouviez y aller à ma place!

— Je le voudrais bien, fit-elle presque attendrie.

Elle n'ajouta pas un mot, courut chercher sa boîte de bijoux pour en tirer son collier de perles.

— Il me semble bien que la comtesse est à Paris en ce moment, dit-elle, après avoir ouvert son écrin sans faire aucune réflexion; on me donnera son adresse demain matin chez le recteur; ne pourriez-vous pas lui demander ce renseignement pour moi, Edouard?

— Cela ne me regarde pas, ce sont vos affaires.

— Mes affaires! pensa-t-elle, mon Dieu! oui; il y va de l'avenir de mes enfants. Je compte sur la bonté de la comtesse Emma, et je suis certaine qu'elle ne me refusera pas : elle a trop bon cœur.

— Elle m'achètera certainement ces perles, dit-elle à son mari en fermant l'écrin; je lui demanderai seulement de me permettre de les lui racheter pour pouvoir les porter si jamais nous sommes dans une meilleure situation.

— Jamais nous ne nous relèverons, répondit-il tristement. Ne voyez-vous pas, Joséphine, que nous sommes tous les jours plus pauvres? La misère nous attend dans l'avenir. Vous n'avez pas voulu me laisser tenter de sortir

de notre position actuelle : il vous faut subir les conséquences de votre refus. Rappelez-vous ce que je vous dis :
vos fils ne seront que de petits marchands.

M. Scanlan, qui n'était séparé que par une génération
des gens de commerce, avait un grand mépris pour eux
et craignait beaucoup qu'on ne lui rappelât son origine.

— Ces pauvres enfants! s'écria madame Scanlan en se
levant, le visage en feu. Que m'importe? Croyez-vous,
Edouard, que je n'aimerais pas mieux les voir devenir
d'honnêtes bouchers ou de braves boulangers que des
chevaliers d'industrie comme votre ami M. Summerhayes?

CHAPITRE IX

UN DRAME

Après cette discussion, M. Scanlan fit ce qu'un mari sage doit faire en pareille circonstance : il ne souffla plus mot. Le lendemain matin, il partit de bonne heure, sans reparler de tout ce qui s'était passé la veille.

Madame Scanlan, de son côté, se prépara à sortir et se demanda ce qu'elle dirait au recteur.

Quoiqu'il existât entre elle et M. Oldham une certaine réserve, elle savait bien que les sentiments du recteur à son égard n'étaient pas changés. Le vieillard et la jeune femme avaient senti instinctivement, dès leur première entrevue, qu'ils étaient faits pour se comprendre et que rien ne pourrait troubler leur bonne amitié. Madame Scanlan voyait bien qu'il lui serait très difficile de cacher son inquiétude au recteur, surtout si, comme son mari le soupçonnait, il avait déjà eu vent de ces nouvelles tribulations. S'il lui demandait pourquoi elle avait besoin de l'adresse de la comtesse, il lui répugnait d'avoir recours à un mensonge, tout innocent qu'il pût être. Elle n'en-

tendait rien aux ruses féminines et suivait toujours le droit
chemin.

Elle se mit en route, et quand elle arriva chez le recteur,
elle fut bien étonnée de trouver la porte d'entrée toute
grande ouverte, quoiqu'il fît assez froid ; la maison, si tranquille habituellement, était pleine de bruit : on entendait
des pas pressés. Elle ne voulut pas entrer sans être annon-
cée et sonna plusieurs fois ; à la fin elle vit venir un domestique, qui avait l'air effaré.

Voyant qu'il se passait quelque chose d'extraordinaire,
elle lui demanda avec anxiété de quoi il s'agissait.

Le recteur n'était pas mort, mais un coup terrible l'avait
frappé.

Il s'était retiré dans son cabinet de travail, demandant
qu'on ne le dérangeât pas avant l'heure du lunch. A une
heure, lorsque son maître d'hôtel était entré, il l'avait
trouvé étendu sur le plancher ; il n'avait pas perdu connaissance, mais il ne pouvait ni parler ni se mouvoir. On
ne savait combien de temps il était resté en cet état, ni
quelle pouvait être la cause de cet accident ; car le docteur Waters, qu'on avait été chercher sur-le-champ, disait
que le recteur ne recouvrerait sans doute jamais l'usage de
la parole. C'était une attaque de paralysie des plus graves ;
le pauvre M. Oldham allait être, pour le reste de ses jours,
un être animé, ayant conscience de ce qui se passerait
autour de lui, sans pouvoir rien exprimer de ses sensations ni de ses sentiments.

— Oh! docteur, c'est terrible! n'y a-t-il aucun espoir?

Le docteur Waters, qui descendait l'escalier, ne pouvait

répondre de rien; il se contenta de serrer la main de
madame Scanlan. Il était très ému lui-même ainsi que
M. Langhorne, l'homme d'affaires du recteur, qui le suivait. Ces deux vieillards se mirent à causer tristement à
l'écart.

— Oui, disait M. Langhorne, j'ai mis les scellés sur tous
ses papiers; c'est tout ce que j'avais à faire pour le
moment. Personne n'a le droit de venir ici en maître, il
n'a aucun parent.

— Il y a bien la comtesse Emma, dit le docteur, mais
elle est à l'étranger; je ne sais même pas où. Peut-être
madame Scanlan pourra-t-elle nous le dire.

Le docteur Waters se tourna de son côté; elle était debout dans un coin de la chambre, se sentant de trop dans
cette maison désolée.

— Je n'ai, dit-elle, aucune nouvelle de la comtesse;
elle oubliait quel intérêt elle avait à savoir où elle se trouvait; elle ne pensait plus du tout à ses affaires person-
nelles.

— Dites-moi, je vous en prie, ajouta-t-elle, s'il se réta-
blira jamais ou s'il pourra au moins recouvrer la parole.

— Je crains bien que non; il peut rester dans cet état
pendant des mois et même des années. M. Scanlan devra
maintenant prendre en main toutes les affaires de l'église;
Langhorne et moi nous arrangerons tout cela.

Puis ils se remirent à causer; madame Scanlan, voyant
qu'on ne la priait pas de sortir, écouta leur conversation.
Comme femme du vicaire elle avait quelque droit à assister
à cet entretien; elle n'eut pas d'autre pensée en restant.

Au bout de quelques instants elle entendit une phrase qui la fit tressaillir :

— Il ne pourra plus s'occuper de rien, disait le docteur. J'espère qu'il a fait son testament.

— Je le crois; j'ai quelque raison de le supposer.

Le prudent homme de loi ne voulait pas se trahir.

— Ce que je vous en dis, c'est tout à fait entre nous, ajouta-t-il.

— Certainement; je vous en parlais simplement parce qu'il m'avait fait savoir autrefois qu'il me nommerait son exécuteur testamentaire. Il a pu prendre ses dispositions sans m'en rien dire, et je le saurai assez tôt, quand tout sera fini.

Madame Scanlan écoutait, elle ne pouvait se défendre de prêter l'oreille; — elle était tellement attentive que, lorsque les regards des deux interlocuteurs rencontrèrent le sien, elle devint pourpre.

Le docteur était trop préoccupé pour rien remarquer, et M. Langhorne apparemment ne devait rien savoir et ne pouvait se rendre compte de l'émotion que cette conversation lui avait causée. Joséphine pensa aussi que peut-être il n'y avait rien à savoir et que, depuis longtemps, M. Oldham avait pu brûler son testament. Cette pensée la glaça d'effroi.

Elle se sentait si troublée qu'elle se décida à partir.

— Je crois, dit-elle, que ce que j'ai de mieux à faire, c'est de retourner chez moi, puisque je ne puis être bonne à rien. Dois-je écrire à la comtesse? Je voudrais bien pour moi-même savoir son adresse; auriez-vous la bonté,

monsieur Langhorne, de la chercher dans le livre
d'adresses du recteur?

On put vite se renseigner; mais cela n'avança pas
beaucoup les choses pour madame Scanlan; l'adresse
était : Poste restante, Vienne.

C'était bien loin et bien chanceux; cependant Joséphine ne pensa guère, sur le moment, à cette contrariété.

Elle sortit; à peine avait-elle fait quelques pas dans le
jardin qu'elle vit M. Langhorne venir à elle avec précipitation.

C'était un homme très timide. Il s'était fait lui-même;
mais quoiqu'il eût bien réussi, il y avait dans sa manière
une gaucherie qui révélait son humble origine; en
revanche, quelle honnêteté et quelle droiture dans cet
homme! On ne le rencontrait guère dans le monde. C'était
par M. Oldham que madame Scanlan le connaissait; elle
savait quel respect lui témoignait le recteur; elle n'ignorait pas que, dans la poussière de son petit bureau, était
caché plus d'un secret et que mainte famille du comté
avait confié ses intérêts à ce brave homme.

Il s'approcha d'elle, hésitant.

— Excusez-moi, madame; mais j'ai oublié de vous dire
que si vous aviez quelque communication importante à
faire à ce pauvre recteur, je pourrais peut-être vous être
de quelque secours, et...

Il s'arrêta, pris d'un accès de timidité; madame Scanlan
eut le temps de se remettre de sa surprise et de réfléchir.
Elle se trouvait dans un besoin pressant; il lui fallait
absolument consulter quelqu'un sans tarder. Pourquoi

ne s'adresserait-elle pas à M. Langhorne, qui avait tant
d'expérience ? Après tout, ce qui arrivait à M. Scanlan,
c'était un malheur, et non pas une honte ; il avait été
léger, et rien de plus.

Aussi, faisant un vaillant effort, elle mit M. Langhorne
au courant de ses tribulations, elle lui dit pourquoi elle
voulait écrire à la comtesse Emma et lui avoua l'embarras où elle se trouvait de n'être pas renseignée plus précisément sur sa résidence actuelle.

— Je n'avais pas d'autre recours, lui dit-elle, je me
trouve dans une position bien critique ; sans cela, certainement, je ne vous aurais pas parlé ainsi des affaires
de mon mari.

— Je les aurais bientôt sues, madame, dit l'homme
de loi, qui semblait voir d'un seul coup d'œil ce dont
il s'agissait, traitant la chose en homme pratique et habitué à voir tous les jours des faits du même genre. Vous
n'avez pas de temps à perdre ; il faut que M. Scanlan
paye, sans quoi la justice agira. Voulez-vous que je lui
avance la somme ? A-t-il quelque garantie à me donner ?

Il n'en avait pas d'autre que sa parole, et sa parole
n'avait pas grande valeur ; sa femme le savait bien, mais
elle ne pouvait l'avouer.

— J'aimerais mieux, dit-elle, sortir d'embarras comme
j'en avais eu le projet. Voulez-vous prendre en gages
mes bijoux ? Ils valent plus de deux cents livres. Vous
pourriez les vendre facilement ou, si vous vouliez me les
garder, je pourrais un jour vous les racheter.

Pauvre femme ! elle devenait diplomate. En parlant,

elle cherchait à découvrir si l'homme de loi avait des
raisons de croire qu'elle pût devenir jamais assez riche
pour reprendre ce dépôt. Mais le visage de M. Langhorne
était impénétrable.

— Comme il vous plaira, dit-il; cela m'est indifférent.
Je tiens simplement à obliger un ami de M. Oldham.
Engagez votre mari à venir demain chez moi. Tenez,
faites mieux; venez vous-même.

— Je le veux bien; d'autant plus que mon mari sera
très occupé.

— Suivez mon conseil, madame, ne dites rien de cela
à vos connaissances de Ditchley. Croyez-en mon expérience, il vaut mieux ne pas ébruiter ces sortes de
choses. Au revoir.

Malgré sa bonté, M. Langhorne prenait en parlant
ainsi un petit air protecteur, mais Joséphine ne s'en inquiétait guère. Elle se sentait moins triste : elle allait voir
la fin de ses cruels embarras, car elle ne doutait pas que
son mari ne s'empressât de souscrire à l'arrangement
qu'elle venait de faire; pourvu qu'il eût de l'argent, peu
lui importait d'où il venait. Elle se hâta de rentrer chez
elle et le rencontra à la porte. Il venait d'un autre côté,
et évidemment il ne savait rien de ce qui s'était passé
chez le recteur.

— Eh bien ! lui dit-il, avez-vous l'argent ? — il avait
oublié sans doute comment elle devait se le procurer. —
Tout est-il arrangé ?

— Oui, mais...

Et elle lui raconta la terrible catastrophe.

— Ciel ! quelle chose épouvantable ! si j'avais pensé...
mais je ne savais pas qu'il fût souffrant, je vous assure.

— Vous l'avez donc vu ce matin?

Cette affreuse nouvelle causa à M. Scanlan une
émotion plus vive que sa femme ne s'y serait attendue,
sachant avec quelle légèreté il acceptait les malheurs des
autres. Il chancela et devint très pâle.

Personne ne lui ayant parlé de la visite de son mari au
recteur, elle en avait conclu qu'il n'était pas allé à son
rendez-vous, ce qui, en thèse générale, n'était pas surprenant de sa part, moins surprenant encore un jour où il
avait lieu de soupçonner que M. Oldham n'avait rien de
très agréable à lui dire.

— Oui, je l'ai vu, dit-il en se remettant un peu, il est
venu m'ouvrir la porte lui-même ; il m'attendait pour me
faire des remontrances ; pendant une heure entière il
m'a accablé ; nous nous sommes fâchés tous les deux...

— Edouard ! le docteur a dit que cette attaque avait été
provoquée par quelque émotion violente, par quelque
accès de colère, je suis sûre que...

— Il est inutile de me faire des reproches, Joséphine ;
ce qui est fait, est fait et ne peut se réparer. Je ne nie pas
que nous n'ayons échangé des paroles très vives, — je le
regrette, — mais comment pouvais-je savoir qu'il était
malade? Il ne faut pas m'accuser.

Cependant il semblait avoir conscience d'avoir mérité
des reproches, car il mettait trop de vivacité à se disculper.

— Je vous assure, ma chère, que j'ai été aussi patient

que possible avec lui, il m'a poussé à bout, car il était
furieux : il avait appris je ne sais comment l'histoire du
billet; il me disait que ma conduite était indigne d'un
homme comme il faut et d'un ecclésiastique, **que je vous
ruinerais** ainsi que mes enfants, et mille autres absur-
dités; il m'assurait que si jamais pareille chose se renou-
velait, il ferait... Mais à ce moment la parole commença
à lui manquer, et il me fut impossible de comprendre...

— De grâce, dites-moi la vérité, une fois dans votre
vie.

— Je veux bien, seulement calmez-vous, Joséphine.
Eh bien! M. Oldham s'est emporté et alors sa parole
s'embarrassa : je pensais que son accès de colère en était
la cause et que ce que j'avais de mieux à faire, c'était de
le laisser tranquille; aussi suis-je parti doucement, sans
faire de bruit, pour qu'on ne m'entendît pas; j'aurais été
si embarrassé si l'on m'avait vu.

— Et vous n'avez rien entendu, en traversant le cou-
loir?

— Si, il me semble... je n'en suis pas sûr; j'ai cru
entendre le bruit d'une chute, mais je ne pouvais revenir sur mes pas, vous le savez, et je ne voulais pas
appeler les gens : ils auraient pu découvrir que nous
nous étions disputés.

— Ils auraient pu découvrir que vous vous étiez disputés! répéta Joséphine lentement, avec un air de mépris.
Savez-vous à quelle heure cela s'est passé?

— Vers onze heures, je crois.

— Et il est resté étendu sur le plancher jusqu'à une

heure!... sans secours, pauvre vieillard! Et vous l'avez
laissé! C'est vous qui étiez cause, vous...

Lâche! allait-elle dire; mais heureusement elle avait
encore assez le sentiment de son devoir pour ne pas laisser échapper cette injure. Elle comptait que son mari
aurait des remords, qu'il sentirait tout l'odieux de sa
conduite. Cet être si faible avait une conscience; s'il ne
pouvait s'empêcher de faire le mal, du moins, le mal
une fois fait, il en était malheureux; voilà pourquoi il
était si difficile de le ramener dans le bon chemin par de
sages avis.

— Joséphine, si vous me regardez ainsi, je vais commencer à croire que c'est moi qui l'ai tué. Pauvre
M. Oldham! qui l'aurait pensé! vous me croyez coupable,
je le sais; vous êtes cruelle pour moi, très cruelle. Pour
les enfants, pour tout le monde, vous êtes si bonne, mais
pour votre mari vous êtes dure et implacable!

Joséphine eut beau essayer de donner du courage à son
mari, le suppliant de ne pas se mettre en tête des idées
si noires, ce fut en vain. Il se jeta sur le canapé, dans
un tel accès de désespoir qu'elle eut toutes les peines du
monde à le calmer et à empêcher que l'on ne s'aperçût
de quelque chose dans la maison. Elle sentait bien,
comme lui, que personne ne devait jamais rien savoir de
cette visite du vicaire au recteur et du rôle qu'avait joué
M. Scanlan dans cette catastrophe. Il était bien clair qu'il
en avait été la cause; — c'était une de ces pénibles fata-
lités qui arrivent parfois et vous donnent de terribles
leçons pour l'avenir. Mais comme le mal était sans re-

mède, il valait bien mieux que cette triste histoire ne
fût pas ébruitée.

Joséphine raisonna son mari et le calma de son mieux;
elle ne pouvait faire plus : elle savait bien qu'il était
inutile d'essayer de lui redonner de l'énergie et de lui
faire comprendre qu'il faut toujours agir avec droiture,
sans prendre pour but un intérêt égoïste et personnel.
Tout ce qu'elle put faire, ce fut de l'empêcher de com-
mettre d'autres imprudences, et de compromettre les siens
en se compromettant lui-même.

— Edouard, lui dit-elle, en lui prenant la main, et en
le regardant avec pitié, détournez votre esprit de ces
pensées qui ne peuvent que vous troubler inutilement;
tâchons seulement d'éviter, à l'avenir, un pareil malheur. Rappelez-vous que M. Oldham devait prêcher
demain, — hélas! pauvre homme! — et vous n'avez
pas de sermon tout prêt; mettez-vous tout de suite à
l'œuvre.

La nécessité de préparer un sermon donna un autre
cours aux idées du vicaire. Il songea immédiatement au
parti qu'il pourrait tirer des circonstances pour prononcer
un sermon à succès et émouvoir ses auditeurs. Cette
pensée lui rendit tout son sang-froid.

— Certainement, vous avez raison, il faut que je pré-
pare un sermon et je tiens à ce qu'il soit excellent; car,
après ce qui s'est passé, tout Ditchley viendra demain
à l'église.

Joséphine se détourna; elle était très émue.

— Edouard! ne dites rien de ce malheur, ou, si vous

vous croyez obligé d'en parler, n'appuyez pas sur ce triste sujet.

Elle savait bien qu'elle prêchait dans le désert; son mari était un de ces hommes qui profitent de tout, même des malheurs des autres, pour satisfaire leur vaine gloriole.

Il veilla très tard pour composer son sermon, et vers deux heures du matin, il réveilla sa femme pour lui en lire les principaux passages. Le lendemain, il le débita d'un ton solennel et attendri, à la grande admiration des fidèles. Il avait pris pour texte ces paroles de l'Évangile : *Ne compte pas sur le lendemain*, et le tableau qu'il fit de tous les accidents terribles et imprévus qui peuvent nous arriver parut très beau et très touchant. Il termina en faisant allusion au coup soudain qui avait frappé le cher recteur, — à ce moment presque tout le monde pleurait dans l'auditoire; une seule personne n'avait pas été gagnée par l'émotion générale, et je crois bien que c'était madame Scanlan.

CHAPITRE X

L'ÉCOLE DE DITCHLEY

C'était sur M. Scanlan que retombaient toutes les charges de la paroisse ; M. Langhorne et le docteur Waters, qui faisaient partie du conseil de fabrique, en avaient décidé ainsi. Il fallait attendre la mort de M. Oldham pour prendre de nouvelles dispositions ; mais, selon toute probabilité, ce devait être le vicaire qui serait nommé en remplacement du recteur. C'était du moins ce que le docteur avait dit confidentiellement à madame Scanlan ; elle l'avait écouté en silence, avec cette expression d'angoisse que prenait sa physionomie lorsqu'on lui parlait de son avenir et de celui de ses enfants.

Pour le moment toutefois, elle jouissait d'une vie plus tranquille ; le vicaire, de son côté, fort heureux d'être sorti d'embarras encore une fois, grâce à sa femme, avait pris si bien à cœur les intérêts de la paroisse et se montrait si bon et si obligeant pour tout le monde qu'on ne tarissait pas en éloges sur son compte. Il retrouva bientôt sa popularité d'autrefois ; chacun tâchait de lui être agréable ainsi qu'à sa femme dont on admirait le

dévouement et le courage. On avait fini par découvrir sès
petites conventions avec Priscille Nunn, et les dames de
sa connaissance qui portaient sur elles de son ouvrage,
loin de lui en faire reproche, lui adressaient des compliments sur son talent et sur son habileté; poussées par
un sentiment très élevé et très délicat, elles firent des
commandes plus nombreuses que jamais à Priscille; aussi
madame Scanlan avait-elle plus d'ouvrage qu'elle n'en
pouvait faire.

On apprit aussi un autre secret — peut-être était-ce le
vicaire lui-même qui l'avait ébruité — et l'on sut que
M. Scanlan avait été dans un cruel embarras pour avoir
prêté sa signature à un ami. La sympathie fut si grande
que l'on résolut de se cotiser pour lui offrir une bourse
en témoignage de respect — cette bourse contenait plus
de soixante livres. On la lui offrit en grande pompe.
M. Scanlan remercia les donateurs en un discours si bien
tourné que, cédant à leurs instances, il le fit imprimer
— à ses frais, bien entendu — et l'envoya à toutes les
personnes du voisinage.

Cependant, madame Scanlan travaillait plus assidûment
que jamais, pressée par la nécessité. Car tous ces hom
mages ne rapportaient guère, et les dépenses augmentaient
toujours. Le vicaire avait la tête tournée par ce regain de
popularité et se montrait plus vaniteux et plus dépensier
que jamais; on avait beau lui faire la leçon, lui expliquer que sa position ne lui permettait pas d'acheter
ceci ou cela, ou bien il n'écoutait pas, ou bien il oubliait
la minute suivante les promesses qu'il avait faites

d'être raisonnable et de ne pas se laisser entraîner.
Si madame Scanlan ne s'était pas ingéniée à gagner un peu
d'argent, elle se serait bientôt retrouvée dans une position
très difficile ; ses enfants grandissaient, l'aîné de ses fils
était déjà un fort gaillard, et Adrienne était presque une
demoiselle à marier ; mais jusqu'ici aucun parti ne s'était
présenté, et sa mère s'en consolait facilement. Elle voyait
bien que cette jeune fille sans beauté, frêle et délicate,
n'était pas faite pour le mariage.

Joséphine était moins rassurée au sujet de César ;
c'était un garçon plus grand qu'on ne l'est à son âge, il
avait déjà l'air d'un homme. D'un caractère très gai, il
semblait, dans son insouciance, enchanté de jouir de la
vie ; il était un peu brusque, mais la noblesse innée qui
était en lui l'empêchait de se montrer grossier. Cependant, malgré tous les soins de sa mère, il avait pris un
peu le ton et les manières de ses camarades ; il ressemblait bien plus, par la gaucherie de ses allures, aux
commis de banque ou aux clercs de notaire de Ditchley
qu'au dernier descendant de la noble famille des Bougainville.

Madame Scanlan avait la faiblesse de vouloir conserver
dans ses enfants, malgré leur pauvreté, toutes les traditions de ses ancêtres.

Quand elle parla à son mari d'envoyer César à l'université, il parut peu disposé à céder à ses instances et ne
voulut pas prendre la chose au sérieux. Cette question
touchait médiocrement le vicaire qui, en général, s'intéressait fort peu à César. Il ne le voyait guère que le di-

manche et souffrait d'avoir près de lui un grand garçon, qui l'appelait papa. Il s'en plaignit un jour à sa femme en disant qu'on finirait, dans le monde, par le croire plus vieux qu'il ne l'était réellement.

Cependant, le pauvre vieux recteur était cloué sur son lit par la maladie, il ne quittait sa chambre que pour se faire porter dans son jardin : peu à peu l'impression causée par ce grand malheur s'affaiblit parmi ses amis et connaissances; on vit que le dénouement se ferait attendre. La comtesse Emma elle-même — sa meilleure amie, quoique cousine très éloignée — était venue de Vienne et, après une visite de quelques jours, était repartie, laissant le recteur aux soins de ses serviteurs. On l'abandonnait un peu. Pendant une année et demie il demeura dans le même état, sans pouvoir ni bouger ni parler. Il mangeait, buvait et dormait, comme un enfant; les yeux avaient parfois leur ancien éclat, et son visage reprenait son air d'intelligence, mais ce n'était que pour quelques instants. La mort même semblait l'avoir oublié.

Madame Scanlan allait voir son vieil ami tous les dimanches. Il semblait, autant qu'il était possible d'en juger, très heureux de ses visites. Elle lui parlait le plus longtemps possible; mais c'est une tâche bien triste et bien difficile de parler sans jamais recevoir de réponse.

Le malade paraissait la comprendre et essayait même de parler, mais on n'entendait que des sons indistincts dont on ne pouvait tirer aucun sens. Elle lui faisait la lecture, ce qui lui donna l'occasion de faire connaissance avec ses livres, elle eut ainsi le double plaisir d'être utile à un pauvre malade et de s'instruire elle-même.

M. Scanlan était plus occupé que jamais et venait bien rarement chez M. Oldham. On avait remarqué que le rec- teur témoignait peu de plaisir à voir son vicaire, et le vicaire avait compris qu'il ferait bien de ne pas multiplier ses visites. Entre autres projets, ce dernier, maître de la situation, avait proposé au conseil de bâtir une nouvelle école, sur l'emplacement de l'ancien bâtiment, qu'il vou- lait faire démolir.

Il s'empara avec ardeur de cette idée et n'épargna rien pour arriver à ses fins. Il fit venir un architecte de Londres et se mit en tournée, les plans à la main, pour recueillir, dans les familles riches, les sommes néces- saires. Grâce à la générosité de ses paroissiens, il parvint à réaliser un petit capital qui fut déposé à la banque de Ditchley au nom de l'architecte et du trésorier, lequel trésorier était naturellement le révérend Edouard Scan- lan. N'avait-il pas tous les droits à la confiance publique? Personne n'y trouva rien à redire, et madame Scanlan n'en eut même pas connaissance. Le mari n'avait guère parlé à sa femme de ces nouveaux projets; il voulait en avoir tout le mérite et pouvoir dire d'un air de supériorité que les femmes n'entendent rien aux affaires.

La chose se découvrit cependant; un jour, M. Scanlan rentra chez lui le visage rayonnant de joie; le direc- teur de la banque de Ditchley lui avait offert de prendre son fils César comme employé aux écritures avec des appointements de quelques schellings par semaine.

Joséphine, à cette nouvelle, le regarda d'un air étonné; sans doute elle admettait que son fils devait un jour gagner sa vie en travaillant; mais son désir était de lui donner une éducation qui lui permît de choisir sa place dans le monde.

— C'est une offre qui n'est pas à dédaigner, dit-elle en hésitant, et peut-être serons-nous heureux de l'accepter quand César aura fini ses études.

— Fini ses études! qu'a-t-il donc à apprendre de plus? Vous ne voulez pas parler, je pense, de cette idée ridicule que vous avez de lui faire suivre les cours de l'université? Vous savez, comme moi, qu'il faut être riche pour envoyer ses enfants à Cambridge ou à Oxford.

— Que penses-tu, mon enfant, de cette proposition? dit-elle en se tournant vers son fils qui avait un air grave et triste; tu es assez grand pour parler, quand il s'agit de ton avenir.

— Non, les enfants doivent suivre les conseils de leurs parents, dit rudement M. Scanlan. Vous parlez, ma chère, comme si nous étions des gens riches; dans notre position, nous devons nous débarrasser de nos enfants le plus promptement possible.

— Nous débarrasser de nos enfants!

— Certainement, il faut qu'ils se suffisent à eux-mêmes et cessent de nous être à charge. Ce grand gaillard mange autant qu'un homme, et la note de son tailleur est presque aussi forte que la mienne; je serais ravi de la lui voir régler lui-même.

— Moi aussi, dit César amèrement.

— Alors pourquoi ne saisis-tu pas l'occasion qui se
présente à toi? Pourquoi ne dis-tu pas que tu acceptes
cette place à la banque? demanda le vicaire.

— Désires-tu l'accepter? Réponds en toute sincérité.
Voudrais-tu être commis de banque?

— Non, maman, répondit le garçon d'un ton décidé;
je l'ai dit à papa et je le répète, je ne veux pas prendre
cet emploi, et personne ne m'y obligera.

— Je t'y forcerai bien, s'écria le vicaire furieux.

César se mordit les lèvres.

— Je crois, mon père, qu'à votre place, je n'essayerais
même pas.

Il n'y avait rien d'irrespectueux dans le ton du jeune
homme. César évidemment avait senti qu'il ne devait
pas entrer en discussion avec son père, et le père semblait hésiter, en voyant le calme de son fils, à montrer
toute sa mauvaise humeur.

Ils étaient en face l'un de l'autre, César appuyé sur la
chaise de sa mère; on eût difficilement trouvé un père
et un fils moins faits pour s'entendre.

— César, lui dit tout bas sa mère, tu ne dois pas
prendre ce ton en nous parlant. Dis-nous franchement ce
que tu désires, et nous ferons de notre mieux pour te
contenter.

— Papa sait ce que je pense; je le lui ai dit ce soir,
reprit le garçon d'un air indifférent; je suis prêt à gagner
ma vie, mais je ne veux pas la gagner en compagnie de
ces jeunes gens de la banque de Ditchley.

— Comment? ce sont les fils de gens fort respectables, dit le père, ils sont aussi bien mis que toi.

— C'est possible, je ne regarde pas à la mise, moi, mais je veux avoir affaire à des gens comme il faut, et ils ne le sont pas. Si maman les connaissait, elle les jugerait comme moi.

— Pourquoi?

— Ils boivent, ils fument, ils jurent, ils perdent leur temps à jouer au billard. Je ne les aime pas et je ne veux pas les fréquenter. Trouvez-moi quelque autre emploi, moins agréable même, je me mettrai à l'ouvrage de bon cœur, mais, je vous le répète, je ne veux pas entrer à la banque.

Et César, se redressant, fixa son regard honnête et bon sur son père.

— Mais comment connais-tu si bien les commis de la banque? lui demanda sa mère; tu n'y as jamais mis les pieds.

— Pardon! j'y suis allé bien des fois pour faire les commissions de papa.

— Quelles commissions?

César hésita.

— J'aurais dû vous en parler plus tôt, chère amie, dit vivement le vicaire, seulement il s'agissait d'une affaire qui ne vous intéresserait guère; c'est un compte tout à fait séparé du nôtre... Vous n'ignorez pas que j'ai tenu à ce que vous touchiez vous-même tous nos chèques, car, de cette façon, vous savez exactement où en sont nos petites affaires.

— Qu'est-ce que tout cela signifie? s'écria madame Scanlan.

— Il s'agit d'affaires de la paroisse; c'est de l'argent déposé pour l'école... J'en ai fait prendre une ou deux fois par César.

— Une ou deux fois! mon père, vous oubliez que je suis allé à la banque toutes les semaines depuis deux mois! J'ai touché pour vous environ deux cent cinquante livres.

— Tu es très fort en calcul, tu aurais fait ta fortune comme banquier, dit le père en tapotant l'épaule de son fils par un geste amical. N'ennuie pas ta mère de tout cela; je te l'ai dit, c'est une femme.. il ne faut pas lui parler affaires.

— Certainement, mais maman m'a demandé quelques explications, et je ne pouvais pas mentir. Je n'ai pas cherché à lui faire de la peine.

— Brave garçon! dit Joséphine très émue. Elle se demandait ce qu'elle pourrait faire pour protéger son fils... elle voulait qu'il suivît toujours le droit chemin... et son père...

M. Scanlan semblait fort mal à son aise; il évitait les regards de sa femme et ceux de son fils. Il se mit à parler, sans trop savoir ce qu'il disait, de la construction de l'école et de toute la responsabilité qu'il avait acceptée; il se plaignait de ce surcroît d'occupations et disait que personne ne l'aidait.

— Vous savez bien, ma chère, que vous ne me rendez aucun service, comme femme de vicaire; vous ne faites aucune visite pour moi, et vous ne vous inquiétez jamais des affaires de la paroisse.

— J'aimerais bien savoir, cependant, pourquoi vous avez touché tant d'argent à la banque, je suppose que c'était pour payer l'architecte. Le bâtiment est donc fini?

Elle sentait qu'il y avait quelque chose de louche dans tout cela.

— Les murs, dit César en riant, sont encore si peu élevés que je puis les franchir à pieds joints.

A ces mots, le vicaire devint pourpre et se détourna pour cacher son embarras.

— Je ne veux pas qu'on me fasse la leçon devant mon fils, s'écria-t-il en colère. César, retire-toi, va au lit.

Le garçon parut fort surpris, mais il obéit; il embrassa sa mère et dit bonsoir à son père poliment, mais avec froideur; depuis longtemps M. Scanlan n'avait plus de tendresse paternelle pour ses enfants.

— Aurez-vous besoin de moi, père, pour porter cette lettre chez M. Langhorne? dit-il innocemment. Je suis tout à votre disposition; seulement je vous ai entendu dire à quelqu'un qu'on n'avait pas touché à l'argent des souscriptions. Que dois-je lui dire s'il me parle des deux cent cinquante livres qu'on vous a remises?

— Tais-toi, imbécile; qu'entends-tu aux affaires? répondit le père exaspéré.

César commença à comprendre plus clairement... trop clairement pour un si jeune garçon.

La mère regardait tour à tour son mari et son fils; elle tremblait, elle avait la fièvre. Cette femme allait subir une des plus cruelles épreuves que Dieu pût lui envoyer : elle

voyait son mari s'avouer coupable devant le fils qu'elle lui
avait donné.

De quoi était-il coupable ?

Il est bien vrai qu'elle s'était peu intéressée à toute
cette histoire d'école ; depuis quelque temps elle était
indifférente à tout. Elle n'ignorait pas que le vicaire était
un homme à projets, mais elle savait aussi qu'il réussissait rarement dans ses entreprises. Elle pensait que celle-
là aurait le sort des autres et ne s'en préoccupait nullement ; c'était même plutôt par les étrangers que par son
mari qu'elle en entendait parler.

Joséphine voyait maintenant que la chose avait tourné
au tragique et qu'il était de son devoir de faire parler son
mari. Elle tenait à savoir à qui cet argent appartenait et
ce qu'il en avait fait.

Elle se doutait bien qu'il y avait du louche dans la conduite du vicaire ; elle voulait qu'il se confessât à elle, au
risque même d'entendre de terribles révélations.

Quand son fils eut quitté la chambre, elle se demanda
quels moyens elle pourrait employer pour arriver à connaître la vérité ; il lui fallait prendre un chemin détourné,
son mari n'ayant jamais eu la franchise de lui avouer
ouvertement quoi que ce fût. En ce moment même, elle
le voyait regarder du côté de la porte, comme s'il songeait
s'échapper.

Ce fut lui qui rompit le silence.

— Ma chère, dit-il en se levant et en allumant une
bougie, ne croyez-vous pas que nous ferions bien d'aller
nous coucher ; il commence à se faire tard.

— Je ne pourrais pas dormir, dit-elle d'un ton sec. Je m'étonne que vous songiez à aller vous reposer, avec un pareil poids sur la conscience.

— Que voulez-vous dire, ma chère?

— Edouard, répondit-elle, en le regardant bien en face et en parlant comme si elle savait tout, vous vous êtes laissé entraîner, sans songer aux conséquences, à dépenser une partie des sommes qu'on vous avait confiées pour les travaux de l'école. Quand l'architecte réclamera ce qui lui est dû, que ferez-vous? On dira que vous avez volé cet argent.

Ce langage était si net et si clair qu'Edouard Scanlan en fut terrifié. Sa femme se sentit presque soulagée en remarquant la frayeur qui se peignait sur son visage; elle voyait qu'il n'avait pas commis sa faute de propos délibéré.

— Pour l'amour de Dieu, Joséphine, que dites-vous là? Si j'ai pris quelques petites sommes sur cet argent, c'est que j'y ai été contraint. Je me suis trouvé à court à Londres, et je ne voulais plus m'adresser à vous; vous m'auriez grondé; il est bien évident que je restituerai cet argent au banquier en temps opportun. C'est dans trois mois seulement que l'on réglera les comptes.

— Et alors !

— Oh! alors, je suis sûr que je serai tiré d'embarras d'une façon ou de l'autre. Je vous en prie, ne me tourmentez pas, je suis déjà bien assez malheureux. Après tout, puisque vous prenez cette affaire à cœur, je suis très content que nous l'ayons discutée ensemble. Pourquoi

ne m'en avez-vous pas parlé plus tôt? J'en aurais eu bien
plus vite le cœur net.

Voilà à quoi il pensait !

Il semblait aussi peu ému qu'un enfant ignorant et ir-
responsable de l'indélicatesse de son action.

Sa femme, elle, se rendait compte de la gravité de cette
faute, elle en prévoyait les conséquences; elle tremblait
en pensant qu'elle était unie pour jamais à cet homme, et
que ses enfants avaient un tel père.

— Edouard, lui dit-elle, vous avez beau espérer en l'a-
venir pour vous tirer de cette situation difficile, vous ne
sauriez vous faire illusion : vous ne pourrez pas rendre
vos comptes; vous n'avez aucun moyen de vous procurer
la somme voulue. Le jour où on vous la réclamera, on
s'apercevra que vous avez dépensé l'argent destiné à
payer les travaux, et l'on vous dira que vous l'avez détourné.

Le pauvre vicaire tomba presque de son haut.

— Vous plaisantez! mais voilà une plaisanterie bien
cruelle! vous traitez votre mari de voleur et de fripon.

— Je n'ai pas dit cela, je vous crois incapable de
voler avec préméditation; vous êtes bien trop naïf pour
jouer le rôle de coquin. Mais tout le monde ne fera pas
cette distinction. Quand un homme dépense à son profit
une somme dont il n'est que le dépositaire, il touche à
un bien qui n'est pas à lui, c'est un vol; il est condamné
pour détournement.

Son mari l'appelait quelquefois Thémis, et, en ce
moment, elle ressemblait assez à cette fière déesse, en par-

lant à cet homme qu'elle effrayait par son accent de vérité ;
il savait bien que sa femme n'avançait jamais rien sans
avoir réfléchi et ne cherchait pas simplement, comme lui,
à produire de l'effet.

— Comment pouvez-vous, Joséphine, me tenir un pareil langage ? Je ne vous crois pas, vous ne pensez pas ce
que vous dites.

— Alors, demandez à M. Langhorne, demandez à
n'importe quel homme de loi..... adressez-vous au premier venu.

— Comment oserais-je faire une pareille question ?

— Voilà qui prouve que je vous ai dit la vérité. Si
vous n'aviez rien à vous reprocher, vous n'hésiteriez pas.

Sa voix calme et posée fit plus d'impression sur lui que
le plus violent éclat de colère. Il sentit que sa femme
avait raison. Une crainte horrible s'empara de lui.

— Supposons que tout cela soit vrai, supposons que
je ne puisse pas rendre cet argent, qu'arrivera-t-il ?

— Vous irez en prison et vous passerez en jugement.

— Oh ! Joséphine, pouvez-vous me dire de pareilles
choses en face ; vous oubliez que je suis votre mari ! Ne
me viendrez-vous pas en aide ?

N'y tenant plus, il se jeta à ses pieds et se mit à fondre
en larmes.

Pauvre Joséphine ! que pouvait-elle faire ? Le traiter
comme un enfant, le calmer, le plaindre sans essayer
même de lui faire entendre raison.

Il était évident que, jusqu'ici, il n'avait pas compris la
gravité de sa faute.

Il tremblait d'émotion et de terreur.

— On m'enverra en prison, dit-il d'une voix mal assurée, mais je n'avais pas de mauvaises intentions, et pourtant je sais bien que l'on m'enverra en prison. J'y mourrai, vous serez veuve, Joséphine...

Il gémissait comme un enfant et tenait le langage d'un enfant. Elle l'écoutait sans prendre garde à ce qu'il disait.

Comme il était incapable de raisonner et de comprendre, madame Scanlan se contenta de le calmer, de le faire mettre au lit, et de veiller à son chevet jusqu'à ce qu'il fût endormi; il ne tarda pas à s'assoupir, tenant la main de Joséphine dans la sienne.

Pauvre femme! Malheureuse mère! Tout semblait se tourner contre elle en [ce moment [terrible. Elle s'étai assise près du lit de son mari et elle y resta sans bouge jusqu'au jour. Quand elle vit le soleil se lever derrièr les collines :

— Pourquoi, oh! pourquoi suis-je née? s'écria-t-elle.

Ce n'est pas ici-bas que l'on trouve réponse à une semblable question.

CHAPITRE XI

NOUVELLE CRISE

Madame Scanlan connaissait depuis longtemps le caractère de son mari, elle savait tout ce qu'il y avait de pusillanimité en cet homme, mais elle s'attendait cependant à le voir un peu changé; après ce qui s'était passé la veille, elle supposait qu'il se rendait un compte exact de la situation et qu'il serait disposé à écouter ses conseils.

Elle se trompait.

Il se leva après avoir passé une nuit excellente, ne pensant plus à rien; on aurait dit à le voir que c'était l'homme le plus heureux de la terre; il affecta, pendant le déjeuner, de parler de la pluie et du beau temps, mangea aussi bien qu'à l'ordinaire et sortit ensuite pour faire un tour de promenade; il emmena César avec lui, ce qui n'était pas dans ses habitudes : c'était évidemment pour empêcher son fils de causer avec sa mère.

Lorsque Joséphine s'aperçut de ce manège, elle oublia la pitié qu'elle avait ressentie en le voyant si abattu; cette indifférence la révolta; elle vit que tous les projets qu'elle avait formés, tous les sacrifices qu'elle s'était préparée à faire pour lui étaient comme non avenus.

A l'heure du dîner, M. Scanlan ne revint pas, César rentra seul. Il n'avait pas été à l'école, il avait passé son temps à porter des lettres pour son père ; d'après une conversation qu'il avait entendue dans une des maisons où on l'avait envoyé, il avait compris que le vicaire faisait appel à la charité des paroissiens. Rempli d'indignation, il était rentré à la maison, mais faisant tous ses efforts pour ne rien laisser deviner à sa mère de ce qu'il avait sur le cœur.

— Pourquoi papa s'adresse-t-il ainsi aux gens pour avoir de l'argent ?

— C'est probablement pour l'école, lui dit sa mère.

Mais elle avait compris tout de suite ce qu'il en était ; elle reconnaissait bien là son mari qui essayait de se tirer d'embarras par de nouvelles souscriptions qui serviraient à couvrir son déficit. Elle tâcha de faire parler son fils et d'apprendre la vérité par lui, lui faisant comprendre combien il était important qu'elle sût tout ; mais César éluda, comme il le put, ses questions. Il était clair qu'on lui avait fait la leçon et qu'on lui avait recommandé de parler le moins possible et de ne pas dire ce qu'il avait fait ni où il avait été ; c'était un garçon sérieux, il tenait sa parole, malgré toute la peine que ce manque de franchise lui faisait, car il adorait sa mère. A la fin il dit tout naïvement :

— Ne me faites pas de question ; si vous voulez savoir quelque chose, adressez-vous à papa, et il s'esquiva.

Alors Joséphine eut un horrible pressentiment que seules comprendront les femmes et les mères qui prennent au sérieux leur titre de mère.

Une femme pleine de cœur et de sagesse m'a dit un jour : « Si jamais vous avez à choisir entre ceux qui sont vieux et ceux qui sont jeunes, choisissez les jeunes et faites tout pour les sauver ! » J'ose ajouter, moi, que si une femme est mise en demeure de choisir entre son mari et ses enfants, elle doit songer à ses enfants.

Je ne sais comment Joséphine Scanlan arriva à envisager sa situation sous ce nouveau jour ; mais ce que je sais, c'est qu'elle résolut de sacrifier l'épouse à la mère et de ne plus songer qu'à ses chers petits. Elle n'avait aucun ressentiment contre son mari, mais elle voulait l'éloigner des siens et mettre ses enfants à l'abri de la contagion comme elle les aurait mis à l'abri d'une épidémie.

Je ne la blâme pas, je la plains, quand je pense à la douleur qu'elle dut éprouver, lorsqu'elle comprit qu'elle ne pouvait plus rien espérer de cet homme qu'elle avait aimé autrefois, et qu'elle n'avait d'autre moyen de salut que de le quitter. Elle ne pensait pas encore aux voies et moyens de s'affranchir entièrement de ce joug et de gagner le pain de sa famille. Mais sa résolution était prise, et de jour en jour elle voyait plus clairement que c'était son devoir moral d'accomplir ce qu'elle avait décidé !

Rien ne vint à la traverse de ce projet. Son mari semblait l'éviter et prenait un air de mauvaise humeur toutes les fois qu'elle faisait la moindre allusion à l'argent des

souscriptions. Il voulait que rien ne troublât son indifférence, et il s'occupa, peu après, d'organiser une grande
solennité pour l'inauguration des nouvelles écoles; ce
fut une occasion pour ses admirateurs de lui témoigner leur sympathie.

On lui fit une ovation publique à un certain déjeuner où
il se trouvait avec toute sa famille. Le docteur Waters fut
chargé d'offrir à la femme du vicaire une pièce d'argen-
terie de la part de tous les paroissiens reconnaissants.
Dans le discours qu'il lui adressa il lui disait que cette
nouvelle école qui portait le nom de son mari, perpé-
tuerait le souvenir de ses grands services et ferait un jour
honneur à ses trois fils. César écouta ce discours avec
la plus profonde indifférence et ne se montra nullement
ému des éloges que l'on adressait à son père.

Ce fut en revenant chez elle, appuyé sur le bras de son
fils, qu'elle prit une grave résolution.

Chemin faisant, César lui dit que les comptes devraient être réglés dans un mois, par-devant M. Langhorne.

— Ton père le sait-il? demanda-t-elle très effrayée.

— Oui, répondit-il, mais papa ne semble pas s'en
inquiéter beaucoup.

Il n'ajouta pas un mot, mais on voyait à sa physionomie
qu'il avait deviné pourquoi son père aurait dû prêter
quelque attention à cette nouvelle. Sa mère n'osa pas
lui demander comment il avait appris tout cela, mais
elle trembla à l'idée que son mari avait pris César pour
confident et avait cherché à le flatter -- lui un jeune gar-

çon de seize ans — en le traitant comme un homme et en lui parlant de ce qu'il aurait dû ignorer à jamais.

M. Scanlan rentra une heure ou deux après, tout fier de son succès; il était au comble de la joie.

Joséphine, qui voulait lui parler d'affaires sérieuses, essaya d'arrêter ce débordement de vanité satisfaite et lui proposa de faire un petit tour de promenade.

Pendant longtemps elle marcha près de lui sans rien dire, essayant de rassembler ses idées afin d'aller droit au but.

— Edouard, lui dit-elle enfin d'une voix douce, en luttant contre le sentiment de répulsion que lui inspirait son mari, ne rentrons pas encore ; il nous arrive si rarement de sortir ensemble !

M. Scanlan fut bon prince, il était bien disposé. Il parla à sa femme de tous les projets qu'il avait en tête pour l'organisation de l'école.

— Mais les comptes sont-ils réglés au moins ? Avez-vous pu vous acquitter de votre dette ? L'argent que vous avez prélevé est-il rendu ?

Elle lui adressait ces questions si naturellement qu'il répondit sans sortir de son calme.

— Pas tout à fait, à vrai dire. Il y aura un certain déficit, mais je me charge de faire comprendre la situation à M. Langhorne. Il m'écoutera avec bonté, j'en suis sûr, il se rappellera tous les services que j'ai rendus à la paroisse et pour lesquels j'ai été si mal rétribué au commencement de mon séjour à Ditchley. Tout s'arrangera, vous verrez; ne vous tourmentez pas pour si peu de chose.

— Si peu de chose ! répéta Joséphine, se demandant si elle avait affaire à un enfant ou à un homme assez pervers pour se disculper en affectant une simplicité puérile. J'ai peur, Edouard, que vous ne compreniez pas la gravité de tout cela ; aux yeux des gens ce ne sera pas une bagatelle.

— Que pensera-t-on ? Dites-le-moi.

— On pensera comme moi ; mais pourquoi vous répéter ce que je vous ai dit si souvent ? Nous n'avons pas de temps à perdre en paroles, il nous faut agir. César m'a dit...

— Que vous a-t-il dit, le niais ?

— Ne vous effrayez pas ; probablement ce que tout le monde sait, c'est que M. Langhorne est chargé de régler les comptes et qu'avant un mois il les publiera. C'est bien cela, n'est-ce pas ?

— Ne me tourmentez pas, Joséphine, ne pouvez-vous pas laisser un pauvre homme tranquille ?

— Assurément, si je n'étais sa femme et la mère de ses enfants. Edouard, rien que deux mots. Avez-vous pensé à ce qui arrivera si l'on trouve des erreurs dans vos comptes et si vous n'êtes pas en état de payer le déficit ?

— Mais je le payerai tôt ou tard ; il est évident que je suis responsable. Je dirai tout cela à Langhorne, il n'en parlera pas, je sais bien qu'il ne se montrera pas trop rigoureux envers moi.

— Pourquoi pas ?

— Ma position d'ecclésiastique...

— Ainsi un ecclésiastique peut se permettre ce qu'un

autre homme ne saurait faire sans être puni par la loi !
Je ne le crois pas. M. Langhorne est un honnête homme,
il fera son devoir en toute conscience, et, s'il vous trouve
en défaut, soyez persuadé qu'il vous fera arrèter, tout
ecclésiastique que vous êtes.

Edouard Scanlan tressaillit.

— Allons donc ! vous déraisonnez !

— Pardon, je ne parle pas à la légère : je sais ce que
je dis.

— Comment! vous auriez été assez insensée pour
aller consulter quelqu'un.

— Non, mais je me suis procuré un code, et j'y ai trouvé
tout ce que je voulais savoir sur votre cas et sur autre
chose aussi.

— J'ai toujours dit que vous étiez une femme supérieure, je le comprends aujourd'hui mieux que jamais;
vous êtes bien trop habile pour un pauvre homme comme
moi.

— Je n'ai pas la prétention d'être habile, reprit-elle
avec chaleur. Je suis seulement honnête et désireuse de
faire mon devoir envers mon mari et envers mes enfants,
et c'est une tâche bien difficile ! Vous me faites perdre
l'esprit quelquefois. Edouard, pourquoi ne voulez-vous pas
m'écouter ? pourquoi n'avez-vous pas confiance en moi?
Puis-je avoir un autre motif, en vous tourmentant, comme
vous dites, que de travailler à votre bien et à celui des
enfants? Dieu sait que si je n'avais pas ce but, je me
laisserais aller au désespoir, je mourrais; je me sens si
lasse!

Le soleil se couchait devant eux, mais ses lueurs roses
ne pouvaient animer les joues pâlies de madame Scanlan
Elle passait par une crise terrible pour une femme qui
a été belle, c'est quand elle n'est ni jeune ni vieille, mais
flétrie avant le temps, comme ces arbres qui, après un
été brûlant, n'attendent pas l'automne pour se dépouil-
ler de leurs feuilles.

Son mari la regarda et s'aperçut du changement qui
s'était produit en elle. Peut-être était-il trop contrarié
ou simplement trop préoccupé pour peser ses paroles,
mais il lui dit brutalement :

— Mon Dieu ! Joséphine, comme vous enlaidissez.

Elle tourna la tête. Elle n'eût pas été femme si la flèche
ne lui avait pas atteint le cœur ; mais c'est à peine si elle
sentit la blessure. Depuis longtemps elle avait cessé de
tenir à sa beauté, et, en ce moment, elle avait trop de
soucis pour faire attention à ce que son mari pensait
d'elle. Ce ne fut que plus tard qu'elle retrouva ces mots
gravés à tout jamais dans sa mémoir. Elle reprit la conversation au point où elle en était restée et se mit à discuter avec autant de calme que possible.

Voici ce qu'elle voulait : le vicaire emprunterait en
bonne forme la somme qui lui manquait, en donnant
comme garantie une police d'assurance sur la vie ; et il
chercherait un ami disposé à répondre du payement de
cette assurance. Elle était prête à demander ce service
elle-même au docteur Waters et au mari de la comtesse
Emma. En femme pratique, elle s'était déjà procuré tous
les papiers nécessaires : M. Scanlan n'avait plus qu'à faire

quelques démarches, et encore sa femme les lui avait-elle facilitées d'avance.

Malgré les instances de Joséphine, il refusa de souscrire à ce projet; il avait peut-être ce singulier préjugé qu'ont certains hommes faibles de ne pas vouloir s'assurer sur la vie ou faire leur testament. Mais il était surtout piqué de n'avoir pas été consulté par sa femme en cette affaire. Le vicaire lui prouva par des arguments tirés des livres saints qu'elle avait failli à son devoir d'épouse en essayant de le diriger, et lui déclara qu'il ne lui céderait pas.

Il lui avait parlé d'un autre ton le soir où il s'était jeté à ses genoux, et avait imploré son aide! Mais depuis il était devenu un personnage, et ce rôle de philanthrope allait bien à sa vanité. Rien de ce que sa femme lui dit ne réussit à lui ouvrir les yeux : il répondait de l'avenir, et se sentait rassuré en pensant que tous ses paroissiens avaient les yeux sur lui et admiraient son zèle et son dévouement.

— Qui oserait élever la voix contre moi? répétait-il. Quant à Langhorne, je n'ai rien à craindre de lui, il arrangera l'affaire, et personne ne se doutera de rien.

Autrefois Joséphine n'aurait pu se contenir en entendant son mari tenir de pareils raisonnements et s'imaginer que le mal n'est pas le mal tant qu'on le tient secret, mais elle sut contenir son indignation. Elle ne répliqua pas et continua de marcher en silence.

Le vicaire ne comprit rien à ce mutisme ; il crut qu'elle avait cédé et se flatta d'avoir remporté la victoire. Il

parla d'un ton dégagé des scrupules de sa femme, comme
si l'affaire était arrangée, et se mit à causer d'autre chose.

Mais Joséphine l'arrêta. Ses lèvres étaient blanches,
et sa main qu'elle avait posée sur la sienne était aussi
froide que du marbre.

— Un instant, Edouard, ne croyez pas qu'il faille déjà
chanter victoire; vous avez devant vous un avenir bien
sombre; quoique vous fermiez les yeux pour ne pas le
voir, j'en suis bien attristée, moi !

— Bah! s'écria-t-il avec impatience. Ne dirait-on pas
que je suis incapable de me tirer d'embarras tout seul?
Laissez-moi tranquille, je vous en prie ; tout ce que je vous
demande, c'est de ne pas ajouter un mot.

— Je me tairai désormais; seulement il ne serait ni
loyal, ni honnête de ne pas vous parler de ce que j'ai l'intention de faire, si nous devons continuer à vivre ensemble
comme nous l'avons fait depuis quelque temps.

— Que voulez-vous dire?

Joséphine s'arrêta un instant pour exposer en termes
clairs et délicats la vérité qu'elle croyait ne pas devoir
lui cacher.

— Ce que je veux dire, Edouard, c'est que jamais nous
ne nous sommes très bien entendus et que maintenant
nous nous entendons moins que jamais; je ne puis supporter cette lutte continuelle. Pour me servir d'une de
vos citations favorites, je vous dirai que deux personnes
ne peuvent suivre le même chemin sans être d'accord, et
qu'il vaut mieux qu'elles se séparent si elles ne peuvent
arriver à se comprendre.

—Je n'y vois aucun inconvénient; je ne me promène jamais avec vous sans qu'aussitôt vous me cherchiez noise.

Il faisait peut-être semblant de ne pas comprendre, ou bien il était si léger qu'il ne comprenait pas réellement le sens de ses paroles. Elle s'appliqua à être plus claire.

—Je ne vous contrarierai plus jamais; je ne dirai plus un seul mot; mais j'agirai comme je le crois juste et nécessaire. Je me dois à mes enfants et je ne veux pas travailler à leur perte.

— A leur perte! mais ils sont en très bonne voie; ils pourront bientôt se tirer d'affaire tout seuls, n'ayez aucune crainte à cet égard. César a déjà presque autant d'expérience que moi.

— Vraiment? dit la mère.

Elle était plus que jamais décidée à dire ce qu'elle avait sur le cœur.

— Je sais, Edouard, que les enfants ne sont pas pour un père ce qu'ils sont pour une mère; pour vous surtout ils n'ont guère été qu'un fardeau. Aussi ai-je moins de scrupules à mettre mon projet à exécution.

— Où voulez-vous en venir? que signifient tous ces mystères?

— Il n'y a là aucun mystère, je parle franchement et nettement. Nous n'avons pas tous les deux les mêmes idées sur l'honneur et l'honnêteté, et je ne veux pas que mes enfants aient les vôtres. Aussitôt que je le pourrai, je prendrai un parti décisif.

— Quoi! vous allez vous plaindre de moi et crier sur

les toits que je suis un voleur et un coquin! Ce serait
vraiment agir en femme dévouée.

— Non, je n'irai pas me plaindre et je ne dirai jamais
rien contre vous à qui que ce soit. Je veux simplement....
vous quitter.

— Me quitter! quelle sottise!

Malgré son air d'insouciance, Edouard Scanlan était
fort ému au fond. Il savait que sa femme n'agissait jamais sans avoir mûrement réfléchi. Il ne lui avait pas
caché, un jour, qu'elle lui faisait un peu peur, mais cette
fois cependant il trouvait qu'elle avait été trop loin, et il
ne voulut pas lui laisser croire qu'il la prît au sérieux.
Après un instant de réflexion, il éclata de rire.

— Me quitter! voilà bien la plus drôle plaisanterie,
que j'aie jamais entendue! Je vous vois d'ici partir avec
armes et bagages, les enfants sur le dos et la servante
trottant derrière! Quel joli tableau! Combien les gens de
Ditchley s'en amuseraient! Comment pourriez-vous vivre?
N'est-ce pas moi qui fais bouillir la marmite? (Ce n'était
pas lui maintenant, mais il était inutile de le lui dire.)
Et puis, Joséphine, ajouta-t-il en se rapprochant d'elle et
en prenant un ton câlin, vous ne pourriez pas me quitter,
vous m'aimez, vous le savez bien.

— Je vous ai aimé, dit-elle; mais quand même je vous
aimerais encore, pour sauver mes enfants je n'hésiterais
pas un seul instant : je les prendrais dans mes bras et
je m'enfuirais avec eux!

— Voilà une nouvelle morale! M. Scanlan riait encore;
décidément il était incapable de comprendre sa femme.

— Avez-vous oublié, ajouta-t-il, ce que dit saint Paul? « La femme ne doit pas quitter son mari. »

— Saint Paul n'était pas femme et il n'avait pas d'enfants.

— Mais il était inspiré par Dieu, et nous devons croire ce qu'il nous dit.

— Non, il est des cas où ce serait agir contre toute raison, s'écria-t-elle à demi affolée. Je ne crois pas aveuglément aux Écritures; je crois en Dieu, et mon Dieu ne ressemble pas au vôtre.

Après cet éclat qui naturellement remplit d'horreur Edouard Scanlan, il n'avait plus rien à dire. La religion, comme tout le reste, n'était pour lui qu'un moyen de briller. Il en tirait une phraséologie toute faite qu'il ne prenait même pas la peine d'expliquer ou de comprendre; aussi quand une âme forte lui montrait le fond des choses, était-il tout éperdu, ne sachant plus à quel saint se vouer.

Joséphine avait souvent mis son mari hors de lui, mais jamais elle n'avait été si loin. Il la regarda avec des yeux égarés, et, ne trouvant rien à lui répondre, il se contenta de lui dire qu'il prierait pour elle.

Ils continuèrent leur promenade jusqu'à la grille du jardin, sans parler; arrivé là, le vicaire reprit enfin d'un air protecteur :

— Voyons, ma chère Joséphine, je pense que vous consentirez maintenant à oublier vos grandes théories et que vous voudrez bien, comme à l'ordinaire, faire la prière du soir en commun. Laissons là toutes ces conversations désagréables, je vous assure que je ne suis pas le moins du monde fâché contre vous. Je ne m'oppose pas à ce que vous me fassiez part de vos idées, tout ce que je veux, c'est la paix et la tranquillité.

C'était facile à dire! Mais comment ne pas s'inquiéter devant une pareille situation? Car, après tout, il avait détourné de l'argent et commis une action honteuse dans tous les cas, doublement honteuse dans son cas particulier. L'avenir de toute une famille était en jeu, et la faute du père allait rejaillir sur ses enfants. Joséphine se sentait défaillir en pensant à toutes ces terribles conséquences.

— Edouard, dit-elle, un mot encore avant qu'il soit trop tard. C'est bien de vouloir la paix et la tranquillité, mais je voudrais encore vous faire comprendre qu'on ne fait rien sans l'honnêteté et la vérité. Écoutez-moi; n'importe qui — un honnête homme, j'entends — envisagerait la chose comme je l'envisage. Il faut que vous rendiez cet argent, et il n'y a qu'un moyen, celui que je vous ai indiqué. Essayez, malgré votre répugnance; sauvez-nous tous. Edouard, autrefois je vous ai été chère.

— Chansons que tout cela! dit-il avec un mélange de froideur et de méchanceté. Et il lui tourna le dos.

Joséphine savait d'avance qu'elle échouerait encore, mais elle n'avait parlé que pour faire son devoir.

— Si, vous pouvez vous acquitter de cette dette, dit-elle, je continuerais à travailler et à diriger la maison comme par le passé, luttant de mon mieux. Peut-être aussi ferez-vous un effort pour que nous vivions en bonne harmonie, c'est si triste de voir toujours un mari et une femme en désaccord. Il faut vous décider, et vite. Nous sommes au bord du précipice, et à chaque instant nous pouvons rouler dans l'abîme.

— Alors, laissons-nous aller, s'écria-t-il avec irritation, en cherchant à dégager sa main qu'elle retenait. Je ne veux pas m'assurer sur la vie, personne ne m'y forcera ; on dirait que je vais mourir, et je mourrai certainement si vous continuez à me tourmenter ainsi. Ne prenez pas ce ton dur avec moi ; je sens mon cœur se briser, quand vous me parlez ainsi ; vous n'ignorez pas que mon père est mort d'une maladie de cœur et que je puis mourir du même mal, quoique l'on dise que les fils tiennent de leur mère plus que de leur père, ce qui, par parenthèse, doit être une grande consolation pour vous. Quand vous m'aurez tué, et que vous serez veuve, vous serez bien avancée.

Il parlait d'un air navré, mais ses plaintes, aussi peu sincères que ses sermons les plus émouvants, ne produisaient plus aucun effet sur madame Scanlan ; elle y était habituée. Quoiqu'il ne fût pas robuste, elle avait remarqué qu'il avait toujours assez de force pour faire ce qui lui plaisait, c'était lorsqu'il était tourmenté que sa santé devenait chancelante.

— C'est très bien, dit-elle, nous nous comprenons maintenant. Vous agissez à votre guise, moi à la mienne. Je ne puis au moins me reprocher de vous avoir trompé ; j'ai pris patience longtemps..... pendant des années.

— Oh ! cessez de vous plaindre.

Comme ils étaient arrivés à la porte de la maison, le vicaire réunit tout le monde pour la prière; ce soir-là, il la fit plus longue qu'à l'ordinaire et il cita une quantité de maximes bibliques ayant trait à ce qui s'était passé.

Joséphine l'écoutait comme quelqu'un qui ne veut pas entendre. Elle s'agenouilla machinalement et se laissa bientôt aller au désespoir; mais elle vit la nécessité de ne pas céder et, retrouvant toute son énergie, se sentit plus résolue que jamais à faire ce qu'elle avait décidé pour en finir avec ses angoisses perpétuelles et sauver l'âme de ses enfants.

CHAPITRE XII

UN GRAND COMBAT

A supposer que madame Scanlan eût voulu demander de nouvelles explications à son mari, elle ne l'aurait pas pu; il évitait toutes les occasions de lui parler. Il affectait même de ne pas faire attention à elle et de ne s'occuper que de ses enfants. Le lendemain matin, de bonne heure, il partit pour trois jours, se rendant à une invitation de quelque grand seigneur des environs; c'était le moment des chasses, le vicaire était toujours le bienvenu à cette époque de l'année dans les maisons du voisinage. Non pas qu'il fût sportsman — c'eût été peu digne d'un ecclésiastique — mais on aimait sa société dans toutes ces parties de plaisir; on savait qu'il était très flatté de se trouver en noble compagnie et qu'il faisait beaucoup de frais pour amuser tout ce monde de lords et de gentilshommes.

Il partit sans rien dire de plus qu'un bonjour banal.

Madame Scanlan put alors réfléchir sur sa situation; elle était toute décidée, elle se demandait simplement comment elle pourrait exécuter son projet.

Elle n'ignorait pas qu'en quittant son mari, elle assumait tout le blâme. Pour le monde, le vicaire était un mari irréprochable; il n'avait fait aucun éclat, et sa conduite extérieure n'avait rien que de très correct. S'il faisait savoir à toutes ses connaissances que sa femme l'avait quitté, Joséphine était sûre que toutes les sympathies seraient pour lui. Elle pensait que le meilleur moyen de se tirer d'embarras serait de faire croire qu'elle était allée à l'étranger pour l'éducation de ses enfants, mais elle voulait laisser son mari entièrement libre d'agir à sa guise. Elle n'avait à cœur qu'une seule chose — le quitter.

Elle tâcha de lutter contre l'émotion, elle savait que si elle se laissait aller à ses sentiments, elle perdrait toute force et toute raison; elle se mettait en contradiction avec toutes les lois sociales et religieuses, mais elle ne s'en souciait guère, elle avait la conscience pure, cela lui suffisait; elle sentait qu'elle devait sauver ses enfants, et c'était en songeant à eux qu'elle prenait cette grave décision.

Son départ devait s'effectuer avec promptitude, pendant l'absence de M. Scanlan, sans qu'on s'en aperçût, afin qu'il fût libre de donner les explications qu'il voudrait.

La seule personne à laquelle elle était disposée à confier son secret était Priscille Nunn; elle comptait sur elle pour l'avenir. Cette brave femme avait souvent regretté que madame Scanlan ne fût pas à Paris, elle venait d'y établir une sorte de succursale où Joséphine aurait pu gagner deux fois plus d'argent qu'à Ditchley. Ce fut donc à Paris qu'elle décida d'aller, dans cette belle France dont elle parlait à ses enfants comme d'un paradis terrestre.

Il lui restait cependant à apprendre de son fils aîné tout ce qu'il savait sur cette triste affaire de l'école. Elle n'hésita pas à lui en parler franchement.

— César, lui dit-elle, j'ai des projets de la plus haute importance qui te concernent autant que moi-même; dans un ou deux jours tout sera arrangé et je te ferai part de ce que j'aurai décidé; en attendant dis-moi tout ce qui s'est passé entre toi et ton père. J'ai le droit de le savoir, il n'ignore pas que j'avais l'intention de te questionner.

C'était pour César un grand soulagement que de révéler ce qu'il avait appris sur les agissements de son père; il ne cacha rien à sa mère.

La situation était plus grave qu'elle ne l'avait imaginée. Le vicaire n'avait pas hésité à expliquer à son fils l'affaire telle qu'il la voyait dans son imperturbable optimisme. Depuis des mois, toutes les fois qu'il avait besoin d'argent, il envoyait César dans les maisons du voisinage pour demander de petites sommes, sous un prétexte ou sous un autre, à tel point que, à un certain moment, il n'y avait pas une seule famille dans la paroisse qui ne lui eût prêté quelque chose.

— Et ce qu'il y a de plus étrange, dit César naïvement, c'est que papa n'a pas l'intention de payer et qu'il ne croit pas mal faire en agissant ainsi. Il dit que c'est bien

le moins que ses paroissiens lui procurent quelques petites douceurs.

La mère ne répondit rien. Elle n'osait regarder son
fil elle levait les yeux au ciel en signe de désespoir.

Elle allait prendre une décision juste et inévitable, mais
il lui vint cependant à l'esprit de se rendre compte, avant
de partir, des droits que lui accordait la loi.

Pendant que tous les enfants dormaient, elle prit un
énorme livre de lois qu'elle avait emprunté à M. Langhorne et commença à étudier tout ce qui, dans ce recueil,
avait rapport aux femmes mariées.

Elle découvrit ce que plus d'une malheureuse avait
découvert avant elle, c'est qu'aux yeux de la loi anglaise,
une femme mariée n'a aucun droit.

Elle vit qu'elle n'échappait nullement à la domination
de son mari en le fuyant et qu'il pouvait l'obliger à réin-
tégrer le domicile conjugal, lui prendre tout ce qu'elle
possédait, même ce qu'elle aurait gagné par son travail,
sans qu'elle eût le pouvoir de porter plainte.

Elle était terrifiée. Elle n'avait jamais réfléchi à toutes
ces questions et s'imaginait que le mariage est une sorte
d'association dans laquelle les intéressés ont tous deux
les mêmes droits. Elle vit qu'elle s'était étrangement
trompée et se laissa aller au plus profond désespoir.

Si son mariage avait été ce que tous les mariages devraient être, elle n'aurait jamais pensé à discuter ses
droits, elle n'aurait songé qu'à ses devoirs. Mais toutes
les unions ne sont pas heureuses, chaque prétendant
n'est pas ce que croit sa fiancée, et — soyons justes —

chaque fiancée ne répond pas toujours à ce qu'on attend
d'elle. En pareil cas, où est le remède ? Pour le mari, il
y en a quelques-uns, il sent qu'il a le pouvoir en main ;
pour la femme, il n'y en a aucun. L'homme peut être un
lâche, un homme méprisable, elle ne peut l'abandonner ;
mais lui il peut l'abandonner, elle, quand elle est entachée
des même vices.

Tout s'opposait donc à ce que Joséphine Scanlan pût
recouvrer sa liberté.

Elle se sentit, malgré tout, assez forte pour braver les
lois et, reprenant un peu courage, résolut quand même de
fuir son mari. Rien au monde ne pouvait l'obliger, elle,
honnête femme, à rester liée pour la vie à un malhonnête homme ; rien ne pouvait l'empêcher d'arracher ses
enfants aux exemples pernicieux de leur père. Non, elle
voulait être libre, à tout prix.

Une femme timide aurait pu hésiter encore, mais Joséphine en était arrivée à ne reconnaître en ce monde
d'autre loi que sa conscience, d'autre religion qu'une foi
ferme et sincère en Dieu qui, étant juste, n'abandonne
pas les opprimés.

Elle se demanda ce qui pourrait bien lui arriver dans
l'avenir ; elle vit que rien ne devait l'inquiéter.
M. Oldham vivrait encore longtemps, et peut-être même
la mort n'apporterait aucune amélioration à son sort : car
il avait pu changer d'avis. Que lui importait du reste ?
Suivant la loi tout devait revenir à son mari.

Elle ne regrettait pas même pour ses enfants cette fortune ; autrefois elle aurait voulu les voir tous riches, mais

elle avait changé d'avis et désirait qu'ils fussent tout simplement honnêtes.

La nuit s'avançait, Joséphine s'endormit au petit jour,
calme et paisible : elle savait qu'elle allait agir suivant
sa conscience.

En s'éveillant elle sentit qu'un grave événement allait
se passer— elle était dans cette étrange disposition qu'on
éprouve un jour de mariage ou d'enterrement, car l'un
et l'autre se ressemblent — elle sentait que ce jour-là
allait creuser un abîme entre sa vie d'autrefois et la nouvelle vie où elle allait entrer.

Elle descendit à la chambre de ses enfants, et la première chose qu'elle vit, fut une lettre de M. Scanlan,
adressée à Adrienne : il s'amusait tellement, disait-il,
qu'il ne reviendrait pas avant la fin de la semaine. Elle
avait donc quelques jours devant elle.

En attendant, elle résolut d'aller chez Priscille Nunn
pour toucher l'argent qu'elle lui devait — c'était une
assez grosse somme, suffisante pour payer le voyage et
pour faire face aux premières dépenses à l'arrivée à Paris.

Elle avait espéré traverser Ditchley sans rencontrer
personne de connaissance, mais un peu avant d'arriver à
la boutique de Priscille elle fut arrêtée par M. Langhorne, qu'elle n'avait pas vu depuis quelque temps. Il
revenait de chez M. Oldham et avait trouvé le recteur un
peu mieux.

— La femme qui le garde, ajouta-t-il, a cru comprendre qu'il désirait vous voir : vous feriez peut-être
bien d'aller lui faire une petite visite.

Joséphine hésita.

— Croyez-vous vraiment qu'il veuille me voir et qu'il puisse reconnaître ses amis ? Si j'en étais sûre, j'irais plus souvent.

Elle promettait ce qu'elle ne pouvait tenir — dans quelques jours, dans quelques heures même, elle allait quitter Ditchley sans retour. Cette pensée la fit tressaillir ; M. Langhorne remarqua son trouble.

— Je ne vous presse nullement, lui dit-il ; cependant, si notre pauvre ami avait sa connaissance, ce que nous ne pouvons savoir, je crois que vous feriez bien de le voir souvent.

— Je vais y aller, dit-elle.

Elle prit immédiatement le chemin qui conduisait chez le recteur, passant devant la boutique de Priscille Nunn sans y entrer. Quand elle arriva chez M. Oldham, elle se sentit moins agitée ; elle oublia un peu ses angoisses au chevet de son vieil ami, qui la reçut avec un sourire — c'était tout ce dont le pauvre recteur était capable pour souhaiter la bienvenue à ceux qui venaient le voir. Elle lui parla à différentes reprises, lui racontant ce qui pouvait l'intéresser sur ses enfants et fut interrompue par l'arrivée du docteur Waters. C'est avec lui qu'elle revint chez elle, il avait tenu à l'accompagner, car il commençait à faire un peu sombre.

Elle s'informa, chemin faisant, de la santé de M. Oldham et demanda au docteur combien la maladie pouvait encore traîner. Ce n'était pas qu'elle espérait pouvoir changer quoi que ce fût à ses projets, elle voulait simplement savoir à quoi s'en tenir.

Le docteur ne put guère la renseigner, il lui dit seulement que le recteur n'aurait plus aucune souffrance à endurer et qu'il s'endormirait paisiblement dans la mort.

— J'en remercie le ciel, s'écria-t-elle en soupirant; on aurait dit qu'elle enviait le sort de M. Oldham.

Depuis longtemps elle avait cet ardent désir de se reposer de toutes ses fatigues.

— Madame, — lui dit le docteur en lui serrant la main avec effusion, car il aimait et appréciait la femme du vicaire, — où est votre mari aujourd'hui?

Elle le lui dit.

— Je suis bien aise, reprit M. Waters, qu'il ait quelque distraction; une semaine passée loin de ses occupations lui fera du bien. Sa santé est bonne, j'espère!

— Excellente.

Elle eut un frisson glacial. Elle se demandait si le docteur Waters se doutait de quelque chose, mais elle fut bientôt détrompée.

— Si j'ai tenu à vous accompagner, lui dit le vieillard, c'est que j'avais un mot à vous dire au sujet de votre mari. Vous êtes une femme trop sensée pour croire que je veuille vous alarmer.

— M'alarmer!... parlez vite.

— Ne vous effrayez pas, ce n'est qu'une mesure de prudence. Vous savez que M. Scanlan m'a demandé conseil l'autre jour, il s'agissait d'une assurance sur la vie.

Elle n'en savait rien, mais que lui importait?

— Continuez, je vous prie.

— Il m'a dit que vous désiriez beaucoup qu'il s'assurât, mais qu'il avait tout d'abord refusé et qu'il s'était repenti ensuite de ne vous avoir pas écoutée. Vous désiriez, paraît-il, avoir un petit capital pour vos enfants et pour vous.

— Comment! un capital pour mes enfants et pour moi! s'écria-t-elle. Elle n'était pas encore habituée aux étranges procédés de son mari.

Le médecin, en homme avisé, remarqua son trouble et s'efforça de la rassurer.

— Oui, c'était quelque chose comme cela, je ne puis pas préciser, je n'ai pas de mémoire. Tout ce que je tiens à vous dire, c'est que, à moins qu'il n'y ait une nécessité urgente, vous ferez bien de l'empêcher de s'assurer sur la vie.

— Pourquoi?

— Parce que je crois qu'aucune compagnie ne l'accepterait. Il a une maladie de cœur; il ne faut pas vous en effrayer : des centaines de gens en sont là, et moi tout le premier, bien que je sois arrivé à un âge fort respectable.

— Oh, docteur!

Elle n'avait jamais pensé à la mort de son mari; il lui semblait qu'il était de ces gens qui vivent longtemps sans inquiétudes ni soucis, se complaisant dans leur insouciance. Elle ne pouvait pas croire que le vicaire fût malade sans le savoir et sans le dire ; la chose lui paraissait impossible, elle fit part au docteur de son étonnement.

M. Waters secoua la tête.

— Mais c'est fort heureux qu'il ne s'en aperçoive pas, car cette maladie est si lente qu'il peut vivre bien des années et mourir d'un autre mal. Toujours est-il qu'il est attaqué, n'importe quel médecin vous le dirait comme moi, et il est évident que celui de la compagnie ne manquerait pas de le lui révéler. Si votre mari était averti, les conséquences pourraient être fort sérieuses; aussi est-ce à vous que je m'adresse, sachant que je parle à une créature supérieure qui peut garder un secret mieux que personne.

C'était un poids de plus qui pesait sur son cœur, elle se sentit défaillir.

— Que vais-je faire? Que puis-je faire? dit-elle enfin après un moment de prostration.

— Rien. C'est une espèce de cruauté de vous parler aussi ouvertement, mais, croyez-moi, je n'ai que de bonnes intentions. Courage, chère madame. Je suis sûr, à voir votre mine, que votre mari vous enterrera, si c'est cela que vous désirez. Seulement prenez soin de lui, épargnez-lui les grandes émotions, et surtout qu'il ne soit plus question des compagnies d'assurance.

— Je comprends; je n'oublierai pas ce que vous me dites là. Je vous remercie de tout mon cœur.

Le docteur la quitta à la porte de son jardin.

Une fois seule, elle s'assit sur un banc et essaya de rassembler ses idées et de se rappeler tout ce qu'elle avait entendu.

Joséphine Scanlan n'aimait plus son mari et ne pouvait plus l'aimer, mais c'était une femme de cœur; en pensant tour à tour à ses projets de fuite et au triste état de santé du vicaire qu'elle allait laisser seul et sans secours, elle vit qu'elle ne pouvait plus songer à partir. Ce n'était pas le raisonnement qui la guidait, mais le sentiment du devoir.

— Je ne puis m'en aller, se disait-elle en sanglotant ; il faut que je le soigne, comme le docteur Waters me l'a dit. Que deviendrait-il sans moi ?

CHAPITRE XII

LE TESTAMENT

Madame Scanlan aurait eu tout le temps de revenir sur sa détermination, même si elle n'avait pas rencontré le docteur, car son mari ne revint pas au jour fixé. Elle lui avait envoyé une lettre de M. Langhorne, qui lui demandait les comptes des nouveaux bâtiments de l'école, mais il ne se dérangeait pas pour si peu. Il était évident qu'il avait attendu à la dernière minute et qu'il avait peur maintenant de revenir. Joséphine n'était nullement effrayée, elle savait que cette triste affaire allait bientôt avoir un dénouement ; cette pensée ne faisait que la raffermir dans la résolution qu'elle avait prise de ne plus quitter son mari.

Le dimanche même ne ramena pas le vicaire chez lui ; elle dut envoyer chercher un ami qui voulût bien le remplacer pour le service. Sur ces entrefaites, M. Scanlan revint tard dans la matinée avec un visage décomposé, se traînant comme un chien battu. Sa femme, ne voulant pas que les enfants vissent leur père dans cet état, les envoya en toute hâte à l'église et fit monter son mari dans sa chambre où il se jeta sur son lit dans un état de profond découragement.

— C'en est fait de moi! Vous avez refusé de m'aider, voilà où j'en suis à présent! Ce Langhorne ne veut plus attendre, il insiste pour que les registres lui soient remis. Vous savez bien que l'argent est dépensé, et que je ne puis me mettre en règle; je suis un homme perdu.

Joséphine le laissait parler.

— J'ai fait de mon mieux, ajoutait-il; j'ai même suivi votre conseil et suis allé chez le docteur Waters pour lui parler de mon assurance sur la vie, et il m'a promis de prendre des renseignements; mais lui aussi il m'a abandonné depuis, il ne m'a pas donné le moindre signe de vie. Tout le monde me fuit... Je suis perdu. Et vous, vous voilà toute parée, avec un air d'allégresse; je crois que je ne vous ai pas beaucoup manqué toute cette semaine... Vous alliez à l'église, comme si de rien n'était.

Madame Scanlan ne répondait rien à tous ses discours, elle était absorbée et tâchait de découvrir dans la figure de son mari quelque trace de sa maladie de cœur. Elle crut remarquer en lui une certaine pâleur et se reprocha de n'avoir rien vu auparavant.

Elle était prête encore une fois à l'aider à porter son fardeau et même à le porter seule jusqu'au bout.

— Alors, vous n'allez pas à l'église après tout? dit-il en la voyant ôter son chapeau et venir s'asseoir tranquillement près de lui. C'est très bien de votre part, j'en suis content. Mais, dites-moi, ne trouvera-t-on pas étrange de ne pas vous voir au temple?

— Oh ! je m'en inquiète fort peu !

— Vous devriez vous en inquiéter davantage, dit-il, prenant soudain un ton irrité. Je sais bien que j'aurais fait deux fois plus vite mon chemin dans le monde si j'avais eu une femme qui fût un peu plus soucieuse de garder les apparences.

Joséphine rougit d'indignation, mais elle se contint.

— C'est peut-être vrai, répondit-elle, mais, Edouard, si je n'ai pas été une de ces femmes qui vivent pour le monde seulement, j'ai été au moins une femme pratique et utile et je suis toute prête à vous venir en aide aujourd'hui, si vous le voulez bien.

— Voilà ma bonne Joséphine d'autrefois! Alors nous sommes amis? Vous ne m'abandonnerez plus ?... comme je le croyais presque. J'ai des rêves si affreux toutes les nuits : il me semble qu'on m'arrête, qu'on m'envoie en prison et que j'y meurs sans vous revoir. Vous ne me laisserez pas en arriver là, n'est-ce pas? Vous ne voudriez pas que votre mari fût enfermé avec toutes sortes de gens sales et désagréables... Oh! ce serait terrible! Voulez-vous essayer de m'épargner ces cruelles tortures?

Il parla ainsi pendant longtemps, presque comme un enfant, n'osant pas regarder sa femme, et serrant sa main dans les siennes.

Le visage de Joséphine se contracta pendant un instant, mais son mari n'en vit rien. Elle prit le dessus après tout; cette profonde pitié qui survit longtemps à l'amour se réveilla dans son cœur d'épouse.

— Mon cher, lui dit-elle, ne parlons pas de prison; les

choses n'iront sans doute pas si loin. Peut-être pourrais-je trouver un moyen de vous sauver si vous voulez tout me dire... tout, vous m'entendez bien !

— Je ne vous ai rien caché, si ce n'est cette visite au docteur Waters, qui du reste n'a abouti à rien, comme tout ce que j'entreprends. Personne au monde n'a moins de chance que moi.

C'était sa plainte favorite.

—Eh bien ! pourquoi ne dites-vous rien? A quoi pensez-vous? Quelle idée me suggérez-vous ? Car enfin, je vous le dis, Joséphine, nous n'avons aucun recours, à moins que je ne m'arrange dès demain avec la compagnie d'assurance. Je vais suivre votre conseil, c'est tout ce qu'il me reste à faire.

Joséphine sentit les battements de son cœur s'arrêter, elle lui dit vivement :

— J'ai changé d'avis, je ne veux plus que vous vous assuriez sur la vie.

— Voilà qui est bon, vraiment! Après m'avoir tourmenté, harcelé, vous me dites maintenant que vous ne voulez plus! Vous êtes comme toutes les femmes, vous changez continuellement d'humeur. Tenez, je ne veux plus me laisser influencer par vous et j'agirai comme bon me semblera.

— Oh! mon Dieu! mon Dieu! mais écoutez-moi donc sérieusement, Edouard; croyez que si j'agis ainsi, c'est pour votre bien ; j'ai changé d'avis, c'est vrai, mais tout le monde change d'avis.... Cette assurance vous causerait tant de difficultés, tant de peines, et vous savez combien vous aimez peu les démarches ennuyeuses

— J'en ai horreur.

— Si je prenais sur moi de tout régler avec M. Lang
horne...

— Oh ! je le voudrais bien ; si je pouvais ne plus enten
dre parler de cette histoire d'école, dit-il avec élan
comme s'il se sentait déjà soulagé à l'idée que toute l'af
faire était arrangée. Vous êtes la meilleure des femmes
je vous laisse absolument libre, et je ne me mêlerai plu
de rien. Dites-moi seulement, pour satisfaire ma curiosité
comment vous comptez vous y prendre.

C'était bien simple, elle voulait agir avec droiture e
honnêteté ; elle voulait revoir les livres de comptes afin
de connaître le déficit exact et aller dire la vérité
M. Langhorne. C'était un très brave homme ; elle étai
sûre que si elle traitait avec lui de cette façon, il envisage
rait les choses à son point de vue à elle et qu'il reconnaî
trait que le vicaire avait agi plutôt par étourderie que
par mauvaise foi. Si l'affaire pouvait être étouffée pendant
quelque temps, elle comptait s'engager à payer peu à peu
la somme due sur l'argent qu'elle gagnerait. Elle sentait
qu'elle pouvait faire cette promesse, puisqu'il dépendait
d'elle seule de la tenir.

— M. Langhorne, dit-elle, aurait confiance en ma
parole et montrerait assez de générosité et de bonté d'âme
pour comprendre ma triste situation.

Elle expliqua tout cela à son mari qui demeura terrifié
en apprenant ce qu'elle comptait faire. Pour lui, dire la
vérité était la dernière chose qui lui serait venue à l'esprit.

— Non, Joséphine, ce moyen-là ne vaut rien ; il est absurde ! Qu'est-ce que Langhorne penserait de moi ? Que penserait-il de vous, si vous lui avouiez que votre mari a détourné de l'argent ? Non ! si vous êtes prête à me venir en aide, il faut que vous trouviez un autre moyen.

— Il n'y en a pas d'autre, répondit-elle, en s'efforçant d'être calme et de garder son sang-froid ; j'ai bien pesé la chose, et si vous vous refusez à suivre mon conseil ou plutôt à me laisser libre d'arranger tout à ma guise, il ne vous restera plus qu'à supporter la ruine et la honte qui vous attendent.

— La honte ne retombera pas sur moi seul, dit-il d'un air presque triomphant ; vous devriez penser, avant de m'abandonner à mon triste sort, qu'elle rejaillira aussi sur vous et sur vos enfants.

— Ah ! je le sais bien, reprit-elle en gémissant.

En cet instant, elle aurait pu maudire le jour où elle avait été assez folle pour se marier, elle aurait pu envier ces femmes sans enfants qu'elle avait plaintes autrefois ; il leur restait au moins une consolation, à celles-là : tous leurs malheurs finissaient avec elles, et elles n'avaient pas à craindre de laisser à toute une postérité une souillure morale pire qu'aucun mal physique.

Joséphine Scanlan était comme affolée ; la pensée de fuir se représenta à son esprit, mais elle la chassa bien vite, elle comprit que c'eût été une lâcheté d'abandonner cet homme dans un pareil moment.

« Je ne puis partir, se disait-elle en elle-même, si seulement quelqu'un pouvait me venir en aide! mais je n'ai personne... personne au monde. »

Cette pauvre femme commença alors à prier, la tête dans ses deux mains.

En ce moment même elle entendit, au milieu du silence, le son lointain de la cloche de l'église. Ce n'était pas pour appeler les fidèles que cette cloche tintait — depuis plus d'une heure, le service était commencé — mais c'était le glas funèbre qui annonçait à la paroisse que quelqu'un venait de mourir.

— C'est la cloche des morts, s'écria M. Scanlan, en tressaillant. Qui donc a pu mourir? comptez les coups.

A Ditchley, comme dans quelques autres paroisses d'Angleterre, on a coutume de sonner autant de coups que la personne compte d'années.

Joséphine alla jusqu'à quatre-vingts. Personne, si ce n'est le recteur, n'était aussi âgé à Ditchley. Son mari et elle étaient dans un profond état de stupeur.

— Se peut-il que ce soit M. Oldham? se dirent-ils à voix basse.

Deux minutes après, les enfants revinrent de l'église; ils étaient tout en larmes et confirmèrent la triste nouvelle.

Madame Scanlan écoutait pâle d'émotion. C'en était ait; il ne souffrait plus et elle allait pouvoir dire son secret.

M. Oldham était mort bien tranquillement, sans qu'on s'y attendît. C'était une consolation de penser qu'il n'avait pas souffert et que son âme s'était envolée comme un oiseau qu'on rend à la liberté.

Lorsque la première émotion fut passée, Joséphine ne put se défendre de penser que le règlement des comptes de l'école allait être retardé ; M. Langhorne aurait trop à faire pendant quelques semaines pour s'en inquiéter, il devait avant tout s'occuper de la succession du recteur ; elle se dit aussi que peut-être elle allait voir se réaliser son beau rêve, bien que depuis si longtemps elle n'y comptât plus. Se pouvait-il qu'elle fût l'héritière du recteur ?

Elle était si malheureuse depuis quelque temps, qu'elle avait cru rester désormais indifférente à tout ; mais, en cet instant, il s'était fait en elle une réaction : elle était pleine d'espoir, et il lui tardait de savoir ce que le recteur avait décidé.

La promesse qu'elle avait faite à M. Oldham ne la liait que jusqu'à la mort de son vieil ami, elle aurait pu communiquer à son mari toutes ses craintes et toutes ses espérances, mais elle n'eut pas un seul instant l'idée de le faire. Dans son incertitude elle préférait garder son secret jusqu'au moment où l'on ouvrirait le testament, voulant épargner une déception au vicaire dans le cas où M. Oldham aurait modifié ses dispositions ; elle savait bien du reste qu'on ne lui tiendrait pas longtemps rigueur si elle devenait riche.

Cet événement avait un peu changé M. Scanlan, il était plus doux, plus affable avec tout le monde, aussi bien avec les étrangers qu'avec les siens. Il n'était plus question de l'orage qui le menaçait ; le vicaire se faisait sans doute des illusions et espérait que quelque chose viendrait le délivrer; il comptait toujours sur l'imprévu, c'était là sa faiblesse.

Le jour des funérailles arriva; on avait invité madame Scanlan pour accompagner la comtesse Emma qui était accourue, mais la cousine du recteur revint sur sa décision et déclara qu'elle n'assisterait pas à l'enterrement. A cette nouvelle, le vicaire pria sa femme de rester chez elle, malgré les instances de M. Langhorne; ce dernier aurait voulu que Joséphine fût présente à la lecture du testament.

— Mais pourquoi n'irais-je pas? demanda-t-elle.

— Oh! si la comtesse s'abstient, c'est qu'elle trouve sans doute qu'il n'est pas convenable que les femmes suivent le cortège funèbre; c'est mon avis aussi, ajouta-t-il d'un ton sentencieux. Puis il finit par avouer que la vraie raison, c'est qu'il ne trouvait pas la toilette de sa femme assez présentable.

Ne voulant pas faire dépenses, Joséphine avait un peu rafraîchi une vieille robe. Elle paraissait plus pâle et plus maigre que d'habitude dans ces longs vêtements noirs.

— Quelle singulière façon de vous habiller vous avez parfois, lui dit-il; j'aimerais bien que vous fussiez un peu plus difficile sur ce point; sachez que vous me faites du tort en vous négligeant ainsi; c'est sur moi que tout retombe. Croyez-moi, vous ne pouvez pas aller ainsi à l'enterrement : ce serait manquer de respect à M. Oldham.

— Oh! il me connaissait bien et ne s'en serait pas offensé, répondit-elle d'une voix douce; je ne voudrais pas, je vous avoue, être privée de la consolation de l'accompagner jusqu'à sa dernière demeure et je tiens à entendre lire le testament à l'issue de la cérémonie.

— Quelle idée! croyez-vous qu'il renferme quelque chose pour nous! J'irai, parce qu'il le faut, c'est une question de forme, mais vous n'avez nul besoin de vous déranger, vous; il vaut bien mieux que les femmes ne se mêlent pas de ces choses-là.

Joséphine était fort perplexe. Il n'était pas nécessaire qu'elle assistât au service, mais elle devait absolument être présente à la lecture du testament, non pas pour en connaître plus vite le contenu, mais pour prendre soin de son mari, comme le docteur Waters avait dit; elle craignait pour lui, à cause de sa maladie, une émotion trop violente et voulait être à ses côtés.

— Edouard, lui dit-elle, il faut que j'assiste à cette lecture, pourquoi m'empêcheriez-vous d'y assister?

Le vicaire fit encore de l'opposition; il ne voulait pas que les gens pussent faire des remarques désobligeantes pour sa femme et pour lui et se plaindre que madame Scanlan se mêlât de ce qui ne la regardait pas. Bref, il défendit formellement à Joséphine de quitter la maison.

Elle était au désespoir, elle tenta un dernier effort.

— Edouard, dit-elle, d'un air suppliant, emmenez-moi avec vous, je vous en prie.

Mais il fut inexorable.

— Je vous l'ai déjà dit, Joséphine, vous n'irez pas, ce serait tout à fait ridicule.

— Mais....

— Suis-je le maître, oui ou non?.... je vous défends d'ajouter un seul mot.

— Très bien, dit-elle, en le laissant partir sans insister davantage.

Elle s'assit près de la fenêtre de sa chambre à coucher, écoutant les tintements des cloches funèbres. Il avait plu toute la journée, mais le ciel s'éclaircissait un peu à l'ouest, et la cérémonie en serait moins lugubre. Joséphine se représentait toute la scène : elle voyait les gens se presser dans le cimetière et s'éclabousser dans la terre détrempée, elle entendait la voix de son mari qui lisait avec un air de circonstance quelque passage de la Bible.

Lorsque les cloches eurent fini de sonner, les enfants, qui écoutaient à la porte du jardin, rentrèrent, et elle leur servit le thé, sans faire attention à ce qu'elle faisait, tant elle était absorbée.

Son mari ne revenait pas; elle ne put l'attendre plus longtemps et sortit précipitamment, sans rien dire à personne, pour aller le retrouver dans la maison du recteur. Elle volait plutôt qu'elle ne marchait et elle se trouva bien vite à la porte du presbytère. Madame Scanlan s'arrêta tout d'un coup, comme si elle avait le pressentiment d'un malheur.

— On doit tout savoir maintenant, se disait-elle, alors pourquoi mon mari ne rentre-t-il pas? Il a dû lui arriver quelque chose....

Il n'y avait qu'une route pour aller au presbytère, elle n'avait pas pu le manquer, il devait donc s'y trouver encore; mais elle n'osait plus entrer, ne sachant que dire pour excuser sa venue; elle se décida donc à attendre dans le jardin malgré le froid, la pluie et l'obscurité.

Elle trouva un abri sous un grand arbre et y resta, pleine d'angoisses, pendant plus d'une heure.

Vers neuf heures et demie, elle entendit les roues d'une voiture qui venait lentement de la maison. Elle s'aperçut, quand elle put voir les lumières, que c'était le *brougham* du docteur Waters; il s'y trouvait avec un autre monsieur, qu'il semblait soutenir.

Joséphine s'élança à la portière et donna dans la vitre un coup si violent que le docteur se retourna et lui dit d'un ton irrité :

— Allez-vous-en, pauvresse!... Oh! madame Scanlan, est-ce vous?

— Oui, c'est bien moi. N'êtes-vous pas avec mon mari?

Une voix faible répondit :

— Joséphine, montez, j'ai besoin de vous parler.

— Oui, prenez ma place, je m'en irai à pied, dit le docteur tout en avertissant madame Scanlan que son mari s'était évanoui, qu'il avait éprouvé une grande secousse, mais qu'il se remettrait bientôt.

Joséphine était éperdue.

— Chère madame, dit-il, je vois qu'il faut que je m'explique plus clairement; ce n'est pas une mauvaise nouvelle qui a causé ce malaise, bien au contraire. Combien j'ai regretté que vous ne fussiez pas là, ajouta-t-il, avec un léger ton de reproche; c'est bien dommage, comme nous

l'a dit M. Scanlan, que votre sensibilité vous ait empêchée
de venir au cimetière et à l'ouverture du testament;
Langhorne l'aurait tant désiré! Lui seul était au courant
de tout... laissez-moi vous féliciter, madame, vous êtes
l'héritière de M. Oldham.

— Joséphine, dit M. Scanlan d'une voix faible, vous
entendez, nous sommes riches maintenant!

Mais elle ne pouvait rien répondre, c'est à peine si
dans son trouble elle avait entendu ce qu'on lui disait.

Le docteur l'aida à monter en voiture; elle partit avec
son mari. Pendant le trajet elle lui fit appuyer sa tête sur
son épaule et lui prit les mains, mais tout cela, sans rien
dire.

Son beau rêve était réalisé! Comme Edouard l'avait
dit, ils étaient riches maintenant, plus riches même
qu'elle ne l'avait jamais espéré.

Bientôt le vicaire sortit un peu de sa somnolence.

— Qui aurait cru cela? dit-il; j'ai été tellement stupé-
fait que j'ai senti ma tête tourner et que j'ai perdu connaissance, mais je me sens mieux maintenant, beaucoup
mieux. Je pourrai bientôt jouir complètement de mon
bonheur.

— Je l'espère.

— Mais comme vous parlez! On dirait que vous êtes
triste, n'êtes-vous pas ravie de notre bonne chance?...
ou plutôt de la vôtre... car M. Oldham s'est arrangé de
façon que je ne puisse toucher à rien. Jusqu'au bout, il a
voulu montrer qu'il ne m'aimait pas. Je voudrais bien
savoir pourquoi il a fait un mystère de ses intentions,

personne n'en savait rien que Langhorne... à moins
que vous aussi vous n'ayez été dans le secret, ajouta-t-il,
comme s'il soupçonnait ce qui s'était passé.

Madame Scanlan hésita.

— Vous le saviez, j'en suis certain.

— Oui, répondit-elle après un certain temps de silence;
c'est M. Oldham lui-même qui me l'avait annoncé.

— Quand?

— Il y a sept ans.

— Sept ans! Comment! pendant sept ans vous m'avez
caché ce secret! Joséphine, je ne vous pardonnerai jamais... jamais je n'aurai plus la moindre confiance en
vous.

Que pouvait-elle dire? Demander pardon? mais elle
ne se sentait pas coupable; expliquer ses raisons? c'eût
été inutile, il ne les aurait pas comprises.

Ainsi, ces gens heureux que tout le monde allait envier à Ditchley, se tournèrent le dos et arrivèrent *au nid
de roitelet* sans avoir échangé une parole de plus.

CHAPITRE XIV

LES CHÂTELAINS D'OLDHAM

Les gens de Ditchley ouvrirent de grands yeux quand ils surent que le vicaire allait devenir propriétaire du château d'Oldham. On ignora quels étaient les arrangements pris par le recteur pour rendre la fortune inaliénable et empêcher M. Scanlan de la gaspiller au détriment de sa femme et de ses enfants; aussi le vicaire put il se donner de grands airs et laisser croire aux gens qu'il était l'heureux possesseur de la plus belle propriété du comté.

Cette demeure seigneuriale datait du temps de la reine Elisabeth et n'avait subi aucun changement depuis cette époque. Du vivant du recteur, elle n'avait jamais été habitée, mais on l'avait entretenue en bon état; M. Odlham s'était contenté d'affermer les terres à un gentilhomme campagnard, et avait ainsi doublé la valeur de son domaine.

Dans son testament, le recteur exprimait le désir de voir les Scanlan s'établir au plus tôt à Oldham et demandait qu'on ne vendît cette propriété que si les circonstances l'exigeaient impérieusement; son idée était que madame Scanlan s'y établît et en fît une résidence de famille pour elle et ses enfants.

Joséphine s'occupa bien vite de régler ses affaires et de se transporter dans son château; son mari la laissa faire. Il n'était pas bien portant depuis la secousse qu'il avait éprouvée et s'en remit entièrement à sa femme du soin d'organiser cette nouvelle installation. Il ne s'inquiéta même pas du règlement des comptes de l'école, ce fut elle encore qui termina l'affaire et paya le déficit avec une somme que les exécuteurs testamentaires lui avaient avancée.

Elle quitta avec regret sa petite maison et tous les souvenirs qui s'y rattachaient.

Le vicaire, lui, était aux anges et déclara en partant qu'il espérait bien ne jamais revoir cette horrible baraque.

Le trajet se fit dans une bonne voiture qui leur appartenait et, grâce à d'excellents chevaux, ils arrivèrent bien vite à la porte du manoir.

Joséphine ne le connaissait pas; M. Oldham devait toujours l'y conduire, mais ce projet ne s'était jamais réalisé. Sa première impression fut excellente, il lui semblait que c'était bien là la demeure qu'elle avait rêvée: ce château antique avec ses pignons et ses grandes fenêtres était bien fait pour quelqu'un qui se sent fatigué et veut enfin jouir du repos et de la tranquillité. Elle espérait que son mari serait enfin content.

— Content? certainement, répondit-il; c'est une belle

maison, mais je la trouve un peu bizarre, elle sent trop
son vieux temps; quel dommage que le testament nous
défende d'y rien changer! Je la démolirais bien vite pour
en bâtir une autre d'aspect plus moderne.

— Vous feriez cela, vraiment!

Ce fut tout ce que madame Scanlan lui répondit, elle
avait pris le parti de ne plus discuter.

Dans les livres de contes, les métamorphoses se font
facilement et naturellement, mais il n'en est pas ainsi
dans la réalité. Les gens ont beau être de la plus haute
naissance, s'ils ont été élevés dans l'indigence, ils ont
acquis certaines habitudes que donnent la gêne et les
privations.

Les enfants eurent quelque peine à se faire au luxe :
leurs vêtements nouveaux les gênèrent pendant quelque
temps, leurs chaînes dorées leur étaient lourdes à porter.
Ils se disputaient avec les nouvelles bonnes, se moquaient
de l'air imposant du maître d'hôtel, bouleversaient tout
dans la maison; aussi ce fut un grand soulagement pour
les parents, quand César partit pour l'université d'Oxford et
ses deux frères pour le collège; seules, les trois fillettes
restèrent au château pour l'agrément de tout le monde,
sous la direction d'une institutrice.

La mère ne se sentait pas de joie de voir enfin tous
ses enfants s'élever selon ses désirs. Elle oubliait,
dans son bonheur, toutes ses années de peines et de
soucis.

M. Scanlan n'avait plus jamais reparlé du secret que sa
femme lui avait caché pendant si longtemps; sa vanité

avait bien été blessée tout d'abord, mais il avait vite oublié cette petite contrariété.

Dès qu'il fut tout à fait rétabli, il se mit à jouir sans arrière-pensée de sa nouvelle fortune, l'acceptant non pas tant comme un don, que comme une dette, que depuis longtemps la Providence avait contractée envers lui. Au bout de quelques mois, de quelques semaines plutôt, il avait oublié sa vie d'autrefois aussi complètement que le papillon oublie sa chrysalide et se mit à vivre comme s'il avait toujours été le châtelain d'Oldham. Il se plaignait seulement de l'aspect suranné de la maison; élevé par des parents qui l'entouraient d'un luxe voyant et appréciaient les choses à leur valeur vénale, Edouard Scanlan ne prisait nullement l'architecture des Tudors.

Pour madame Scanlan, Oldham était tout ce qu'elle pouvait souhaiter; elle aimait à penser que ses enfants seraient un jour maîtres et seigneurs de ce domaine et y élèveraient à leur tour leurs familles.

— Oui, se disait-elle, il faut que César se marie : combien je serai fière d'avoir des petits-enfants!

Elle était heureuse quand elle faisait ainsi de beaux rêves d'avenir! Je crois que depuis bien des années elle n'avait ressenti tant de joie.

Un léger nuage cependant vint obscurcir ce brillant horizon.

Les trois demoiselles Scanlan recevaient chez elle une excellente éducation; il fallait qu'elles pussent un jour fréquenter la société du pays et ne pas faire tache au milieu des autres jeunes filles. Les deux plus jeunes, Gabrielle et Catherine, qui se portaient à ravir et devenaient tous les jours plus belles, apprenaient sans effort, mais Adrienne, presque assez grande déjà pour faire son entrée dans le monde, ne montrait pas la même facilité.

Hélas, pauvre Adrienne! quelle figure allait-elle faire dans un salon? Elle n'était ni jolie, ni animée; sa personne n'avait rien d'attrayant, bien loin de là, sa taille avait un peu tourné tant elle était frêle et délicate, et les études la fatiguaient outre mesure. Déjà il fallait avoir recours à quelques innocentes supercheries pour cacher sa difformité, déjà son visage doux et pâle avait cette expression particulière à ceux qui ont conscience de leurs défauts physiques.

Aussi, la pauvre fille devenait-elle tous les jours plus timide; elle craignait de se montrer et fuyait le monde.

— Je ne sais vraiment pas pourquoi vous voulez qu'Adrienne soit toujours là, quand nous avons quelques personnes, disait parfois le père, souvent même en présence de sa fille. Elle ne tient pas à venir et vraiment elle fait bien. Tenez-la un peu à l'écart... je vous en prie.

Adrienne n'avait nul besoin de ces cruels avertissements, elle s'effaçait toujours d'elle-même et ne sentait que trop qu'elle n'était point faite pour briller.

M. Scanlan tenait beaucoup à se montrer sous son meilleur jour quand il recevait quelque noble visiteur; il obsédait sa femme de conseils sur l'étiquette, lui disant qu'elle ne savait pas tenir son nouveau rang.

— Ma chère, lui disait-il, il y a si longtemps que vous

ne voyez plus la bonne société — si jamais vous l'avez beaucoup fréquentée — que vous ne pouvez pas vous attendre à savoir comme moi ce qui est correct et ce qui ne l'est pas.

— C'est possible, répondait-elle d'un air un peu moqueur.

Elle se soumettait, elle ne tenait pas à avoir une discussion avec son mari à propos de pareilles bagatelles.

Jusqu'ici, toutefois, les gens qui étaient venus rendre visite aux nouveaux châtelains étaient surtout d'anciennes connaissances de Ditchley.

Madame Scanlan les recevait de la meilleure grâce du monde et les comblait d'attentions.

— Mais pourquoi ne devrais-je pas être aimable avec tout ce monde? disait-elle à son mari quand il lui reprochait de montrer tant de courtoisie envers de si petites gens. Quand nous étions pauvres, ces gens-là ont été bons pour nous, je ne puis les mal recevoir... du reste ils me plaisent beaucoup.

— Ce n'est pas une raison pour les choyer comme vous le faites; évitez de les voir, ajouta-t-il d'un ton impératif.

Joséphine rougit, mais ne répondit rien.

Un jour M. Scanlan rentra chez lui dans une extrême agitation. Il avait rencontré les deux jeunes fils de son voisin, le comte de Turberville, qui venaient au château pour lui demander la permission de chasser dans sa forêt.

— Je les aurais bien invités pour le lunch, mais je crai-

gnais que vous n'eussiez rien de convenable à leur offrir ;
je les ai priés de venir demain, veuillez donc, Joséphine,
faire préparer tout ce qu'il faut. Qui sait? le comte et la
comtesse viendront peut-être aussi !

Pendant vingt-quatre heures M. Scanlan se démena
dans toute la maison, allant de son maître d'hôtel à son
valet de pied et tracassant tout le monde ; aussi ses gens
lui firent-ils comprendre poliment qu'ils avaient toujours
servi dans de bonnes maisons et savaient parfaitement ce
qu'ils avaient à faire. Il n'épargna pas non plus sa femme
et lui reprocha de ne pas ressentir comme lui tout l'honneur qu'on leur faisait. Bien avant le lunch, il l'obligea
à se tenir dans son salon.

L'heure du repas se passa, mais personne ne vint, et
après avoir attendu jusqu'à trois heures, madame Scanlan voulut absolument qu'on se mît à table. A peine était-
elle installée que les deux jeunes gens entrèrent; leur
tenue n'était pas irréprochable et leur ton n'avait rien
de très respectueux ; ce n'est que lorsqu'ils aperçurent la
maîtresse de la maison assise au bout de la table qu'ils
sentirent instinctivement qu'ils avaient été peu courtois et
qu'ils avaient fait une méprise. Ils s'excusèrent cent fois
d'avoir fait attendre, mais ils ne se donnèrent pas la peine
d'expliquer la cause de leur retard et ne soufflèrent pas un
mot du comte et de la comtesse, ils semblaient même ne
pas s'apercevoir que l'on avait compté sur eux. Joséphine
ne dit rien, sachant depuis longtemps que son mari avait
beaucoup trop d'imagination.

Ces jeunes gens ne lui déplurent pas, ils étaient plutôt

agréables; la conversation s'établit facilement et devint bientôt générale. L'aîné de ces garçons essaya, par différents moyens, de savoir qui était madame Scanlan et comment elle avait hérité du château d'Oldham. Il lui demanda même si elle n'était pas parente éloignée de M. Oldham; sa curiosité dut se contenter d'un non tout sec. Alors, pour se donner une contenance, il se mit à expliquer longuement que les Oldham et les Turberville étaient les plus anciens gentilshommes du comté et que, depuis Guillaume le Conquérant, ils avaient toujours eu des querelles ensemble, qu'ils s'étaient rapprochés par des mariages, mais que les rivalités n'avaient jamais cessé.

— Ils étaient saxons et nous normands, il est bien évident que les deux familles ne pouvaient pas s'entendre.

— Naturellement, dit madame Scanlan; et elle changea de conversation, mais son mari remit la question sur le tapis.

— Ma femme aussi est d'origine normande, dit-il. Elle descend des Bougainville et appartient à une famille très illustre et très honorable.

Joséphine n'y tenait plus, elle coupa court à ces réflexions et demanda aux jeunes gens s'ils avaient été sur le continent. On ne parla plus que de choses insignifiantes jusqu'à leur départ.

Dès qu'ils furent sortis, Adrienne revint auprès de sa mère qui se tenait pensive près de la grande fenêtre du salon.

— Ma pauvre petite! lui dit-elle avec une caresse; te

pensais à toi et me demandais si tu te marierais jamais :
je ne le souhaite qu'à moitié. Tu me manquerais trop,
ajouta-t-elle vivement, et les femmes qui ne se marient
pas peuvent être parfaitement heureuses.

— Je le sais bien, surtout quand elles ont une mère
comme la mienne.

En prononçant ces paroles, Adrienne devint un peu
rouge, sa mère le remarqua et se reprocha d'avoir peut-
être fait de la peine à sa fille.

M. Scanlan rentra de très bonne humeur, il avait accompagné ses hôtes, et pendant qu'on préparait leurs chevaux,
il leur avait fait les honneurs de son écurie.

— Ils l'ont beaucoup admirée, dit-il, et ont avoué que
la leur n'était pas aussi bien montée ; mais tout le monde
sait que le comte n'est pas riche. Quels charmants garçons que ces deux jeunes gens, j'espère que nous les
verrons beaucoup. Il faudra que vous receviez la comtesse
le mieux que vous pourrez quand elle viendra. Voilà les
gens que nous devons fréquenter et non pas ces vilains
petits bourgeois de Ditchley qui étaient supportables à
un certain moment, mais que nous devons cesser de
voir maintenant. Ah ! ma chère, vous ne savez pas ce qui
me trotte dans l'esprit ; que diriez-vous si j'ajoutais un
petit titre à mon nom ? ne seriez-vous pas ravie qu'on
vous appelât milady ?

Il prit sa femme par la taille et l'embrassa avec effusion.

— Édouard, lui répondit-elle très tranquillement,
asseyez-vous ici et expliquez-moi ce que vous voulez
dire.

Après bien des détours, il finit par lui avouer quelque chose de si ridicule qu'elle ne pouvait se décider à le croire, mais elle se rendit à l'évidence lorsque son mari lui fit voir un papier qu'il venait de recevoir de son homme d'affaires.

Voici ce dont il s'agissait :

Lord Turberville, quoique très pauvre, était un fin politique chargé par le gouvernement de rallier autour de lui les grands propriétaires du comté. Parmi ceux-ci, le châtelain d'Oldham était un des premiers. Aussi pour le flatter et s'attirer ses bonnes grâces, le comte avait formé le projet d'envoyer M. Scanlan à Londres, à la tête d'une députation qui devait se rendre chez le roi; la récompense qu'on donnait généralement à celui qui se chargeait de cette mission était le titre de chevalier. Il était aux anges et trouvait tout naturel qu'on eût songé à lui et qu'on eût voulu rendre justice à son grand mérite.

— Que vais-je répondre au comte? dit-il lorsqu'il eut recouvré un peu de sang-froid.

— N'avez-vous pas déjà répondu? lui demanda sa femme d'un air malicieux.

— Eh bien! oui; je ne pensais pas un seul instant que vous seriez assez insensée pour me faire une objection quelconque.

— Oui, oui, je comprends. Mais alors pourquoi faire semblant de venir me consulter?

C'était une de ses petites vanités mesquines qui irritaient cette femme si droite et si sincère, mais il fallait bien en passer par où il voulait; elle se soumit. Je crois qu'elle eût été très fière de voir son mari gagner un titre d'une façon plus noble, mais elle trouvait qu'en pareille circonstance il s'enorgueillissait à trop bon marché.

— Faites comme il vous plaira, dit-elle. Il m'est bien indifférent d'être appelée madame Scanlan tout court ou lady Scanlan.

— Scanlan! ah, voilà où le bât me blesse! C'est un nom si vulgaire. Si M. Oldham nous avait au moins donné le sien! Ne croyez-vous pas que nous pourrions le prendre?

Joséphine regarda son mari d'un air étonné.

— Non, certainement non. Si telle avait été son intention, il aurait pris des dispositions à cet égard. Du reste, quitter votre nom, le nom de votre père.....

— Mais le vieillard est mort, il n'en saura jamais rien. Ce qui allait à mon père ne me va plus, j'ai fait mon chemin dans le monde maintenant, et il faut que je fasse oublier tout mon passé.

— C'est là votre sentiment? dit Joséphine.

Elle se souvint alors de cette brave vieille femme qui avait été sa belle-mère; certainement elle n'était pas distinguée, mais elle avait si bon cœur; elle se rappela aussi le père de son mari qui aimait tant son fils.

— Non, dit-elle après une pause, ne changeons pas de nom : je ne peux me faire à l'idée d'être autre que madame Scanlan.

— Joséphine! comment pouvez-vous être aussi sotte? dit Édouard d'un ton irrité. Je vous assure que c'est une excellente idée que j'ai eue là. Mais enfin puisque vous ne voulez pas que nous prenions le nom de M. Oldham, que diriez-vous si nous changions Scanlan en Bougainville? C'est un nom qui nous appartient.

Joséphine devint aussi pâle qu'une morte. Son sang s'arrêta dans ses veines; elle essaya de parler, mais elle ne put prononcer que quelques mots.

— Attendez, laissez-moi réfléchir... et elle se détourna un instant, la tête dans ses mains, tâchant de reprendre ses esprits.

Elle ressentit une secousse aussi forte que celle que produit la douleur, bien que ce fût une trop grande joie qui avait provoqué chez elle ce choc violent. Elle tenait au noble nom de Bougainville, non parce qu'il flattait son amour-propre, mais parce que c'était un nom pur, porté si vaillamment par son père; elle ne put cacher son émotion en pensant que ses enfants le feraient revivre.

— Eh bien, Joséphine! qu'avez-vous donc? vous me faites peur, lui dit son mari.

— Je ne peux me contenir, c'est plus fort que moi, je pense à mon père. Ah! mon Dieu! mon père... mon père!

Elle se mit à sangloter.

M. Scanlan était un peu déconcerté, il ne comprenait rien aux larmes de sa femme. Il tâcha de la calmer et, se sentant mal à l'aise, rappela Adrienne et quitta la chambre.

Cette jeune fille si douce et si aimante, qui avait été sans qu'on le sût témoin de toute cette scène, trouva

moyen de sécher les pleurs de sa mère. Ces deux natures
si belles et si sincères étaient faites pour se comprendre.

Lorsque Joséphine et sa fille descendirent pour le
dîner, tout était arrangé.

— Papa, fit Adrienne allant tout droit à son père,
maman m'a tout dit, j'espère que vos désirs seront accomplis. Comme ce sera gentil de vous entendre appeler
« sir Edouard! » Et voyez donc comme maman sera une
belle lady de Bougainville dans cette nouvelle robe qu'elle
·met ce soir pour vous faire plaisir.

CHAPITRE XV

UN VOYAGE A LONDRES

Après bien des démarches et des dépenses, M. Scanlan arriva à ses fins. Le *Times* annonça un beau jour à l'univers entier que le révérend Edouard Scanlan, propriétaire du château d'Oldham, prendrait, en souvenir du père de sa femme, le nom et les armes de Bougainville. Il n'eut rien de plus pressé que de faire figurer son nouvel écusson partout où il pouvait trouver sa place, depuis le papier à lettres et les panneaux de ses voitures jusqu'aux services de table et aux chaises de la salle à manger.

Sa femme ne fit aucune réflexion à ce sujet, ce n'étaient pour elle que des choses extérieures qui la touchaient peu. Mais lorsque, pour la première fois, elle vit son nom de jeune fille sur une adresse de lettre, elle ne put se défendre d'une certaine émotion.

Elle était un jour assise tranquillement dans son salon, occupée à écrire à ses fils, lorsqu'elle vit son mari venir à elle avec un air tout joyeux.

— Je vous fais mon compliment, ma chère, lui dit-il. Dans une semaine, on vous appellera milady! Je viens de recevoir un mot de lord Turberville; la députation est organisée, nous partons demain pour Londres.

— Demain! C'est bien tôt; enfin! je ferai tout mon possible pour être prête, dit madame de Bougainville, avec un sourire.

— Mais, Joséphine, il n'est pas nécessaire que vous veniez, lui répondit-il.

— Laissez-moi vous accompagner; quoi de plus naturel!

Cette excellente femme se rappelait les recommandations du docteur Waters; il l'avait bien priée de ne jamais laisser son mari quitter la maison tout seul : elle ne voulait pas manquer à son devoir, bien qu'elle eût cent fois préféré rester au château avec ses filles.

Edouard n'avait pas l'air très content des instances de sa femme.

— Vous savez bien, lui dit-il, que je serais ravi de jouir de votre compagnie, mais je vous assure que ce sera pour vous une véritable corvée que ce voyage; vous serez obligée d'aller dans le monde et de voir une quantité de personnes qui ne vous plairont pas. Croyez-moi, vous feriez bien mieux de rester tranquillement ici.

— Je ne le puis, Edouard; emmenez-moi avec vous, je vous en prie, je serais si heureuse!

Il vit qu'il aurait trop de peine à la dissuader, il n'insista pas.

— Eh bien! lui dit-il d'un air mécontent, faites ce qu'il vous plaira. Et il la laissa seule.

Sans perdre de temps, elle se mit à faire ses préparatifs de départ.

Elle confia à sa fille aînée la direction de la maison pendant son absence et fit ses adieux à ses enfants le lendemain matin, leur promettant de revenir le plus tôt possible.

Il y avait bien longtemps qu'Edouard et sa femme n'avaient voyagé ensemble, et jamais ils n'avaient voyagé aussi princièrement. M. de Bougainville était charmé et fier de traverser Ditchley en si bel équipage avec toute une suite de valets et de femmes de chambre. Joséphine voulut, en passant, s'arrêter chez Priscille Nunn, mais elle apprit que cette brave femme avait quitté le pays et était partie pour l'étranger.

— Voilà qui me fait plaisir, dit Edouard, on finira au moins par l'oublier, et peu à peu on ne se rappellera plus que vous avez travaillé pour elle. Je m'étonne encore, ma chère, que vous vous soyez abaissée jusqu'à ce métier de dentellière.

— Vraiment? dit-elle, se rappelant tout d'un coup la décision bien autrement grave qu'elle avait été sur le point de prendre.

Elle regarda le visage de son mari en cet instant, et, croyant y découvrir encore quelque trace de maladie, elle se redit pour la vingtième fois :

« Oui, j'ai bien fait de ne pas l'abandonner... pauvre homme! »

Arrivé à la station du chemin de fer, M. de Bougainville eut une déception; il s'attendait à y trouver le comte et la comtesse de Tuberville qui devaient faire route avec lui; mais il ne vit venir personne qui répondît au portrait que dans son imagination il se faisait de ses nobles voisins — il ne les avait pas rencontrés malgré les quelques visites échangées.

Il se décida à monter en wagon et se trouva en compagnie d'une dame âgée et d'un monsieur qu'il regarda du haut de sa grandeur parce qu'ils n'avaient pas une mise très correcte. Il se disait que ce devaient être des gens du commun et les traita comme tels.

On doit être prudent en voyage et ne pas se lier d'amitié à première vue avec ses compagnons, mais il est aussi très dangereux de leur montrer tout de suite qu'ils ne vous plaisent pas. Joséphine regrettait de voir son mari agir avec aussi peu de courtoisie ; elle aimait les personnes âgées et trouvait que cette dame et ce monsieur avaient l'air de gens très bons et très agréables, mais M. de Bougainville fut à peine poli avec eux et alla même jusqu'à faire tout bas, sur leur compte, des remarques désobligeantes. Quel ne fut pas son étonnement lorsqu'il vit le conducteur du train, qui était de Ditchley, s'empresser d'ouvrir la portière à l'arrivée à Londres et dire à la vieille dame : « Permettez que je vous aide, madame la comtesse. » Ses yeux s'ouvrirent tout grands quand enfin il trouva sur la banquette un livre oublié par ces personnes et qu'il lut le nom de Turberville sur la première page.

Pauvre monsieur de Bougainville ! Il venait de voyager pendant trois heures avec des gens qu'il voulait ménager, et il s'était comporté de telle sorte, qu'il ne pouvait s'attendre à aucune bienveillance de leur part.

— Si j'avais su ! dit-il à sa femme. Comment n'avez-

vous pas deviné, vous qui avez causé avec cétte dame pendant assez longtemps ! Comme c'est malheureux !

— Oui, répondit-elle, très sèchement. Elle se sentait
fatiguée, et n'en dit pas davantage.

Ils avaient loué des chambres dans un des hôtels les
plus à la mode, Joséphine se sentait mal à l'aise au milieu
de tout ce luxe d'emprunt, mais son mari disait que sir
Edouard et lady de Bougainville ne pouvaient décemment
se loger ailleurs. Peu de jours après son arrivée, le fils de
l'ancien brasseur reçut ce titre tant désiré ; cette nouvelle
bientôt répandue fit quelque effet à l'hôtel, mais surtout
auprès des gens de service, qui vinrent féliciter sir Edouard
de Bougainville en grande pompe pour exploiter sa vanité.

A Londres, le plus grand personnage de province est
bien vite perdu dans la foule. Au bout de quelques
jours le châtelain d'Oldham se sentit seul et abandonné. Il
ne connaissait personne dans la haute société et ne voulait pas voir les gens qu'il avait rencontrés autrefois quand
il avait fait le voyage avec son ami Summerhayes ; il
tenait trop à faire oublier qu'il y avait en lui du clergy-
man.

Il tâcha, pour se dédommager, de voir le plus souvent
possible le comte de Turberville qui voulut bien condes-
cendre à lui donner quelques marques de sympathie, ce
dont il se montra très fier.

Mais ce fut en vain qu'il attendit la visite de la comtesse ; M. de Bougainville perdit tout espoir de pouvoir se
faire présenter par elle dans les salons aristocratiques de
la capitale. Joséphine et son mari passaient de longues

matinées dans le salon de l'hôtel livrés à eux-mêmes;
l'après-midi ils se promenaient en voiture à Hyde-Park,
ce qui n'était pas une bien grande distraction, et après le
dîner, ils allaient au théâtre. Cette vie monotone et factice
n'avait aucun attrait pour madame de Bougainville; elle
âcha d'engager son mari à repartir pour Ditchley, mais
il s'y refusa formellement, disant qu'il n'était pas pressé
d'aller s'enterrer dans ce vieux château.

Il consentit cependant à ce sacrifice, mais non pas pour
complaire à sa femme; il trouvait que le séjour à l'hôtel
était trop coûteux, et c'est ce qui le décida. La richesse
l'avait rendu avare.

— Oui, disait-il, retournons chez nous, sans cela nous
nous ruinerons. Les gens sont tous des coquins et des
voleurs : plus on paraît riche, plus ils s'acharnent après
vous.

Une circonstance imprévue retarda le départ.

La comtesse de Turberville était enfin venue! C'est-à-
dire que sir Edouard trouva sa carte sur la table avec un
mot d'invitation pour sa femme et pour lui. Il s'agissait
d'une grande soirée que la noble dame donnait dans
quinze jours.

Joséphine aurait bien voulu décliner cet honneur, mais
à cette seule idée son mari avait pris un air indigné.

— A quoi pensez-vous donc? Mais c'est impossible de
refuser! Voilà enfin une occasion pour moi de me faire
apprécier à ma juste valeur. Vous aussi, ma chère, vous ne
serez pas dédaignée, lorsqu'on saura que vous êtes de
bonne famille.

Elle se résigna et attendit, pleine de tristesse, pendant deux semaines le moment désiré de revoir ses chères filles.

Le jour de la fête arriva enfin; sir Edouard était épanoui et rempli d'allégresse; il trouva sa femme fort à son goût dans une superbe toilette de velours noir qui était en parfaite harmonie avec sa figure pâle; il lui prodigua les compliments les plus flatteurs; seulement on voyait, à son air, qu'il pensait surtout au succès qu'elle pourrait avoir auprès des autres.

L'enthousiasme de M. de Bougainville se refroidit sensiblement quand il fut arrivé chez la comtesse. Il vit que dans la foule brillante qui se pressait dans les escaliers sa femme passerait inaperçue, et il lui reprocha d'avoir choisi un costume trop sévère.

— Comme c'est fâcheux! disait-il, moi qui voulais que la comtesse pût vous remarquer.

— Mais comment voulez-vous qu'elle me voie au milieu de tout ce monde?

A ce moment sir Edouard crut apercevoir un visage de connaissance et la quitta.

Pendant qu'elle l'attendait, elle entendit deux jeunes gens parler de son mari. Ils l'avaient rencontré dans une réunion politique.

— Quel fat que cet individu, disaient-ils; il faut l'entendre parler de son ami le comte! Qui est-ce, savez-vous?

— Oh! c'est un propriétaire qui vient d'être nommé chevalier. Ce n'est pas un méchant homme, dit-on; il

est très riche et a une femme charmante! Il doit faire
très bonne figure au milieu de ses choux, mais ici!

Joséphine tressaillit en entendant ces paroles; ces
jeunes gens ne lui apprenaient rien qu'elle ne sût, mais
elle souffrit d'entendre ainsi juger son mari en public.

Elle eut grand'peine pour le rejoindre à se frayer un
passage à travers la cohue.

— Restez près de moi, lui dit-elle; je vous en prie, ne
me laissez plus toute seule.

— Bien, ma chère; ah! voilà encore deux de mes
amis.

Et il lui présenta les jeunes gens qui venaient de le
dauber devant elle.

Lady de Bougainville fit un léger mouvement de tête et
les regarda bien en face, sans rien dire; ils devinrent
rouges comme des pivoines.

Alors, reprenant le bras de son mari, elle se dirigea
le front haut vers le salon où se tenait la maîtresse de la
maison.

— Attendez un instant, dit sir Edouard à voix basse,
j'ose à peine me présenter; si la comtesse allait me
reconnaître, j'espère pourtant qu'elle a oublié ses compagnons de voyage! Que dois-je faire, pour l'amour de
Dieu? Laissez-moi, je vous en supplie, réfléchir à ce que
je vais lui dire.

Joséphine s'arrêta un instant.

— Allons, dit-elle enfin; et elle conduisit son mari
vers le groupe qui entourait madame de Turberville.

Mais ils passèrent presque inaperçus; la comtesse se

contenta de répondre gracieusement à leur salut comme elle faisait pour chacun de ses invités, ne reconnaissant certainement ni sir Edouard, ni sa femme. Ils n'eurent pas l'occasion de la revoir de toute la soirée, et la seule récompense qu'ils eurent, pour avoir, pendant trois heures, bravé la foule et la chaleur excessive des salons, ce fut de voir leur nom dans les journaux du matin, sur la liste des quatre cents invités de la comtesse de Turberville.

Après cette belle déconvenue, ils songèrent au retour.

Avec quel bonheur Joséphine revit de loin les tours de son château ! Jamais elle ne ressentit joie pareille à celle que lui causa la vue de ses filles bien-aimées.

L'été vint bientôt et avec lui les vacances; tous les enfants se trouvèrent réunis autour de leur bonne mère. C'était plaisir à voir cette bande joyeuse parcourir la campagne en voiture et à cheval. Joséphine était au comble de ses vœux de pouvoir procurer les plaisirs et les distractions à toute sa chère famille et bénissait M. Oldham du fond de son cœur.

CHAPITRE XVI

UNE FACHEUSE DÉCOUVERTE

Un certain soir d'octobre, sir Edouard rentra très tard au château; sa femme, prévenue qu'il devait dîner avec des amis, ne s'était pas inquiétée de ne pas le voir revenir.

— Vous n'avez pas mangé, n'est-ce pas? lui dit-elle, remarquant sur son visage un air de mauvaise humeur.

— Mais non, donnez-moi donc de quoi me réconforter, je suis tout à fait épuisé.

— Qu'est-il donc arrivé? vous me parlez d'un ton si irrité, qu'il faut que vous ayez eu quelque contrariété.

Elle lui prit la main, mais il la repoussa avec impatience.

— Il n'y a rien du tout, lui répondit-il; pourquoi me regardez-vous ainsi d'un air inquiet?

« Il eut beau la rassurer, elle vit bien qu'il s'étai passé quelque chose. Peu à peu elle découvrit ce qu c'était. On avait appris la triste histoire des comptes de l'école, tout Ditchley connaissait la conduite du révérend Edouard Scanlan, et peu à peu le bruit s'était répandu et était arrivé aux oreilles des voisins de campagne du châtelain d'Oldham.

— Imaginez-vous, Joséphine, dit-il d'un air piteux, quand il lui eut raconté toute l'affaire, qu'ils m'ont tous battu froid et ont osé me faire des questions ! Que d'histoires pour rien du tout ! Vous avez remboursé l'argent, n'est-ce pas ?

— Oui.

— Alors, pourquoi me traitent-ils ainsi ? Ils vont me pourchasser, les misérables ! Je n'oserai plus me montrer nulle part. Tout cela au moment où nous commencions à avoir quelques relations. C'est bien dur !

— C'est bien dur, répéta Joséphine à demi-voix ; elle regarda autour d'elle et, en voyant tout son luxe, elle fit un retour sur elle-même et se dit que la richesse était bien peu de chose. Elle aurait tout sacrifié pour laisser à ses enfants le plus beau titre dont on puisse se glorifier, — un nom pur et sans tache.

— Qu'y a-t-il à faire, Joséphine ? qu'y a-t-il à faire, je vous en prie ?

Il s'était affaissé et demeurait étendu à ses pieds ; elle tâcha de le calmer et répondit d'un ton de pitié :

— Laissez-moi réfléchir.

— Merci, Joséphine, rappelez-vous toujours ce que votre pauvre mari a souffert aujourd'hui. Pour l'amour de Dieu, soyez bonne et charitable envers lui.

— Comptez sur moi.

Joséphine, depuis quelque temps, avait souvent pensé à la conduite de son mari dans ses longues et solitaires

méditations. Elle lui avait presque pardonné tous les torts
qu'il avait eus envers elle et envers ses enfants, comprenant que c'était sur lui-même que retombaient toutes les
fâcheuses conséquences de sa légèreté. Si elle était disposée à ne pas l'abandonner, c'est qu'elle sentait que ce
que nous faisons pour les autres, nous ne le faisons
pas pour eux, ni pour nous-mêmes, mais pour Celui auquel nous sommes redevables de notre existence. Son
mari lui avait dit : « Pour l'amour de Dieu, soyez bonne
et charitable ; » elle donnait à ses paroles une signification
plus profonde que celui qui les avait prononcées.

— Edouard, dit-elle, je ne veux pas, soyez-en sûr,
vous traiter durement ; mais ce nouveau chagrin est bien
terrible pour moi. Connue ou non, votre conduite a été ce
que vous savez vous-même. Je ne m'appesantirais pas là-
dessus, si nous n'avions pas d'enfants. Croyez-vous que
César ait appris quelque chose ?

— Oui... Non... Eh bien ! oui ; je lui en ai parlé ; il m'a
vu si abattu que je lui ai tout dit. (Il avait accompagné
son fils qui repartait ce jour-là pour Oxford.) Pauvre
garçon ! il était tout attendri.

— Brave cœur ! s'écria la mère, et, comprenant ce
qu'il avait dû souffrir, elle ajouta : Oh ! mon pauvre César !

— César... toujours César ! ne pouvez-vous pas oublier
un peu vos enfants pour moi ?

Ah ! c'était là le secret de la vie de cet homme. Il
n'avait jamais pensé qu'à lui seul. Combien, hélas ! y a-t-il
de gens dans ce bas monde qui, comme lui, ne devraient
jamais ni se marier, ni avoir des enfants !

Joséphine le regarda d'un air de reproche.

— Edouard, réfléchissez un peu, et vous verrez que je ne vous oublie pas et que je pense toujours à vous. Mais nous n'avons pas besoin de rien décider en hâte, nous avons tout le temps... si toutefois il reste quelque chose à faire, ajouta-t-elle en soupirant.

Tout en parlant, elle vit tout d'un coup que la situation était désespérée et qu'il n'y avait presque rien à faire. Elle le dit avec ménagement à son mari.

— Quoi qu'il en soit, Joséphine, je ne veux pas céder; j'apprendrai à tous ces gens que je ne suis pas le premier venu. Ne puis-je pas, avec ma fortune, me faire une position n'importe où ? Nous allons quitter Oldham immédiatement.

— Quitter Oldham ?

— Je serai trop heureux de saisir cette occasion pour abandonner cette affreuse maison; vous savez combien je l'ai toujours détestée. Nous ne pouvons pas la vendre, tant pis ! Mais nous pouvons facilement la louer, et nous la louerons.

— Nous ne la louerons pas, dit Joséphine exaspérée.

— Mais je dis, moi, que nous la louerons, et je suis le maître ici ! s'écria sir Edouard avec violence. J'ai pensé à cela, chemin faisant, ajouta-t-il d'un ton plus calme, nous avons mille excuses à donner, nous pouvons dire que votre santé vous oblige à quitter le comté pour l'hiver, et nous nous en irons tranquillement dans une semaine ou deux. Une fois partis, nous n'avons pas besoin de revenir jamais ici.

— Ne jamais revenir ! lorsque je me plaisais tant dans
ce vieux château et que je comptais y finir mes jours!
J'étais si heureuse!... si heureuse! Edouard, vous êtes
cruel. Je ne me sens plus la force de supporter tous mes
malheurs.

Elle s'assit en proie au plus affreux désespoir. Mais
elle retrouva son énergie au bout d'un instant et déclara
à son mari qu'elle ne consentirait jamais à quitter
Oldham pour toujours, dût-elle même être réduite à ne
voir personne et à vivre en paria.

En désespoir de cause, elle alla demander conseil à
M. Langhorne.

— Je voudrais tant ne pas quitter ce pays, lui disait-
elle; je suis prête à faire tous les sacrifices. Voyons,
puisque personne n'a été compromis par la conduite de
mon mari, ne nous serait-il pas possible de demeurer
ici...? Dites-moi, je vous en prie, ce que je dois faire.

Il hésitait à lui conseiller de rester, connaissant mieux
le monde qu'elle, et il ne lui donna pas de réponse posi-
tive.

La pauvre femme ne savait que faire; son mari, furieux de voir la résistance qu'elle lui opposait, lui avait
dit qu'il la laissait libre d'agir comme bon lui semblerait
et attendait sa décision.

Sir Edouard devenait de jour en jour plus triste, et il
avait parfois des crises d'agitation nerveuse, passant des
journées entières enfermé dans son cabinet de travail à
gémir sur son triste sort. Il exigeait que sa femme fût
toujours près de lui et ne cessait de la gronder; il lui

disait qu'elle voulait le tuer à petit feu en l'obligeant à rester à Oldham.

Elle manda en secret le docteur Waters — car sir Edouard refusait de voir le médecin — et le consulta sur ce qu'il y avait à faire.

Le docteur, ne pouvant rien lui dire de rassurant, se contenta de lui donner une réponse évasive.

Sur ces entrefaites les enfants — qui ne savaient rien — vinrent passer les vacances de Noël, se promettant de bien s'amuser et de participer aux joyeuses fêtes de famille qu'on organise dans toute l'Angleterre à cette époque de l'année.

Pauvres enfants! ils ne s'attendaient pas à trouver une maison aussi triste!

Le docteur revint quelques jours après et se décida à dire à lady de Bougainville qu'il serait peut-être bon de quitter Oldham.

— Pour combien de temps, pensez-vous?

— Cela dépendra du changement que vous remarquerez dans l'état du malade. Il ne faut pas tarder, il est nécessaire pour sir Edouard de changer de milieu au plus tôt. Emmenez aussi vos enfants, cela les distraira. Vous reviendrez tous en triomphe, ajouta-t-il gaîment, pour la majorité de César, et vous tuerez le veau gras en l'honneur de ses vingt et un ans.

Joséphine ne put se contenir; elle pleura en voyant la ruine de tous ses beaux projets d'avenir.

Il fallait pourtant se résigner. Debout près de la fenêtre favorite de son salon, devant ce parc qu'elle aimai.

tant, elle prit enfin la résolution de quitter Oldham.

Son mari était ravi, et il la remercia d'avoir écouté ses conseils. Il fit mille projets et se décida à faire un voyage en Angleterre et à visiter les cathédrales célèbres.

Peu importait à Joséphine où elle allait! Leur première étape devait être Canterbury.

— Nous laissons les enfants ici, n'est-ce pas? dit sir Edouard; tout mon plaisir sera gâté si je dois traîner derrière moi toute cette caravane.

Joséphine céda; le plus grand sacrifice était fait.

Les préparatifs du départ furent vivement expédiés, et sir Edouard et sa femme quittèrent la maison quelques jours après, laissant leur petite famille à la garde de l'institutrice.

Lorsque la voiture gravissait lentement la petite colline qui conduisait à la grande route, Joséphine vit les tourelles de son château éclairées par les derniers reflets du soleil couchant; elle eut comme un pressentiment qu'elle ne les reverrait plus; et jamais elle ne devait les revoir.

A Canterbury un petit incident lui fit oublier un instant son profond chagrin. Un jour, par hasard, elle se trouva devant un vieux porche de la cathédrale qui conduit à la crypte de l'église où, depuis la révocation de l'édit de Nantes, les familles des réfugiés français ont coutume de se réunir. Elle se souvint d'avoir entendu parler de cette salle souterraine, son père y était venu autrefois.

Elle ne put pénétrer dans cette chapelle, mais elle apprit que chaque dimanche on y célébrait un service en français.

— Édouard, dit-elle, nous viendrons demain à ce service, cela me fera tant de plaisir.

Son mari parut peu disposé à l'accompagner, mais elle
se décida à y aller seule.

Le lendemain, pendant que sir Édouard dormait encore,
elle sortit à pied, par un temps pluvieux, enveloppée dans
un grand manteau pour qu'on ne soupçonnât pas qui elle
pouvait être.

Lorsqu'elle entra dans l'église et qu'elle entendit parler français autour d'elle, elle se sentit vivement émue.

Elle crut revoir le vieux vicomte auprès d'elle, comme
autrefois, et entendre les recommandations qu'il ne manquait jamais de lui faire, quand ils allaient ensemble au
temple; il lui disait toujours : « Sois bien sage, ma petite. »
Le ministre commença bientôt le service, et à ce moment
tout son passé de jeune fille se représenta à son imagination, elle eut toutes les peines du monde à ne pas fondre
en larmes.

Elle s'inquiétait peu de ce que ces étrangers pouvaient
penser d'elle. Il est possible que dans la suite ils aient
reparlé, plus d'une fois, et sans savoir qui elle était, de
cette dame qui s'était jointe à leurs prières et avait déposé dans le tronc des pauvres plusieurs pièces d'or.

Elle sortit de cette réunion vivement émue; elle se
sentait presque heureuse.

— Je veux aller dans le pays de mon père, se disait-
elle, en revenant; c'est là que je veux élever mes enfants
en souvenir de mes nobles ancêtres.

C'était un rêve évidemment aussi chimérique que bien

d'autres projets qu'elle avait formés pour les voir disparaître comme une vague qui se brise; cependant elle était
tellement pénétrée de cette idée d'aller en France qu'elle
reprit courage et vit poindre une lueur d'espoir à l'horizon.

A peine fut-elle de retour à l'hôtel qu'elle en parla à
son mari d'un air indifférent pour lui donner le change,
car il s'opposait généralement à tout ce qu'elle lui proposait ouvertement; elle lui dit qu'au lieu de continuer
leur voyage en Angleterre par ce temps gris et pluvieux
ils devraient faire venir les enfants et aller avec eux
passer quelque temps à Paris.

— Vraiment! dit sir Edouard; quelle excellente idée!
j'ai un tel besoin de me distraire! Quand pourrions-nous
être prêts à partir?

— Dans une semaine, je pense.

Elle se reprochait bien un peu de faire de la diplo-
matie, mais elle n'avait guère d'autres moyens à sa disposition pour diriger cet esprit fantasque et malade.

Pour ne pas laisser à son mari le temps de changer
d'avis, elle se hâta d'écrire à Oldham; elle chargea
M. Langhorne de la garde du château et lui donna ses
pleins pouvoirs.

Tout se fit si promptement qu'elle se trouva un beau
matin, sans trop savoir comment, au cœur même de ce
Paris auquel se rattachaient pour elle tant de souvenirs.

En parcourant les rues de la capitale, elle se rappelait
tout ce que son père lui avait raconté tant de fois sur les
jours funèbres de la Révolution; elle se souvint que, tout

enfant, le vicomte avait été réveillé par les cris des soldats qui venaient chercher son père pour le conduire à l'échafaud.

Tous les matins Joséphine sortait avec ses enfants pour visiter les musées et les églises et, dans l'après-midi, elle faisait une promenade en voiture avec son mari. Sir Edouard revenait peu à peu à la santé et se sentait moins triste; il était distrait par la vie et le mouvement de Paris: aussi se décida-t-il à y établir ses quartiers d'hiver.

Lady de Bougainville fit un jour une rencontre inattendue; à l'église elle aperçut Priscille Nunn et alla droit à elle à la fin du service.

— Comment se fait-il que vous soyez ici? lui dit-elle. Je ne me serais jamais attendue à vous y retrouver; je suis bien heureuse de vous voir.

Elle lui raconta qu'elle avait quitté les affaires et qu'elle était rentrée en service; elle était en ce moment, comme garde-malade, auprès de la comtesse Emma Lascelles.

— Elle ne va pas bien du tout, disait-elle, et je ne crois pas qu'elle se remette jamais. Elle parle souvent de vous; dois-je lui dire que je vous ai vue?

Joséphine hésitait à dire oui, elle avait été un peu froissée du long silence de la comtesse. Elle allait répondre à Priscille lorsqu'elle aperçut son mari qui l'attendait en voiture et la regardait avec des yeux étonnés. Elle donna vite son adresse et alla rejoindre sir Edouard en toute hâte pour lui expliquer ce qui l'avait retenue.

Quand il apprit que Priscille était chez la comtesse

Emma, il ne fit aucun reproche à sa femme; il voulut qu'elle allât voir la noble dame au plus tôt, espérant par elle pouvoir se mettre en relations avec quelques personnages de qualité et oublier un peu son isolement, car il n'avait fait jusqu'ici aucune connaissance.

Lady de Bougainville considéra comme un devoir d'aller rendre visite à la cousine de son bienfaiteur.

Elle la trouva extrêmement malade; elle avait perdu tous ses enfants et mourait du chagrin qu'elle avait ressenti de voir se dissiper toutes ses espérances.

La comtesse accueillit lady de Bougainville avec beaucoup d'amabilité.

— Combien je suis heureuse, lui dit-elle, que mon cousin vous ait laissé toute sa fortune! Personne n'avait plus besoin que vous de cet argent; vous pourrez en faire bon usage et en profiter... vous avez vos enfants, vous!

Et cette pauvre femme se mit à sangloter.

Lady de Bougainville la consola de son mieux et vint souvent la trouver, heureuse de la distraire un peu. Pendant plusieurs mois, le petit hôtel qu'habitait la comtesse, près du bois de Boulogne, fut le but de ses promenades.

CHAPITRE XVII

AU LOUVRE

Après une année de séjour à Paris, sir Edouard songea à changer sa résidence. Mais il refusa obstinément de retourner au château d'Oldham; César, du reste, était sur ce point de l'avis de son père. Il n'avait jamais avoué à sa mère qu'il savait la cause du départ précipité de ses parents, mais cet honnête garçon était au courant de cette triste histoire et il en avait ressenti une peine très vive.

— Non, disait-il à sa mère, qui faisait des projets avec lui et lui demandait conseil, n'allons pas à Oldham, pas avant quelques années au moins. La maison ne souffrira pas de notre absence et les terres sont bien affermées; M. Langhorne m'a dit, quand je l'ai vu à Oxford la dernière fois, que nous avons un grand intérêt à louer ce domaine; et du reste, pour ce qui me regarde, je ne voudrais pas y habiter.

Mais voyant qu'il faisait du chagrin à sa mère il se hâta d'ajouter : « Il faudra que je me crée une position et que je fasse mon chemin dans le monde ; je ne pourrai

me retirer dans ce château, ce sera votre douaire et vous
y passerez vos vieux jours. »

Elle sourit et céda aux instances de son fils, bien
qu'elle eût désiré trouver enfin un asile où elle pût vivre
tranquillement. César le savait bien et il partit pour
l'Angleterre à la recherche d'une maison de campagne ;
on lui offrit le château de Brierley, ancienne demeure
seigneuriale du temps de la reine Anne. La maison était
en assez mauvais état, mais on pouvait facilement la
réparer et la rendre plus moderne selon le goût de sir
Edouard.

— M. Langhorne, dit le fils aîné au retour, m'a conseillé
de vous proposer de faire cette acquisition ; il assure que
vous avez tout l'argent nécessaire pour rendre ce vieux château fort habitable. Ce sera une distraction pour papa de
diriger tous ses travaux ! Oh ! quel beau parc ! quels arbres ! quelles chambres spacieuses ! C'est là que vous
pourrez donner de beaux bals — comme ce sera gai
pour nous ! Chère mère, je vous en prie, réfléchissez bien
avant de refuser d'acheter ce que l'on vous propose là !

Elle promit et sentit bien que son projet de s'installer
pour toujours à Oldham ne serait jamais réalisé. Elle fit
ce sacrifice pour son fils qui était toute sa consolation.

César ne venait à Paris qu'en passant, de temps en
temps, quand ses études universitaires lui donnaient quelques loisirs. C'était un beau et grand jeune homme qui
avait le type anglais, quoiqu'il ressemblât beaucoup à son
grand-père, le vicomte de Bougainville ; mais il ajoutait à la gravité britannique cette affabilité toute française

que l'on ne rencontre que très rarement de l'autre côté de la Manche. Il accompagnait quelquefois ses parents dans le monde; Joséphine s'était décidée, pour distraire son mari, à accepter les invitations que lui faisaient d'aimables personnes qu'elle rencontrait chez la comtesse Emma, et l'on remarquait partout où il allait ce garçon qui avait l'air si distingué.

Un soir il se rendit seul avec sa mère à une soirée; sir Edouard avait témoigné le désir de rester à la maison avec Adrienne.

La jeune fille avait obéi, et cependant elle eût été très contente d'aller à cette petite fête où elle n'avait pas à craindre de rencontrer trop de monde.

Lady de Bougainville et son fils étaient depuis quelque temps dans le salon lorsque Joséphine eut comme un pressentiment qu'il fallait qu'elle rentrât.

— Cette réunion est charmante, dit-elle à son fils, mais je crois bien que nous devrions songer au retour; je sais bien que nous n'avons pas promis de rentrer aussi tôt, mais j'ai peur que ton père ne trouve le temps long. Il m'a dit qu'il n'attendait aucune visite.

— Vraiment! s'écria César, d'un ton sec. J'ai pourtant cru l'entendre commander à souper pour un ami. Mais, ajouta-t-il, je sais bien que souvent papa...

— César! dit-elle vivement; et puis d'un ton presque suppliant : Ne sois pas dur pour ton père.

Ils reprirent immédiatement le chemin de la maison; en arrivant Joséphine entendit de joyeux éclats de rire qui venaient du salon où se tenait son mari et vit, lorsqu'elle entra, l'homme pour lequel elle avait une répugnance si marquée et si justifiée : M. Summerhayes.

La jeune fille était assise près de lui et semblait s'amuser de ses gais propos autant que sir Edouard.

Joséphine s'arrêta sur le seuil de la porte, immobile, et regarda d'un air grave et étonné l'hôte de son mari. En la voyant, Summerhayes comprit bien vite ce que signifiait cette attitude, il partit en faisant un profond salut et en disant : « Je vois bien que je suis de trop ici. »

Sir Edouard n'osa pas le retenir, mais fit d'amers reproches à sa femme dès que son ami fut sorti.

— Joséphine, s'écria-t-il, comment pouvez-vous être aussi méchante, aussi impolie? Vous avez chassé d'ici le seul ami que j'aie... le seul homme dont la société me soit agréable ici.

— Vous l'avez donc vu souvent?

— Oh! pas déjà si souvent. Je ne l'ai jamais rencontré qu'au dehors, c'est la première fois que je l'amène ici.

— Alors j'exige de vous que vous ne l'invitiez plus à venir dans cette maison. Vous savez qui il est et ce que je pense de lui. Cet homme ne remettra jamais les pieds ici, je ne veux pas que mes enfants le voient. Si je m'absente encore, veuillez vous souvenir de ce que je vous dis là.

Elle parlait sévèrement, plus sévèrement qu'elle n'aurait dû le faire en présence de ses enfants, mais elle pensa qu'il était de son devoir de s'exprimer ainsi. César et Adrienne étaient trop grands pour ignorer qu'ils ne pouraient pas voir M. Summerhayes.

Ni l'un ni l'autre ne dirent un mot. César prit un livre et alla se coucher; mais Adrienne suivit sa mère jusque dans sa chambre.

Elle était fort agitée.

— Maman, dit-elle, je vous assure que je ne savais pas qu'il devait venir... mais j'ai été charmée de le voir, je ne me doutais pas que vous auriez tant de répugnance à le rencontrer.

C'était vrai, Joséphine n'avait pas parlé de la conduite du peintre à Adrienne, il était difficile d'en parler à une jeune fille. Et même en cet instant, elle ne savait trop comment expliquer ses sentiments à l'égard de M. Summerhayes.

— Si je le déteste, ma chère, c'est que j'ai de justes raisons pour le faire; je te les dirai si cela est nécessaire, mais pour le moment n'en parlons pas. Cet homme ne reviendra probablement pas ici, ton père ne l'invitera plus.

Bien qu'elle parlât avec assurance, elle sentait la nécessité de se tenir sur ses gardes et elle savait qu'elle ne pouvait avoir aucune confiance en son mari. Quelques jours après, elle découvrit que depuis longtemps il recevait des lettres de M. Summerhayes et qu'il avait été question d'un projet qui la remplit d'effroi : l'artiste avait demandé au père la main d'Adrienne.

— Comment a-t-il osé! s'écria Joséphine avec indignation; vous lui avez répondu, sans nul doute, qu'il ne pouvait compter sur votre consentement.

— Je n'ai pas voulu lui ôter tout espoir. Il est au courant de toutes mes affaires, Joséphine, je vous en 'prie, n'agissez pas à la légère.

Lady de Bougainville comprit tout de suite la situation que cet ami méchant et astucieux avait faite à son mari.

Elle allait s'emporter, mais elle eut la force de se retenir et de garder son sang-froid. Elle en avait besoin pour sortir victorieuse de cette nouvelle épreuve; n'avait-elle pas encore une fois à sauver ses enfants?

— Quand avez-vous reçu cette lettre, Edouard?

— Il y a une semaine; si je ne vous l'ai pas montrée, c'est que je craignais de vous voir opposer un refus formel à la demande de M. Summerhayes, Adrienne est si jeune!

— Adrienne sera riche, c'est tout à fait la femme qui conviendrait à votre ami.

— Et Summerhayes a du talent et appartient à une bonne famille; il m'a dit que depuis longtemps il avait expié ses peccadilles. Il pourrait lui convenir à merveille; vous devriez lui accorder votre fille, je vous assure, elle aura quelque peine à trouver un mari, et vous savez, comme moi, que c'est un devoir pour les femmes de se marier.

— Vraiment?

— Allons, je vois avec plaisir que vous devenez plus traitable. Qui va répondre à la lettre, vous ou moi?

— J'y répondrai.

— Et vous allez lui donner quelque espoir, n'est-ce pas? Vous ne voudriez pas nous en faire un ennemi!

— A-t-il jamais parlé à l'enfant? Évidemment non, Adrienne me l'aurait dit, elle ne me cache jamais rien.

Cette pensée lui remit un peu de baume dans le cœur, elle se sentit renaître et ajouta :

— S'il a eu le tact de se taire devant elle, je lui pardonnerai, mais à condition qu'il ne reverra jamais ma fille.

Elle se mit à écrire, son mari lisait **par-dessus** son épaule.

— Je vous en supplie, ménagez-le.

Il n'osa rien ajouter de plus ; quand il voyait sa femme prendre son air grave et pensif, il avait peur et ne se hasardait pas à la contredire.

Joséphine se demanda s'il fallait avertir Adrienne, mais après mûre réflexion, elle résolut de laisser au hasard le dénouement de ce triste roman.

M. Summerhayes joua son rôle en homme habile; n'essaya pas de revenir chez sir Edouard, il ne fit aucune nouvelle démarche, mais il suivait de loin Adrienne avec une assiduité respectueuse qui devait toucher le cœur de la jeune fille malgré son innocente candeur. Il réussit à pénétrer dans plusieurs salons où il savait rencontrer les Bougainville et, sans jamais adresser la parole à Adrienne, il ne la quittait pas des yeux. Il est vrai qu'il avait quarante ans et qu'elle en avait seize, mais cette différence d'âges est souvent un attrait de plus, et la jeune fille avait eu de l'affection pour M. Summerhayes lorsqu'elle était enfant. Sa mère se souvint que plus d'une fois il l'avait prise sur ses genoux et l'avait appelée sa petite femme; on dit ainsi, en plaisantant, bien des choses qui se réalisent. Adrienne se rappelait-elle tout cela?

Elle était si calme que sa mère ne pouvait deviner ses
sentiments, et depuis qu'elle savait qu'on avait des reproches à faire à M. Summerhayes, elle n'avait jamais
prononcé son nom. Quand lady de Bougainville rencontrait dans le monde l'ami de son mari, elle se con-
tentait de répondre à ses saluts, ne voulant pas qu'on pût
deviner que cet homme était indigne d'être reçu dans
la bonne compagnie. Elle avait toujours l'œil sur sa
chère brebis pour l'empêcher de se laisser prendre aux
sourires du loup; le peintre, du reste, était si respectueux
et avait tellement l'air d'un homme comme il faut
qu'elle finit par se persuader qu'il n'y avait plus rien à
craindre.

Un jour cependant elle fut amèrement déçue.

Un dimanche matin M. Summerhayes eut l'audace
d'envoyer à mademoiselle de Bougainville un bouquet et
une lettre. Il ne lui faisait pas précisément une déclara-
tion, mais elle pouvait deviner facilement le fond de sa
pensée; il avait compté sans la noblesse de caractère de
la jeune fille : confuse et tremblante, elle apporta à sa
mère ce qu'on lui avait envoyé.

Lady de Bougainville lut la lettre deux fois avant d'en
rien dire. L'épître était adroitement tournée : M. Summerhayes parlait de son amour en assurant qu'il ne
tenterait aucune démarche sans le consentement de
son ami Edouard; il demandait à Adrienne de bien vouloir venir lui parler au Louvre dans l'après-midi : « Monsieur votre père, disait-il, m'a autorisé à vous demander
cette faveur, et il a promis de vous accompagner. »

Quand Joséphine regarda sa fille, elle vit qu'elle était toute rouge et qu'une émotion incompréhensible s'était emparée d'elle.

— Mon enfant, s'écria-t-elle, oh! ma pauvre enfant !

Lady de Bougainville ne chercha pas à faire des phrases pour dire ce qu'elle pensait; Adrienne, elle en était sûre, se rendrait à la seule évidence.

— Je suis bien heureuse, ma chère petite, que tu m'aies montré cette lettre; comme tu pourras le voir, c'est presque une demande en mariage. J'aime à croire que tu la renverras à celui qui l'a écrite; je ne suppose pas que tu aies la moindre inclination pour M. Summerhayes.

Adrienne baissa la tête.

— Je l'ai connu depuis mon enfance et..... il a tant d'affection pour moi !

— Mais c'est un malhonnête homme; tu n'as même pas idée des reproches qu'on peut lui adresser.

— Autrefois il s'est mal conduit, c'est vrai ; mais, vous le voyez, il me dit que je saurai le rendre meilleur.

Pauvre enfant! Elle était éprise!

La mère n'avait pas à hésiter, elle devait, bien que ce fût terrible, dire la vérité à sa fille. Il valait mieux lui causer un chagrin passager que de la laisser s'attacher à un homme qui la rendrait malheureuse toute sa vie.

— Viens près de moi, ma chérie, dit-elle tendrement à Adrienne.

Et, l'entourant de ses bras, elle lui raconta sans réserve la vie qu'avait menée M. Summerhayes; elle en fit un portrait exact où elle le montrait d'autant plus dangereux qu'il conservait toujours un charme qui attirait les gens à lui.

Lady de Bougainville agit avec droiture et déclara à sa fille qu'elle n'avait le droit de s'opposer à son mariage que jusqu'à sa majorité.

— Quand tu auras vingt et un ans, tu pourras épouser qui tu voudras..... même M. Summerhayes.

Mais jusque-là je veux te protéger et te mettre en garde contre les dangers. Tu me comprends? Ma petite chérie, t'ai-je fait beaucoup de peine?

Adrienne ne répondit rien; elle cacha son visage en s'appuyant sur l'épaule de sa mère. Elle ne pleurait pas et ne montrait par aucun signe extérieur ce qu'elle souffrait. Joséphine, effrayée de ce chagrin muet, releva la tête de la pauvre enfant : elle s'était évanouie.

Lady de Bougainville sentit son cœur se serrer, sa douleur était poignante.

Mais elle se rappela que l'heure du rendez-vous approchait et, laissant sa fille aux soins de sa fidèle Brigitte, elle partit pour le Louvre.

Elle vit M. Summerhayes se promener dans un des salons du musée, regardant les tableaux sans montrer le moindre signe d'impatience. Son œil de femme remarqua bien vite cette indifférence si peu naturelle et, dans le fond de son cœur, elle sentit qu'elle n'avait plus pour cet homme la moindre pitié.

Lorsqu'il entendit un bruit de pas, il se retourna avec un sourire apprêté et aperçut lady de Bougainville.

Il devait être assez désagréablement surpris, mais il sut n'en rien faire paraître.

— Je ne m'attendais pas, madame, à vous rencontrer ici, c'est un vrai plaisir pour moi.

— Vous comptiez voir venir ma fille, je le sais, mais j'ai pensé qu'il valait mieux que je vinsse moi-même. Tout ce que vous avez à lui dire, vous pouvez le dire à sa mère.

— Pas tout à fait, reprit-il ; à vous parler franchement, chère madame, je vois bien que vous me détestez et... j'espère que mademoiselle votre fille a d'autres sentiments à mon égard.

Elle eut grand'peine à se contenir en voyant le sourire qui accompagna ces dernières paroles.

— Puis-je vous demander, monsieur, ce qui vous fait supposer que mademoiselle de Bougainville a quelque inclination pour vous et ce qui a pu vous décider à lui écrire une lettre comme celle que vous lui avez envoyée ce matin?

— Vous l'avez donc interceptée?

— Non, elle me l'a apportée elle-même et m'apportera ainsi tous les messages que vous lui enverrez. Sachez que ma fille n'a jamais rien eu de caché pour moi.

— Oh, vraiment! j'en suis bien heureux pour vous!

Malgré ce ton d'assurance, M. Summerhayes semblait passablement déconcerté, mais il sentait qu'il fallait ne pas laisser échapper cette dernière occasion qui se présentait à lui d'en arriver à ses fins.

Il prit un air de franchise et de bonne humeur.

— Madame, dit-il, vous me détestez, je le sais, mais

vous pourriez au moins être juste envers moi. Vous devez
vous apercevoir que j'aime mademoiselle votre fille.

— Vous l'aimez! répéta-t-elle d'un air de mépris.

— Si vous préférez, je dirai que je désire l'épouser.
Autrefois, quand elle était enfant, elle avait de l'affection
pour moi, et je suppose qu'elle n'a pas changé depuis.
La différence d'âge n'est pas si grande entre nous...; à
propos, c'est peut-être ce qui vous arrête?

— Non.

— Alors qu'est-ce donc? Ma famille? elle est aussi respectable que la sienne. Ma fortune? elle est médiocre,
certainement; mais la sienne ne l'est pas. Est-ce moi-
même? mais son père ne voit aucune objection à cet
égard, il me connaît depuis quinze ans. Et laissez-moi
vous rappeler, madame, que c'est le père et non la mère
qui dispose de la main de sa fille.

Il était très habile, et savait où tendre ses pièges,
mais toutes ses ruses devaient être inutiles : il avait pour
adversaire une femme plus forte que lui.

— Légalement, dit-elle, Adrienne ne peut se marier
sans le consentement de son père, mais moralement elle
ne se contentera pas de l'approbation de sir Edouard; elle
voudra avoir la mienne, et vous savez très bien que je
m'opposerai toujours à ce mariage, vous ne pouvez pas
vous attendre à ce que je donne jamais mon consentement.

— Pourquoi? C'est assez singulier de vous faire cette
question, mais on aime généralement à savoir pourquoi
l'on est condamné. Puis-je vous demander, madame, ce
qui vous empêche de m'accepter comme gendre?

— Si je ne veux pas de vous pour gendre, dit-elle d'un
ton lent et mesuré, c'est que j'ai des raisons qu'il ne
vous sera pas très agréable de connaître. Mais je vous
les dirai, si vous y tenez.

— Parlez, je vous écoute.

— D'abord, ce n'est pas ma fille que vous aimez, mais
son argent. Elle n'a aucun attrait physique, et il m'est
impossible de croire qu'un homme comme vous puisse
l'aimer.

— Je vous accorde cela; mais supposons maintenant
que je désire l'épouser, parce qu'elle m'aime.

— Si elle était assez malheureuse pour vous aimer,
mieux vaudrait pour elle mourir que de vous épouser. Je
vous dis cela, parce que je vous connais et que vous
savez vous-même quels sont les reproches que je puis vous
adresser.

— Je ne suis ni meilleur ni pire qu'un autre, dit-il
d'un air insouciant; mais, je vous en prie, dites-moi ce
que vous savez si bien, je serai très heureux de l'apprendre au cas où j'aurais l'honneur de vous appeler ma
belle-mère.

Joséphine se rapprocha de lui et lui parla à l'oreille,
mais distinctement pour qu'il entendît bien ce qu'elle avait
le courage de lui dire.

— Vous êtes un voleur, parce que vous trompez de
pauvres marchands en prenant chez eux des objets de luxe
que vous savez ne pouvoir pas payer; vous êtes un coquin,
parce que vous empruntez de l'argent à vos amis sous de
faux prétextes, et que vous ne le rendez jamais; vous êtes

un menteur, parce que vous cachez la vérité vilement pour arriver à ce que vous désirez. Voilà ce que le monde peut vous jeter à la face. Maintenant je vais vous dire ce que votre conscience doit vous reprocher.

Joséphine s'arrêta un instant et rougit jusqu'au blanc des yeux, mais elle reprit bientôt.

— Croyez-vous que je ne sache pas l'histoire de Betsy Dale? Pensez-vous que j'ignore ce qui s'est passé entre vous et madame Hewson, la femme de votre propriétaire? Et vous osez encore entrer dans ma maison et venir me demander ma fille si pure, si innocente, vous qui êtes coupable de séduction et d'adultère!

Malgré toute son effronterie, M. Summerhayes baissa la tête de honte, mais il la releva bientôt.

— Je ne pensais pas, dit-il, qu'une femme comme vous pût jamais tenir un pareil langage, supposons pourtant que vous ayez cru nécessaire de me le faire entendre. Que me reste-t-il à faire dans ma position? Il faut que je me soumette..... autrefois, je l'avais déjà remarqué, vous imposiez généralement votre volonté. Pauvre sir Edouard!

Il allait s'éloigner, mais il revint sur ses pas et, prenant un air arrogant, commença à lui parler d'un ton ironique.

— Permettez-moi, madame, de vous demander de que' droit vous m'avez fait un si beau sermon? Êtes-vous vous même si vertueuse, si parfaite?

— Je sais très bien que je ne suis pas sans défauts, répondit-elle; mais vous n'en êtes pas moins coupable pour cela et, tant que je vivrai, je protesterai contre votre conduite lâche et honteuse.

— Madame, reprit-il, montrant qu'il n'avait pas le moindre scrupule, vous me connaissez et je vous connais; je connais votre mari aussi..... peut-être trop bien. Quoi qu'il en soit, il me convient de devenir son gendre, et sir Edouard a un intérêt trop grand à m'accorder cette faveur pour me refuser la main de sa fille. Vous voyez, je pense, qu'au point où nous en sommes il vaudrait bien mieux que vous et moi, nous fussions bons amis.

C'était la flèche du Parthe; mais elle n'atteignit pas Joséphine.

— Vous croyez me faire peur, dit-elle avec fermeté; mais c'est inutile d'essayer. Je sens que le droit et la justice sont de mon côté et que je suis à l'abri de vos menaces. Vous n'épouserez jamais ma fille, elle finira par comprendre qu'elle ne peut pas vous aimer; si vous essayez encore de lui faire quelque avance, je mettrai la police sur vos traces.

— Vous n'oserez pas.

— J'oserai tout pour sauver mon enfant.

— Alors, pour sauver votre enfant vous irez crier sur les toits que je suis un vaurien.

— Non, ce n'est pas mon affaire; je ne vous attaque pas, je me défends. Si je voyais un tigre errer dans la forêt, je le laisserais poursuivre son chemin, mais si je le voyais s'élancer sur mon enfant, je prendrais un fusil et je le tuerais.

— Je comprends, vous voudriez bien me tuer, dit-il entre ses dents.

Sans parler, ils se regardèrent, comme deux soldats

qui ne sont séparés que par la longueur de leurs baïon-
nettes. Ils étaient devant une de ces madones célestes
d'un maître italien ; la vue de cette mère et de cet enfant
rappela-t-elle à M. Summerhayes un souvenir personnel ?
je ne sais, mais il fit un retour soudain sur lui-même et
dit avec respect :

— Madame, dites-moi ce qu'il faut que je fasse.

Elle n'hésita pas un instant ; elle savait que tout serait
perdu si elle s'attendrissait.

— Quittez Paris sans retard et n'essayez jamais de
revoir ma fille.

— Et si je n'écoute pas vos ordres.....

Joséphine réfléchit un instant ; elle savait qu'il fallait
user de prudence.

— Ma fille, dit-elle, n'a que dix-huit ans ; jusqu'à vingt
et un ans elle est en mon pouvoir. Je la surveillerai nuit
et jour ; si vous lui écrivez, j'intercepterai vos lettres et
même je n'aurai nul besoin d'agir ainsi, elle me les remettra elle-même ; si vous essayez de la voir, je vous ferai
arrêter par la police. Enfin, soyez certain que j'emploierai
tous les moyens pour lui faire voir qui vous êtes et que
je ne serai contente que lorsqu'elle vous haïra... non, pas
vous, mais vos fautes. Voilà quelle sera ma conduite.

— Je vous remercie de m'avoir si bien éclairé, dit-il
en reprenant son air ironique.

Il la saluait déjà pour s'éloigner.

— Sachez encore, reprit-elle, que notre fortune est ma
propriété personnelle et que je puis la léguer à qui je vou-
drai.

— Vraiment! dit-il d'un air étonné.

Lady de Bougainville sourit.

— Oui, monsieur; aussi, en vous disant adieu, suis-je bien sûre de ne jamais vous revoir.

Il s'inclina machinalement et, prenant ainsi congé de lady de Bougainville, se perdit bientôt dans la foule.

Elle traversa quelques longues galeries pleines de gens endimanchés et s'assit enfin sur une banquette dans une salle où la foule ne se portait pas; elle était épuisée. Ses forces l'avaient tout à coup abandonnée, mais que lui importait maintenant? La bataille était livrée..... et gagnée.

CHAPITRE XVIII

LE BAL

Je l'ai dit, la bataille était gagnée ; mais, comme dans toutes les victoires, il restait à ramasser les morts et les blessés.

Lady de Bougainville ressentit de bien vives inquiétudes après l'entrevue qu'elle avait eue avec M. Summerhayes. Quelques heures après son évanouissement, Adrienne s'était levée et avait reparu au milieu de ses frères et de ses sœurs, mais pendant des semaines elle fut plus pâle et plus languissante que jamais. Cette passion, qui datait de son enfance, avait pénétré dans son cœur plus profondément que Joséphine ne l'avait supposé.

Adrienne n'eut jamais un mot de reproche pour qui que ce fût.

— Maman, vous avez eu parfaitement raison, dit-elle la seule fois qu'elle fit allusion à M. Summerhayes ; je n'aurais pas pu épouser cet homme ; je vais l'oublier peu à peu, je vous supplie de ne plus jamais me parler de lui.

La santé de cette pauvre enfant ne laissait pas d'être très ébranlée.

Quant à sir Edouard il semblait ne plus penser au projet de mariage qu'il avait formé pour sa fille. Il passait tout le jour à se plaindre de maux imaginaires et perdait peu à peu la mémoire; il commençait évidemment à être atteint d'un trouble étrange auquel on n'osait donner encore son véritable nom.

Joséphine partit avec toute sa famille pour Londres et s'installa provisoirement à l'hôtel; elle était très inquiète et de son mari et de sa fille et ressentait les plus terribles angoisses en les voyant tous deux si malades.

César, qui avait appris par sa mère tout ce qui s'était passé à Paris, s'efforça de lui redonner un peu de courage.

— Tâchez d'occuper l'esprit d'Adrienne, disait-il, il lui faut trouver une bonne distraction. Achetons le château de Brierley, nous le ferons démolir et nous le rebâtirons à notre fantaisie; ce sera très amusant, et papa en oubliera un peu sa tristesse.

Lady de Bougainville ne put se défendre de rire en entendant son fils parler ainsi comme un enfant, mais elle avoua qu'au fond son projet n'était pas trop déraisonnable. Seulement elle regrettait toujours sa retraite d'Oldham.

— Ne vous tourmentez pas, chère maman, vous y retournerez un jour; nous sommes si nombreux, l'un de nous certainement choisira le château du recteur pour résidence, ou bien encore, quand nous serons tous mariés, vous pourrez vous y installer, puisque c'est là votre désir. M. Langhorne m'a dit que nous le posséderons toujours,

ce sera notre patrimoine, à moins que vous ne nous sur-
viviez à tous les six et à tous nos enfants; en ce cas, vous
pourrez le vendre et faire du prix de la vente tout ce
qu'il vous plaira.

Elle sourit à l'idée d'une éventualité aussi improbable,
et, donnant une petite tape d'amitié à son fils, elle lui dit
qu'il était un grand sot; mais elle céda cependant à ses
instances. On consulta sir Edouard et il voulut bien donner son approbation à ce nouveau projet. Adrienne aussi
parut enchantée de retourner vivre à la campagne et de
quitter cette vie triste d'hôtel qui n'était pas faite pour
elle.

On acheta donc le château de Prierley, et sans tarder
on commença les restaurations, à la grande joie de tout
le monde. En attendant que cette nouvelle demeure fût
habitable, toute la famille se transporta au village de
Brierley dans une maison louée, afin d'être sur les lieux
et de surveiller de plus près tous les travaux. Joséphine
n'écouta pas absolument le conseil de son fils et ne fit pas
démolir le château, elle préféra conserver intacts les murs
extérieurs et se contenta de faire repeindre et nettoyer
tout l'intérieur de la maison; ainsi remise à neuf elle
convint à sir Edouard; mais ce qui le rendait heureux
surtout dans cette nouvelle installation, c'est qu'il ne
connaissait pas une âme dans le pays.

La noblesse des environs ne tarda pas toutefois à faire
des avances aux Bougainville, et peu à peu Joséphine se
trouva comme obligée de voir quelques-unes des familles
du voisinage. Elle le faisait pour procurer quelque plaisir

à Adrienne dont la santé commençait à se remettre avec
le temps.

Sir Edouard était fort occupé des ouvriers qu'il dirigeait
et devenait ainsi moins taciturne, mais il se refusait à
aller dans le monde avec ses enfants — il avait bien changé
depuis quelques années !

Quand le château fut prêt, Joséphine pensa à réunir
quelques connaissances pour pendre la crémaillère et
rendre ainsi leurs politesses aux personnes qui avaient reçu
ses enfants.

Elle consulta son mari, qui approuva son projet; il voulait même qu'on donnât un vrai bal et que rien ne fût
ménagé pour rendre cette fête très brillante.

— Papa a été vraiment bien bon, disait César à sa
sœur en voyant sir Edouard qui, appuyé sur le bras de sa
femme, inspectait toutes les salles qu'on décorait pour la
fête.

Le jour du bal arriva. On avait choisi la salle des tapisseries comme grand salon de danse, surtout parce
qu'elle communiquait par un petit escalier avec la chambre de sir Edouard et qu'il pourrait plus facilement se
retirer, quand il serait fatigué, sans qu'on le remarquât.
Mais cette précaution fut inutile, car au dernier moment,
il ne voulut pas sortir de sa solitude.

La plupart des bals se ressemblent; aussi est-il inutile
de donner une description bien détaillée de celui-ci. Ce
qu'on remarqua le plus dans cette fête, ce fut lady de
Bougainville et ses enfants; tout le monde était d'accord
pour dire que c'était un délicieux tableau de voir cette

mère — qui avait l'air d'être la sœur de son fils ainé — entourée d'une aussi charmante famille.

— Vous êtes très heureuse, lui dit une de ses voisines qui avait perdu mari et enfants.

— J'en remercie Dieu tous les jours, répondit-elle avec douceur.

Chacun évidemment regretta l'absence de sir Edouard et déplora son indisposition — c'était la raison qu'on avait donnée pour l'excuser. On s'empressait d'autant plus auprès de Joséphine, la félicitant de la façon gracieuse et aimable dont César s'acquittait de ses fonctions de maître de maison. Après le souper, le recteur de Brierley fit un petit speech, disant combien tout le monde était heureux de voir sir Edouard s'installer dans le pays; il porta la santé de l'hôte absent et fit des vœux pour que les Bougainville vécussent pendant de nombreuses générations à Brierley.

Les jeunes gens se remirent à danser, les parents faisaient cercle autour d'eux et s'amusaient de les voir si gais et si heureux.

Mais vers une heure du matin la fête fut troublée par un événement si terrible, que l'on en parle encore à Brierley.

Le bal était dans tout son éclat; égayés par le souper, les danseurs avaient plus d'entrain que jamais. Presque tout le monde avait quitté la table sauf les enfants de la maison qui étaient restés avec quelques personnes dans la salle du festin.

Tout à coup une porte s'entr'ouvrit et l'on vit se montrer

une figure livide encadrée dans de longs cheveux noirs en désordre ; la porte s'ouvrit plus grande et l'on aperçut un homme vêtu d'une longue robe de nuit, agitant en l'air un mouchoir. Cette apparition ne fut remarquée d'abord que par les personnes qui se trouvaient le plus près de la porte. Des messieurs s'approchèrent et virent, avec surprise, que c'était sir Edouard ; le croyant ivre, ils voulurent le faire rentrer dans sa chambre.

Non, il n'avait pas bu, mais il était dans un état pire que l'ivresse, si c'est possible. Ceux qui lui parlèrent s'aperçurent bien à son regard vague qu'il avait perdu la raison.

Ce fut en vain qu'on essaya de le ramener dans son lit. Il s'échappa des mains de ceux qui le tenaient et se mit à faire des gambades au milieu des groupes de danseurs. On fit taire les musiciens et, au milieu de ce silence subit, lady de Bougainville, qui causait à l'extrémité opposée du salon, entendit une voix perçante l'appeler.

— Joséphine ! Joséphine ! Où est ma femme ? On l'a enlevée !

Elle fut admirable de sang-froid en cette occasion. Lorsque sir Edouard la vit au milieu de la foule, il se précipita sur elle et l'entoura de ses bras, se pressant contre elle comme s'il avait peur.

— Joséphine, sauvez-moi ! s'écriait-il, ces gens veulent me tuer, je le sais.

Elle tâcha de le calmer en lui parlant avec douceur, bien qu'elle fût aussi pâle qu'une morte. Elle ne fit nulle attention à ceux qui se trouvaient autour d'elle et essaya de faire sortir son mari du salon, mais il lui résista violemment. Ce ne fut que lorsqu'elle lui dit d'un ton impératif : « Edouard, il faut venir, » qu'il se décida à traverser lentement la salle de bal et à rentrer par la petite porte d'où il s'était échappé.

Tous les invités admiraient le courage de cette femme et n'osaient s'approcher d'elle.

Elle s'arrêta tout d'un coup au milieu de la chambre et, appelant du regard une des personnes qui se trouvaient le plus près d'elle, elle lui dit tout bas :

— N'effrayez pas mes enfants, je vous en prie ; faites comme s'il n'était rien arrivé et que les danses ne soient pas interrompues.

Elle allait continuer son chemin, lorsque sir Edouard s'arrêta soudain.

— Attendez un instant, ma chère, dit-il. Il semblait frappé d'une nouvelle idée ; alors il se drapa dans sa robe comme si c'était un vêtement ecclésiastique et agita son mouchoir d'un air d'assurance qui faisait mal à voir.

— Mesdames et messieurs.., dit-il en s'adressant aux invités, non, mes chers frères... voici ma femme, j'en suis très fier, elle appartient à la plus grande noblesse et a été pour moi la meilleure des amies.

Il avait commencé d'un ton oratoire comme s'il était en chaire et avait achevé sa phrase en gémissant.

— Elle est encore très bonne pour moi, reprit-il, seulement elle me tracasse quelquefois ; elle me fait manger

quand je n'ai pas faim et, le croiriez-vous?— ici il se mit
à rire comme un idiot — elle ne veut pas me laisser
attraper des mouches! Ce n'est pas qu'il y en ait beaucoup,
puisque nous sommes en hiver... La terre est couverte
de neige et j'ai grand froid! Enveloppez-moi bien, Joséphine, j'ai grand froid!

Et tout tremblant il se serra contre elle, continuant de
marmoter entre ses dents des paroles inintelligibles. Tous
se retirèrent pleins d'effroi et de compassion, pendant que
lady de Bougainville faisait gravir à son mari les quelques degrés qui conduisaient à sa chambre à coucher. La
porte se referma sur eux et, depuis ce moment, personne à
Brierley ne vit plus jamais sir Edouard.

Les invités annoncèrent avec ménagement aux enfants
ce qui était arrivé, pendant que chacun se préparait à
partir. César fit son devoir jusqu'au bout et prit congé de
tout le monde, exprimant tous ses regrets.

Quand la dernière voiture fut partie, il envoya dans leurs
chambres les domestiques et tous les enfants, mais lui et
Adrienne passèrent le reste de la nuit — une nuit d'hiver
froide et brumeuse — assis sur les marches du petit escalier près de la chambre de leurs parents.

Une ou deux fois Joséphine vint leur dire de se retirer.

— Allez vous reposer ; votre père est endormi, il ne se
réveillera pas avant le matin ; je n'ai pas peur, je vous
assure, mes chers enfants, ne vous chagrinez pas, ajoutait.
elle, vous êtes encore trop jeunes pour souffrir. Les peines
viendront assez tôt pour vous.

Les nuits suivantes, ils durent obéir à leur mère ; jamais

elle ne leur aurait permis de voir leur père dans ce triste état, elle désirait que ses enfants pussent évoquer une image moins poignante de sir Edouard, quand, après sa mort, ils penseraient à lui.

Elle ne se faisait aucune illusion sur la gravité de cette terrible maladie, mais elle savait bien que la fin n'était pas proche et que son mari pourrait traîner encore plusieurs années sans jamais recouvrer la raison.

Lorsque Joséphine pensait à l'avenir, elle tremblait et se disait que peut-être cette affection du cœur qui un jour l'avait tant effrayée pourrait maintenant hâter sa délivrance; c'était horrible à penser, mais le pauvre malade endurait de telles souffrances!

Elle se sentait si accablée moralement et physiquement qu'elle craignait parfois de ne pouvoir faire son devoir jusqu'au bout; elle tâchait pourtant de ne pas trop s'écouter et de combattre la fatigue, voulant vivre pour ses enfants.

Elle les voyait peu; elle les surveillait de loin et prenait soin d'adoucir leur existence si troublée. Les garçons étaient retournés au collège, mais César, qui avait terminé ses études, était resté à Brierley. Sa mère lui avait dit un jour : « Je ne saurais me passer de toi, ne me quitte pas; » et ce bon fils lui avait répondu sans hésiter : « Je ne vous quitterai jamais. »

Elle pouvait compter sur ce brave garçon et trouver en lui appui et consolation; malheureusement... mais n'anticipons pas.

Quand la belle saison arriva, Joséphine songea à éloi-

gner ses fils pendant quelque temps pour les distraire
et leur faire oublier la tristesse de la maison paternelle.

César résista longtemps.

— Je comprends, mon cher enfant, lui disait sa mère,
que tu ne veuilles pas me laisser seule, mais je désire
que tu accompagnes tes frères, tu as toute ma confiance
et je suis sûre que tu sauras les protéger.

Il céda enfin et s'arrêta au projet de faire un voyage en
Suisse. Le jour fixé pour leur départ, il faisait un temps
superbe ; les trois garçons étaient gais comme des pin-
sons—c'était bien naturel : ils étaient si jeunes et si bien
portants ; leurs sœurs aussi étaient heureuses de les voir
joyeux ; Adrienne seule pleurait. Elle pressa tendrement
César sur son cœur, lui recommandant de bien prendre
soin de lui et de ne pas manquer de revenir dans deux mois,
comme il l'avait promis.

— Sois bien sûre que rien au monde ne me retiendra un
jour de plus, lui répondit-il en l'embrassant.

— C'est très bien, dit la mère ; revenez le premier octobre, et vous nous retrouverez toutes ici à vous attendre.
Allons, bon voyage ; adieu... adieu !

Elle les pressa de partir, pour ne pas trahir l'émotion
qu'elle avait su cacher jusque-là ; elle se consolait toutefois
en pensant au plaisir que ses fils auraient à voir un pays
nouveau pour eux — pendant deux mois au moins ils
allaient vivre sans soucis !

— Le bonheur est fait pour les jeunes gens, se disait-
elle et, Dieu merci ! ces garçons seront heureux... que
d'espérances renferme cette voiture !

Elle les regarda s'éloigner et répondit à leurs signaux, puis rentra dans sa triste maison avec ses filles, sentant un vide dans son cœur, mais contente malgré tout — tout à fait contente. Les femmes qui sont mères comprendront pourquoi.

CHAPITRE XIX

UN FAIT DIVERS

Ce qui me reste à raconter de cette histoire est tellement navrant que je ne puis me défendre d'une poignante émotion en commençant ce dernier chapitre. Les événements qui suivent se succédèrent si rapidement qu'il semble impossible, en les rapportant, que le malheur ait pu accabler à ce point une seule famille.

Quelques jours après le départ des garçons, Brigitte, la fidèle servante, vint demander à sa maîtresse si elle lui permettrait d'aller à Londres avec les jeunes demoiselles et leur gouvernante pour quelques petites emplettes.

— Ce serait une vraie partie de plaisir, madame, disait-elle ; par la même occasion je pourrais conduire mademoiselle Adrienne chez un docteur ; n'avez-vous pas remarqué comme elle devient maigre et comme elle perd l'appétit depuis quelque temps ? C'est peut-être le chagrin d'avoir vu partir ses frères, espérons que ce ne sera rien.

— Evidemment, dit la mère en souriant, car Brigitte n'avait pas voulu l'effrayer et lui avait parlé sans montrer combien elle était inquiète.

Quand Joséphine vit sa fille le jour suivant avec des joues roses et des yeux brillants — excitée qu'elle était par l'idée de faire ce petit voyage — elle fut toute surprise.

— Tu as très bonne mine, ma chérie, on ne croirait pas à te regarder que tu aies besoin du docteur. Je te permets toutefois d'aller le voir, surtout pour faire plaisir à Brigitte. Fais bien attention à ce qu'il te dira et tu me le rapporteras fidèlement.

Adrienne raconta au retour que le médecin ne lui avait rien dit de particulier.

— Il a parlé à Brigitte à part et s'est contenté de me taper amicalement sur l'épaule en me recommandant de me fortifier ; et j'ai bien l'intention de faire tout pour cela, chère maman ; ce serait un si grand embarras pour vous si j'étais malade ! Mais papa vous appelle, allez vite voir ce qu'il veut.

Sir Edouard était très agité ce jour-là, et Joséphine dut rester avec lui jusqu'au soir ; elle ne put s'esquiver que lorsqu'il fut assoupi ; elle avait hâte de retrouver Brigitte.

— Voyons, parlez-moi de la visite au docteur ; il ne vous a pas dit grand'chose, je pense ?

Brigitte ne trouvait pas ses mots pour répondre.

— Pourquoi ne me répondez-vous pas ? lui demanda lady de Bougainville, l'enfant n'a rien de grave.

— Son état est un peu inquiétant, dit Brigitte en hésitant par prudence. Depuis longtemps je pressentais cela, mais je n'ai jamais osé en parler à madame. Le docteur m'a priée de vous avertir, du reste vous le verrez lui-même, il viendra vous parler demain matin.

— Demain matin!

— Elle souffre de la poitrine, voyez-vous; elle a pris froid cet hiver — la nuit du bal! — et elle a toujours un peu toussé depuis. Ce sera une consultation, il amènera avec lui un de ses confrères, que madame ne...

Joséphine pouvait à peine en croire ses oreilles.

— J'ai horreur des médecins; je ne veux pas que ces hommes viennent ici pour tourmenter ma fille. Elle n'aurait pas dû aller à Londres; Brigitte, vous vous avancez quelquefois un peu trop loin.

La servante ne répondit rien, des larmes coulaient sur ses joues.

Lady de Bougainville lui tendit la main.

— Je n'ai pas voulu vous faire de la peine, dit-elle, il vous faut oublier ma mauvaise humeur, songez à tout ce que je souffre! Oh, si ma pauvre fille allait être malade aussi! Mais n'attendez pas à demain, dites-moi tout de suite la vérité.

Brigitte avoua à sa maîtresse que le docteur ne lui avait donné aucun espoir de sauver Adrienne. C'était l'éternelle histoire : un rhume négligé qui avait dégénéré en phtisie! Il n'y avait rien à faire. Le médecin avait constaté le mal sans pouvoir trouver de remède; les progrès en seraient très rapides, et dans quelques semaines cette pauvre jeune fille s'éteindrait à la fleur de l'âge.

La mère refusait de croire à ce que Brigitte lui rapportait.

— Ce n'est pas vrai, dit-elle, je crois que ce n'est pas vrai! Cependant il faut faire quelque chose... je vais partir pour le Midi avec elle... ah, non! je ne peux pas... mais vous l'accompagnerez, Brigitte. Elle ira où il faudra... nous sommes assez riches!

— Si au moins la richesse pouvait la sauver! dit Brigitte en sanglotant. Je ne vous ai jamais dit combien elle était malade, elle me l'avait défendu, ne voulant pas vous causer un nouveau chagrin; mais quand vous verrez ce qu'elle souffre et ce qu'elle souffrira encore, à ce que dit le docteur, oh! vous vous rendrez à l'évidence.

— Non! jamais!

Joséphine avait ressenti bien des douleurs dans sa vie, mais elle n'avait jamais eu à déplorer la mort d'un être chéri. Elle avait perdu, il est vrai, des enfants en bas âge, elle avait vu mourir son père, mais il touchait au terme de la vie et elle avait à peine dix-sept ans! Ce n'était rien en comparaison de la perte de cette fille qu'elle adorait.

Aussi, même après la visite du docteur, refusa-t-elle encore de voir le danger. Il fallut que sa fille lui ouvrît elle-même les yeux.

— Maman, lui dit un jour Adrienne à voix basse en regardant ses deux sœurs s'amuser dans sa chambre; chère maman, voyez comme Gabrielle est charmante, elle prendra bientôt ma place de sœur aînée. Chut! — et elle mit sa main sur les lèvres de sa mère qui étaient devenues toutes blanches — je sais tout; car j'ai questionné Brigitte et elle ne m'a rien caché ; je n'ai pas peur, vous le voyez bien.

Rien en elle ne décelait la crainte en effet ; elle paraissait ne pas tenir beaucoup à la vie d'ici bas. Son âme pure et naïve semblait aspirer à l'autre vie ; elle parlait avec calme de sa mort, des fleurs qui croîtraient sur son tombeau ! « Vous verrez, disait-elle, il y aura des pâquerettes et des primevères, j'aimais tant les primevères !... » Souvent aussi elle parlait à Brigitte. « Maman ne se sentira pas trop seule, quand je serai partie, lui disait-elle ; il lui restera d'autres enfants ; elle aura d'autres filles qui sont bien plus jolies que moi, et ses fils — de braves garçons — qui feront un jour honneur aux Bougainville. On pourra se passer de moi ! »

Elle avait tant d'abnégation qu'elle défendit même qu'on avertît ses frères, de peur de gâter leur plaisir et de les faire rentrer plus tôt dans cette maison désolée.

C'était ainsi avec tranquillité qu'Adrienne se préparait à la mort.

Il ne faudrait pas supposer que cette maladie plongeât toute la maison dans la tristesse. Peu à peu tout le monde subit l'influence de ce calme admirable. Les fleurs qu'Adrienne voyait se faner — l'automne était très beau cette année-là — ne mouraient pas dans une sérénité plus ensoleillée que cette pauvre jeune fille.

La saison avançait cependant et le froid commençait à être plus vif ; un jour, Adrienne, dont le visage portait de plus en plus l'empreinte de la souffrance, fit venir sa mère près d'elle et lui dit tout bas à l'oreille : « Avertissez mes frères, dites-leur de revenir. »

Lady de Bougainville écrivit une lettre où, pour la première fois, elle révélait à ses fils une partie de la vérité, leur expliquant pourquoi jusqu'ici, sur le désir d'Adrienne, elle leur avait caché la vérité.

« Revenez au plus tôt à la maison, disait-elle (j'ai lu cette lettre, car elle fut retournée et on la trouva bien des années après parmi d'autres papiers), venez, mes chers fils, quoique je vous rappelle pour pleurer avec moi. Vous ne savez pas encore ce que c'est que la douleur, il vous faut maintenant apprendre à souffrir. Votre mère ne peut plus vous épargner le chagrin. Revenez, j'ai besoin de vous pour me soutenir. Mon cœur se brise, et si je n'avais la pensée que vous serez tous les trois ma consolation, je sens que je n'aurais pas la force de me soutenir un jour de plus. »

Voilà ce qu'elle écrivait, voilà ce qu'elle pensait à ce moment.

Quelle terrible épreuve de relire ces lignes quelques années plus tard !

La lettre envoyée, Adrienne sembla renaître un peu.

— Ils reviendront le premier octobre, disait-elle, vous verrez ; César ne manquera pas à sa parole, je le connais. Il ne me trouvera pas au haut du perron, comme vous l'aviez dit, maman ; mais il me verra encore, j'en suis sûre ; j'aurai juste le temps de les voir... et alors...

La pauvre enfant ne s'attendait pas à ce qui allait arriver.

Un des derniers jours de septembre — le 29, je crois —
le *Times* communiqua à toute l'Angleterre, dans un
court paragraphe, un de ces événements tragiques, faits
pour émouvoir même les indifférents.

Ce matin-là, plus d'un père de famille, parcourant son
journal, s'arrêta court pour s'écrier : « C'est épouvantable ! » et pour lire, à haute voix, à sa femme et à ses
enfants, le récit d'un accident qui était arrivé en Suisse.
Des touristes traversaient le lac d'Uri, de Bauen à la chapelle de Guillaume Tell. Ils avaient mis à la voile, et un
coup de vent soudain qui venait des montagnes avait
fait chavirer la petite embarcation ; au nombre des vic-
times, on disait qu'il y avait deux Anglais du nom de
Bourgoyne.

Un peu plus bas, se trouvait une autre version d'un
correspondant spécial. Selon ce correspondant, il n'y
avait que quatre personnes dans le bateau : trois jeunes
gens et le batelier. Ce dernier avait pu regagner Bauen à
la nage, mais les trois voyageurs, trois frères, après
avoir fait de vains efforts pour se sauver mutuellement,
s'étaient noyés. Le narrateur ajoutait qu'ils étaient les
fils d'un riche gentilhomme anglais et qu'ils s'appelaient
Bougainville et non Bourgoyne.

A cette époque, il y a plus de trente ans, il n'y avait pas
de télégraphe, et la poste n'avait pas un service très sûr
avec l'étranger ; les courriers du *Times* devançaient tous
les autres, et les nouvelles étaient souvent publiées dans
les colonnes du journal avant qu'on pût avoir des infor-
mations directes. Aussi, tandis que plus d'une Anglaise

compatissante plaignait, ce matin-là, la mère de ces malheureux jeunes gens, lady de Bougainville ne savait encore rien de cette épouvantable catastrophe. Elle lut elle-même tous les détails dans le journal!

Sir Edouard s'intéressait encore à ce qui se passait dans le monde, et tous les matins sa femme lui lisait le *Times*; c'était surtout pour occuper son esprit, et le distraire pendant deux heures.

Joséphine le plus souvent ne prêtait nulle attention à ce qu'elle lisait et pensait à autre chose tout en suivant machinalement les lignes imprimées. Ce jour-là elle se demandait, en faisant sa lecture accoutumée, si ses fils étaient arrivés à Calais et s'ils auraient une bonne traversée, car le vent avait gémi toute la nuit dans les cheminées du château. Elle n'avait pourtant aucun pressentiment qu'il pût arriver malheur à ses enfants; ils n'avaient pas répondu à sa lettre, mais elle était sûre qu'ils étaient en route et qu'ils revenaient comme ils l'avaient promis.

Elle venait de finir les articles politiques et tournait la page pour lire les nouvelles judiciaires — tout lui était bon pour passer le temps — lorsqu'elle jeta les yeux sur ce terrible entrefilet. Elle aurait pu ne pas le voir, tant elle était préoccupée, mais le mot « Suisse » fit qu'elle pensa à ses garçons. Elle cessa de lire à haute voix pour le parcourir du regard. Elle le lut une fois, deux fois, trois fois sans pouvoir comprendre. Lorsqu'elle eut compris enfin, elle leva les bras en poussant un cri et tomba sur le plancher aussi lourdement qu'une pierre.

On pénétrait rarement dans la chambre de sir Edouard.

Souvent les jeunes filles restaient des journées entières
sans qu'on les appelât pour venir embrasser leur père, et
depuis plusieurs semaines il n'avait pas vu Adrienne; il
n'avait même pas demandé comment elle allait et semblait
ne pas comprendre la gravité de son mal : il se plaignait
seulement que sa femme le quittât parfois pour aller
auprès de sa fille; pour le contenter, lady de Bougainville
passait toute l'après-midi enfermée avec lui. Brigitte le
savait et, si elle n'avait remarqué que parmi les lettres
venues par la poste il s'en trouvait une de l'étranger, elle
ne serait pas allée la déranger, mais elle voulut la lui porter elle-même pour savoir quelles nouvelles renfermait
la lettre et annoncer plus tôt à Adrienne, qui était plus
faible ce jour-là, l'heure de l'arrivée de ses frères.

Brigitte frappa plusieurs fois à la porte, mais personne
ne répondit. Alors, très effrayée, elle se décida à entrer.

Sir Edouard était assis, la tête de sa femme sur les
genoux, et caressait, en gémissant, la figure de Joséphine
qui était toujours sans connaissance.

— Venez ici, Brigitte, s'écria-t-il, dites-moi donc ce
qu'elle a! Je ne lui ai pas fait de mal, je vous assure. Je
ne lui ai même pas parlé durement. Elle lisait tranquillement le journal, lorsqu'elle est tombée comme si on lui
avait tiré un coup de pistolet. Serait-elle morte? On va
dire que c'est moi qui l'ai tuée! Prenez-la, Brigitte, que
j'aille me cacher.

Il mit cette pauvre tête inanimée sur les genoux de la
servante, et ce mouvement fit pousser un soupir à la malheureuse mère.

Joséphine avait dit à son fils aîné, dans la lettre qui ne lui était pas parvenue, que son cœur se brisait. Mais elle n'était pas de celles dont le cœur se brise.

Elle ouvrit les yeux, se releva en s'aidant de son coude, et regarda avec égarement autour d'elle.

— Il est arrivé quelque chose, dit-elle, est-ce Adrienne? Et alors elle vit le journal sur le plancher. Ah! non, ce sont mes garçons! Brigitte, mes garçons sont morts..... noyés dans le lac!... c'est le journal qui le dit.

— Les journaux ne disent pas toujours la vérité, s'écria Brigitte; et, toute terrifiée qu'elle était, elle pensa à la lettre qu'elle avait en main.

Les deux femmes l'ouvrirent ensemble fiévreusement, la déchiffrant mot à mot sans perdre une syllabe.

Hélas! elle ne démentait pas la nouvelle. Les trois jeunes gens étaient morts. Avant de fermer sa lettre, un Anglais, qui se trouvait sur le lieu de l'accident et qui connaissait un peu les Bougainville, avait vu les cadavres — mot affreux! — on venait de les retrouver; une fois reconnus, on les avait enterrés; la moitié de la population de Bauen et tous les Anglais qui séjournaient aux environs les avaient suivis jusqu'au tombeau. Les trois frères dormaient ensemble dans un petit cimetière suisse, et le nom de Bougainville disparaissait avec eux.

Joséphine ne se rendit pas bien compte du coup qui la frappait; elle en serait devenue folle. Pendant plus d'une heure cependant Brigitte crut qu'elle avait perdu la raison. Elle ne s'évanouit pas, mais elle se promenait de long en large dans la chambre, appelant ses fils par leurs noms, l'un après l'autre; enfin elle tomba à genoux pour implorer le secours de Dieu.

C'était affreux! d'autant plus que cette douleur n'était pas partagée. Sir Edouard s'était réfugié dans un coin, il disait d'une voix indistincte : « Joséphine, tiens-toi tranquille... je t'en prie, tiens-toi tranquille! » D'abord elle ne fit pas attention à lui, mais lorsqu'elle l'aperçut, d'un mouvement soudain elle alla à lui comme pour se consoler, mit ses bras autour de son cou et lui dit d'une voix gémissante :

— Edouard, cher Edouard, nos fils sont morts! Comprenez-vous? morts..... tous morts. Vous ne les reverrez jamais!

Il lui donna une petite tape sur la joue et l'embrassa, les yeux égarés.

— C'est bien, dit-il, je savais que vous vous calmeriez bientôt. Ne pleurez pas, Joséphine; je ne peux pas vous voir pleurer. Que disiez-vous donc des enfants? morts? quelle bêtise! Ils devaient revenir ce soir. Brigitte, sonnez donc et demandez au domestique si ces messieurs sont de retour.

Joséphine détacha ses bras du cou de son mari et le regarda fixement pendant une minute. Puis elle se détourna et alla d'un pas ferme jusqu'au milieu de la chambre et y resta assez longtemps comme pétrifiée : la douleur se brisait sur elle comme des vagues sur un rocher.

— Madame, dit Brigitte, après avoir attendu quelque temps.

— Eh bien?

— Il faut que je m'en aille. Je n'ose pas laisser mademoiselle Adrienne plus longtemps seule.

— Adrienne, avez-vous dit? Et le cœur de la mère
oublia soudain ses fils morts pour penser à sa fille qui
vivait encore.

— Mademoiselle Adrienne est bien bas.

— Elle est mourante, voulez-vous dire?

Lady de Bougainville prononça ce mot comme s'il
ne lui faisait aucune impression pénible. En l'entendant, Brigitte se demanda si sa maîtresse n'avait pas
perdu la raison, mais elle prit un air tout à fait naturel et sourit même en serrant la main de sa fidèle servante.

— Ne vous effrayez pas, Brigitte; je suis tout à fait
remise maintenant. J'ai pensé à une chose : Adrienne
aimait tant ses frères, elle ira vite les retrouver; pourquoi
lui parlerions-nous de leur mort?

— Madame, vous ne pourriez pas, s'écria Brigitte, fon-
dant en larmes; vous la verrez encore demain toute la
journée — elle dit qu'elle veut attendre jusqu'au premier
octobre — elle vous parlera d'eux.....

— Je crois que j'aurai la force de ne rien dire à l'enfant,
si, grâce à mon silence, elle peut mourir plus tranquillement. Essayons.

Sans dire un mot de plus Joséphine alla se laver la figure,
peigna ses longs cheveux gris qui étaient en désordre,
arrangea son col et sa broche et revint bientôt après avec
un visage composé, presque souriant.

— Regardez-moi maintenant, verra-t-elle que j'ai
souffert? demanda-t-elle à Brigitte ;

— Non, non, dit Brigitte en tâchant de réprimer son
chagrin.

Lady de Bougainville prit sa vieille servante par la
main.

— Entrez la première, dit-elle, et dites à ma fille que je
viens.

Quelques minutes après, la mère entra. Et pendant
toute cette journée et la suivante, elle alla de la chambre
d'Adrienne à celle de son mari sans laisser éclater sa
douleur.

Autour de la jeune malade, tout était paix et tranquillité ;
elle ne se doutait pas du malheur qui avait frappé la maison. Tandis que toutes les chambres du château étaient
tristes, que toutes les persiennes étaient fermées en signe
de deuil, le soleil attiédi et doré envoyait ses rayons jusque
sur le lit où, paisible comme un petit enfant et aussi jolie,
Adrienne était assoupie dans ce sommeil qui est l'avant-
coureur d'un sommeil plus profond.

En se réveillant, elle pensa à ses frères.

— Maman, dit-elle, il y a encore vingt-quatre heures.....
jusqu'au premier octobre; peut-être ne pourrai-je pas
attendre aussi longtemps.

— Qu'importe, ma chérie !

— Non, je ne m'en chagrine pas..... pas beaucoup.
Vous les embrasserez pour moi et vous leur direz d'être
bons pour vous et pour Gabrielle et Catherine. Ils le
seront : ils ont toujours été de si braves garçons.

— Toujours, toujours!

A ce moment Brigitte s'avança et conseilla à lady de Bougainville d'aller se reposer un peu.

— Non, dit Adrienne, il faut que maman aille se coucher tout à fait : elle a l'air si fatiguée. Bonsoir, maman; et elle tendit sa joue à embrasser en ajoutant : Vous viendrez me voir demain matin, aussitôt que vous vous serez levée.

— Oui, mon enfant.

Joséphine se tenait à peine et, entre la chambre de sa fille et celle de son mari, elle tomba insensible sur le plancher; Brigitte l'y trouva quelques minutes après, mais personne n'en sut rien.

Adrienne ne vécut pas jusqu'au matin. Au milieu de la nuit, Brigitte, qui s'était endormie près d'elle, fut réveillée; elle sentit une main faible qui essayait de la toucher.

— Je me sens toute drôle, Brigitte, je me demande ce que c'est. Est-ce la mort? Non... non... (elle voyait Brigitte tressaillir), n'allez pas réveiller maman... au moins pas encore; elle était si fatiguée !

La servante n'appela pas la mère, car avant qu'elle osât bouger... Adrienne mourut, comme un petit enfant, la tête sur l'épaule de sa bonne et la main dans la sienne.

. . . .

Je l'ai dit plus haut, je ne sais pas comment faire croire à tous les événements qui se suivirent si rapidement et qui, en six mois, firent du château de Brierley une maison vide, désolée, sans enfants.

Au moment de la maladie d'Adrienne la fièvre scarlatine régnait à Brierley. Lady de Bougainville n'en savait
rien, ou, si elle le savait, ses malheurs le lui avaient fait
oublier. Lorsque, avant l'enterrement, un certain nombre
de pauvres demandèrent la permission de revoir encore une
fois le doux visage de leur bienfaitrice — Adrienne avait
fait tant de bien autour d'elle! — Joséphine y consentit
et même donna des ordres pour qu'on reçût avec bonté
les amis de sa fille et qu'on leur servît à manger. Et il
arriva que, venant voir la mort, ils laissèrent la mort
derrière eux. La fièvre qui commençait à disparaître dans
les chaumières, exerça sa fureur au château.

Ce fut d'abord une servante qui tomba malade, puis
une femme de chambre au service des jeunes demoiselles
et enfin Gabrielle et Catherine elles-mêmes.

Cette scarlatine était d'une espèce très dangereuse;
avant que la mère se doutât de la gravité du mal, ses deux
dernières filles avaient suivi leurs frères et leur sœur
au pays inconnu. Elles étaient mortes à deux heures
d'intervalle et furent enterrées le même jour.

— Comment pouvez-vous vivre? dirent à lady de Bougainville le docteur Waters et M. Langhorne en revenant
du service funèbre, où, à défaut du père, ils avaient conduit le deuil. Comment supporterez-vous l'existence?

Et les deux hommes pleuraient comme des enfants.

— Il faut que je vive, répondit Joséphine avec courage
et fermeté; regardez-le! Elle montrait son mari qui était
debout près de la fenêtre, occupé à attraper des mouches.

Vous voyez, il me faut vivre encore pendant quelque temps.

Elle vécut et, un jour elle m'a dit — ces mots, je ne les oublierai jamais tant je fus heureuse — qu'elle avait fini par jouir de la vie.

Mais ce fut longtemps, longtemps après. Pendant bien des mois, des années même, cette femme désolée demeura dans un état de prostration qui peut à peine s'appeler la vie.

Il serait impossible de dire si sir Edouard eut quelque chagrin de la mort de ses enfants. Extérieurement, ces malheurs semblaient le toucher fort peu, il n'en parlait guère que pour dire combien il était content d'avoir sa femme à lui tout seul.

Il l'aimait plus que jamais et — était-ce une compensation? — il se montrait moins agité et bien plus docile.

Il était devenu d'humeur sédentaire et resta avec sa femme au château de Brierley. Joséphine ne désirait plus quitter sa résidence; le petit cimetière du village renfermait ce qu'elle avait le plus aimé au monde : ses trois filles et ses trois fils qu'elle avait fait ramener pour qu'ils reposassent en paix auprès de leurs sœurs.

Peu après tous ces deuils, lady de Bougainville avait vendu le château d'Oldham suivant les clauses du testament du recteur, ces clauses dont elle avait ri un jour avec César. La comtesse Emma en mourant avait laissé un fils, et c'était pour lui que son père avait acheté le domaine de ses ancêtres; il prit le nom de famille de sa mère et devint avec le temps M. Oldham d'Oldham Hall.

Lorsque lady de Bougainville en fut informée, elle dit en souriant : « J'en suis heureuse » mais elle ne revit jamais cette propriété et ne voulut jamais la revoir. Elle ne quitta plus Brierley.

Sa vie était solitaire, jamais personne ne franchissait le seuil de sa maison ; elle se consacrait entièrement à la garde de sir Edouard. En été, elle passait de longues heures dans le parc avec lui, le laissant aller où il voulait ; maintenant qu'il n'y avait plus d'enfants, elle n'avait plus à cacher son misérable état à personne.

Pendant longtemps il vécut ainsi sans recouvrer la raison, plutôt comme un idiot que comme un fou ; mais un jour la mort, qu'il craignait tant, vint à lui sans qu'il s'y attendît. Sa maladie de cœur, qu'on lui avait cachée autrefois avec tant de soin, fit tout d'un coup de rapides progrès et l'enleva avant qu'il fût tombé au dernier degré de la dégradation intellectuelle.

Une nuit il s'éveilla, tourmenté par d'étranges sensations, et demanda, comme sa fille Adrienne l'avait fait, mais sans montrer le même calme : « Est-ce la mort ? »

C'était bien la mort. Sa femme le savait et elle dut le lui dire.

Laissez-moi passer sur cette terrible scène. Brigitte en fut témoin pendant un instant, mais sa maîtresse, par bonté, l'obligea à sortir de la chambre et resta seule.

Vers le matin, l'hallucination aussi bien que la souffrance physique du mourant se calma un peu ; mais il regardait toujours sa femme avec des yeux effrayés.

— Joséphine ! s'écriait-il sans cesse, viens plus près...

plus près encore... tiens-moi bien fort, protège-moi !

— Oui, mon ami, dit-elle, en se rapprochant de lui, de ce pauvre mari — tout ce qui lui restait au monde! Elle demandait presque à Dieu de prolonger un peu cette vie inutile, bien qu'elle sût que c'était pour elle un fardeau trop lourd à porter. Mais elle sentait que sa prière était vaine et qu'il devait mourir... qu'il était mourant déjà,

— Edouard, lui dit-elle tout bas, en lui prenant la main, cette main qui, il y avait trente ans, lui avait mis au doigt l'anneau des fiançailles, Edouard, n'ayez pas peur; je suis tout près de vous... je resterai jusqu'à la fin.

— Oui, reprit-il, mais après? où irai-je? dites-le-moi; venez avec moi. Ne pouvez-vous pas venir avec moi ?

— Je voudrais pouvoir, dit-elle en sanglotant; oh! Edouard, je voudrais bien!

Puis elle le conjura encore de ne pas avoir peur.

— Dites le *Pater*, murmura-t-elle, comme les enfants avaient coutume de le faire le soir. Dieu est notre père, il ne vous fera pas de mal... ayez confiance... Edouard... et, s'approchant de son oreille, quand elle vit ses yeux se voiler, elle ajouta : Il n'y a rien à craindre, Dieu est bon.

Et alors, quand il eut perdu l'usage de la parole, Joséphine s'agenouilla auprès du lit et répéta de sa voix douce et claire : « Notre Père, qui êtes aux cieux ... » jusqu'à la fin de l'oraison.

Dieu seul sait si ces paroles arrivèrent jusqu'à l'intel-

ligence affaiblie du mourant, mais, à ce moment, il cessa
de se débattre contre la mort, et une expression de calme
passa sur son visage. Il ouvrit les yeux et les fixa sur sa
femme, la regardant presque comme son jeune fiancé,
Edouard Scanlan, l'avait regardée autrefois. Elle se baissa
pour l'embrasser; alors son âme s'envola.

Il allait se présenter au juge suprême. Pauvre sir
Edouard de Bougainville!

ÉPILOGUE

Peut-être personne ne lira-t-il cet épilogue. On dira :
« Le rideau est baissé ; la pièce est finie ; il n'y a plus rien
à voir. »

Mais on se trompera, la pièce n'est pas finie. Si, après
cette vie triste et pleine d'orages, il a plu au ciel d'éclairer
d'un rayon de soleil les vieux jours de ma chère lady de
Bougainville, pourquoi ne le dirais-je pas? Je serai sans
doute obligée de parler de moi et de mêler mon histoire
personnelle à la sienne, mais cependant je ne le ferai que
pour mieux mettre en lumière le caractère de cette
noble femme.

J'ai laissé mon récit au moment où elle referma le cou-
vercle de la petite malle sur ses trésors. Je ne lui fis pas de
questions et elle ne me donna aucune explication ; mais à
partir de cet instant, il s'éveilla entre nous une sympathie
plus forte que celle qui existe ordinairement entre une
femme âgée et une jeune fille. C'est qu'il ne faut pas croire
que la différence d'âge soit un obstacle aux liens d'affections, il suffit d'avoir le même idéal pour se comprendre.

Lorsque je descendis le lendemain matin pour le déjeuner, je trouvai Brigitte dans la salle à manger causant avec
sa maîtresse. On devinait, rien qu'à les voir causer ensemble, avec une tendresse pleine de respect d'une part,
et une confiance affectueuse de l'autre, que ces deux
femmes avaient presque toujours vécu côte à côte. Lorsque j'entrai, lady de Bougainville me regarda avec un petit
air de surprise : on aurait dit qu'elle avait oublié que j'é-
tais dans sa maison.

Elle me présenta à sa fidèle servante.

— Brigitte, lui dit-elle, voici mademoiselle Weston;
elle a été très malade, et elle passera ici le temps de sa
convalescence. Brigitte prendra soin de vous, ma chère;
c'est une excellente garde-malade.

La servante s'inclina et regarda tendrement sa maîtresse comme pour la remercier de son compliment. Elle
me dit qu'elle espérait que je serais bientôt rétablie; et à
son air doux et plein de bonté, je vis tout de suite que
nous serions très bonnes amies.

Je me rappelle exactement chacune des heures de cette
journée, la première que je passai complètement en compagnie de lady de Bougainville. Elle menait une existence
très tranquille, tout était réglé comme une pendule dans
sa maison. A sept heures elle descendait au jardin; elle
avait fini par en connaître tous les recoins.

— Je crois, me disait-elle un jour, que je préfère mon
jardin à ma maison, parce que mon jardin est vivant, les
fleurs poussent, les arbres grandissent... quoique je sois
vieille... j'aime tout ce qui a quelque apparence de vie.

A ma grande surprise, tout de suite après le déjeuner, elle se mit à faire ses comptes et à écrire : elle faisait de nombreuses charités et envoyait presque journellement des ordres à M. Langhorne. Je n'ai jamais vu de femme plus exacte qu'elle et qui dirigeât mieux ses affaires ; elle répondait chaque jour aux lettres qu'elle recevait et payait ses notes toutes les semaines, disant qu'elle désirait donner, à sa mort, aussi peu de peine que possible à ses héritiers.

Ce matin-là, elle me raconta qu'elle écrivait à une certaine Priscille Nunn, pour laquelle elle venait d'acheter une rente viagère.

— Pendant bien des années, dit-elle, je lui envoyais moi-même une petite somme tous les trois mois ; mais j'ai pensé que si je mourais avant elle, elle ne saurait que devenir ; aussi suis-je très contente d'avoir réglé cette affaire aujourd'hui.

Elle avait en effet un air tout joyeux ; elle se mit à me donner quelques détails sur Priscille et me raconta dans quelles circonstances, elle, lady de Bougainville, avait travaillé à l'aiguille pour cette femme.

— C'était pour gagner quelque argent, m'expliqua-t-elle ; je vous l'ai dit hier soir, Winifred, j'ai été très pauvre autrefois.

— Mais vous n'êtes pas fâchée d'être riche ? repris-je ; n'êtes-vous pas ravie d'avoir le moyen de vous occuper ainsi des pauvres ? Je vous envie, lorsque je vous vois assise tranquillement près de cette fenêtre, envoyant, d'une main invisible, des consolations à tant de gens, comme la Providence elle-même! Combien d'heureux vous devez faire!

— Dieu seul peut faire des heureux, dit-elle gravement.

— Oui, mais c'est vous qu'il charge d'en faire à sa place. Ces paroles semblèrent faire plaisir à lady de Bougainville. Elle posa sa main sur la mienne avec bonté.

— Vous parlez avec beaucoup de raison, sans vous en douter.

A ces mots, elle se leva, et, sa tâche journalière étant finie, elle me conduisit à la bibliothèque.

— Je me suis mise à lire, il y a une vingtaine d'années, pour me distraire, dit lady de Bougainville; et pendant mes longues soirées d'autrefois j'ai appris un peu les langues; mais je n'ai jamais été une femme instruite. Je suis sûre, ajouta-t-elle avec un sourire, que vous qui avez été élevée à la moderne, vous êtes bien plus savante que moi.

J'avais lu une quantité de livres et je me croyais en effet très savante; mais, trois jours à peine après mon arrivée, lady de Bougainville me donna la meilleure leçon qu'on pût donner à une jeune fille de mon âge : elle me montra ma grande ignorance.

Lorsque je fus assez bien portante, je pris congé d'elle, mais je ne cessai pas de la voir quoique je ne fusse plus sous son toit hospitalier; je trouvais mille prétextes pour aller au château et, presque tous les jours, je venais lui faire une visite.

Un jour, mon père reçut une lettre de lady de Bougainville dans laquelle elle lui demandait la permission de me garder pendant deux heures toutes les après-midi pour lui faire la lecture. Elle disait qu'elle ne pouvait se passer de quelqu'un, car sa vue baissait, et qu'elle me préférait à toute autre personne, parce qu'elle était habituée à moi et qu'elle m'aimait.

— Ce n'est pas que je veuille accaparer mademoiselle votre fille, écrivait-elle, je n'ai pas davantage l'intention de lui laisser ma fortune, comme on se plaît à le dire à Brierley, mais je désire la rendre indépendante et lui mettre en main ce que toute femme devrait avoir — une arme pour qu'elle puisse, si cela est nécessaire, lutter dans ce monde.

Elle proposait à mon père de me donner d'excellents professeurs au lieu de me payer comme dame de compagnie, lui demandant de me laisser venir chez elle prendre mes leçons.

— Vous pouvez avoir confiance en moi, ajoutait-elle, je prendrai soin d'elle, j'ai été mère autrefois.

Cette dernière phrase alla au cœur de mon père.

— Pauvre femme! pauvre femme! s'écria-t-il.

Et, après avoir lu et relu la lettre, il me dit qu'il n'hésitait pas à consentir sans réserve aucune à ce que lady de Bougainville lui demandait.

Depuis quelque temps déjà j'allais passer une bonne partie de mon temps au château, lorsqu'un certain jour de novembre, un incident vint rompre la monotonie délicieuse de notre existence.

Nous étions assises, dans la serre, près de la pièce d'eau

de l'étang; c'était au soleil couchant, et lady de Bougainville regardait avec admiration la fin de ce beau jour
d'automne.

Tout d'un coup, elle vit entre les arbres le toit d'une
maison qu'on était en train de bâtir; elle fut troublée à
l'idée qu'elle ne serait plus tranquille dans sa retraite et
que des yeux indiscrets la verraient se promener dans les
allées de son parc.

— Voyez donc, s'écria-t-elle, ne construit-on pas là-
bas? Vos yeux sont meilleurs que les miens, Winifred
n'apercevez-vous pas une grande bâtisse en briques
jaunes? C'est une horreur! Jamais je n'empiète sur les
droits de mes voisins, mais j'entends qu'on agisse de
même envers moi. Il faut que j'avise immédiatement.

Elle rentra en toute hâte, aussi agile qu'une jeune fille,
malgré son grand âge, et écrivit à l'architecte de cette
maison qu'elle désirait lui parler au plus tôt.

Je souris alors et je souris encore maintenant en pensant combien il faut peu de chose souvent pour que notre
destinée s'accomplisse.

La réponse ne se fit pas attendre longtemps; bientôt
après se présenta un monsieur, qui envoya sa carte par
Brigitte.

— M. Edouard Donelly! c'est un nom irlandais, s'écria
lady de Bougainville en reculant avec une répugnance
mal dissimulée. Je crois qu'il vaut mieux que je ne voie
pas ce monsieur, il y a si longtemps que je n'ai vu personne. Winifred, voulez-vous lui parler à ma place?

J'aurais pu décliner la commission; mais je comprenais

qu'une femme âgée eût quelques petites manies, et je ne
fis aucune objection. Ne pensant qu'à épargner un ennui
à ma chère bienfaitrice, je me rendis au salon.

J'y trouvai un monsieur encore jeune; il avait un air
affable qui m'embarrassa beaucoup. Comment pouvais-je
lui dire à brûle-pourpoint, en voyant sa figure franche et
ouverte, qu'il nous avait causé un ennui.

— Lady de Bougainville, je pense? Non..... je vous
demande pardon... dit-il, en souriant, on m'a dit que
c'était une femme d'un certain âge... Que me veut-elle?
Puis-je lui rendre un service? Son domestique m'a dit
qu'il s'agissait de la maison que je fais construire tout
près d'ici.

— Il s'agit simplement de la démolir, m'écriai-je; elle
est très ennuyée de voir cette construction qui a vue sur sa
propriété, et il faut tâcher de la faire disparaître pour lui
être agréable; lady de Bougainville est assez respectable et assez bonne pour qu'on lui passe quelques
bizarreries.

— Êtes-vous sa fille ou sa nièce? reprit M. Donelly, en
me regardant d'un air singulier.

Ma vivacité sans doute l'amusait, mais il était trop poli
pour le montrer. Et — sans attendre de réponse — il
commença à m'expliquer, très tranquillement et avec
beaucoup de courtoisie, que le propriétaire du terrain sur
lequel il faisait construire avait tous les droits possibles
de faire ce que bon lui semblait, à la condition toutefois
de ne pas incommoder ses voisins.

— Il en serait très fâché, je vous assure, continua-t-il,

car, quoiqu'il ne soit qu'un très petit personnage, il est très bien élevé et très honnête. Je suis dans les mêmes sentiments que lui à cet égard, car moi aussi je suis un homme du commun qui s'est fait lui-même, mon père était ouvrier. Je comprends cependant qu'il convient de se conformer aux désirs d'une femme comme lady de Bougainville; elle appartient, je suppose, à l'aristocratie. Ce doit être très pénible pour elle de se plier aux exigences de notre vie moderne : elles sont pourtant impérieuses, parce qu'elles sont nécessaires au progrès du monde.

— Je vous suis bien obligée, lui dis-je, mais je n'ai aucun goût pour les dissertations.....

De la part d'un fils d'ouvrier, allais-je ajouter, mais en voyant ce jeune homme si loyal qui tâchait d'envelopper des vérités désagréables sous la forme la plus agréable possible, je n'en eus pas le courage.

Il m'assura qu'il ferait tous ses efforts pour épargner tout désagrément à lady de Bougainville et se retira.

Lorsque je racontai mon entrevue à lady de Bougainville, elle secoua la tête et me dit :

— C'est un Irlandais, n'est-ce pas?

— Je le crois.

— Alors n'ayez aucune confiance en sa parole, reprit-elle en pâlissant un peu, je crois qu'il est impossible à un Irlandais de dire la vérité ou de tenir une promesse.

Est-ce bien vrai? pensai-je, mais je n'osai rien dire, sachant pourquoi elle parlait ainsi, son histoire a dû faire comprendre ce qui lui avait inspiré cette réflexion.

Je fis tous mes efforts pour que sa prophétie ne s'ac-

complît pas et pour qu'elle n'eût pas à souffrir de la vue
de cette odieuse bâtisse.

Je priai mon père d'aller parler à l'architecte et je
réussis au delà même de mes espérances. Mon père et
M. Donelly se connaissaient; mais je ne le savais pas.

Je vais passer aussi vite que possible sur ce qui suivit
afin de ne pas imposer au lecteur un récit trop dépourvu
d'intérêt.

L'architecte vint souvent chez nous; c'était pour mon
père une société agréable; je lui étais très reconnaissante
de la peine qu'il prenait pour lui faire plaisir et pour le
distraire, mais mes sentiments à son égard n'allaient pas
plus loin.

Un jour, c'était au mois d'août, il me rencontra au cré-
puscule, je m'étais attardée un peu plus que de coutume,
car ma chère lady n'allait pas très bien — il vint à moi
et m'annonça qu'il allait partir pour l'étranger.

— J'espère que vous voudrez bien ne pas m'oublier,
me dit-il.

Je comprenais si peu ce qu'il voulait, que je lui répondis en riant :

— Non, je ne vous oublierai pas, si j'ai l'occasion de
vous recommander comme architecte, je le ferai avec le
plus grand plaisir.

— Vous ne concevez pas ce que je veux dire, mademoiselle, reprit-il; dois-je vous expliquer le sens de mes
paroles? vous m'y forcez presque..... si j'avais à vous offrir
une position digne de vous... je n'attendrai pas pour vous
avouer.....

Je compris cette fois, mais je ne pus m'empêcher de prendre un air étonné qui déconcerta M. Donelly; il vit que je ne partageais pas les sentiments que je lui avais inspirés.

Il devint tout pâle, mais il n'essaya pas de plaider sa cause et supporta sa douleur avec tant de courage que je fus presque fâchée de lui avoir fait de la peine. Je crus même qu'il était de mon devoir de le lui dire.

— Pourquoi vous excuser? me répondit-il. Je ne vous blâme nullement de m'avoir dit non, et je ne me reproche pas non plus de vous avoir parlé à cœur ouvert. Jamais il ne sera plus question entre nous de cette confidence, mais je vous aimerai jusqu'au jour de ma mort.

Là-dessus nous nous séparâmes; je ne le vis plus et je ne parlai à personne de ce qui s'était passé. Je tâchai de l'oublier.

Un jour, mon père vint voir lady de Bougainville; il était désespéré, car malgré tous ses efforts, il n'avait pu obtenir qu'un riche propriétaire bâtît des maisons saines et confortables pour ses pauvres.

— Comment, disait-il, puis-je veiller à leur salut quand personne ne veille tout d'abord à leur hygiène? A quoi me sert de leur faire des sermons, de leur recommander d'être propres et soigneux, honnêtes et vertueux, quand ils sont entassés comme des harengs dans leurs logements mal aérés et insalubres?

— Personne ne veut donc bâtir pour eux? demanda lady de Bougainville.

— J'ai proposé à différentes personnes du pays, mais elles me répondent toutes : « Non ; pourquoi voulez-vous que nous jetions notre argent dans des entreprises qui n'ont aucune chance de succès ? avez-vous jamais vu qu'on gagne quelque chose à louer aux pauvres gens ? ils ne payent jamais leurs loyers ! » Et eux, les riches, ils continuent à vivre dans leurs élégantes maisons et leurs villas confortables ! Si seulement j'avais un hectare de terrain et mille livres dans ma poche, je ferais bâtir — ne fût-ce que trois cottages !

— Vous parlez d'or, cher monsieur, dit-elle ; laissez-moi vous venir en aide. Winifred, ajouta-t-elle, en s'adressant à moi, combien avez-vous donc versé à la banque hier ?

Je lui dis la somme, qui était assez ronde.

— Je charge votre fille, reprit-elle, de vous remettre cet argent pour commencer la construction de quelques cottages sur un champ de deux hectares qui se trouve derrière mes écuries et que je vous concède.

Je savais mieux que mon père quelle était la valeur de ce don, quand je songeais surtout que lady de Bougainville n'aimait pas à avoir de trop proches voisins ; quoi qu'il en fût, elle voulut qu'on s'occupât sans tarder de mettre ce projet à exécution, « car, disait-elle, à mon âge, il n'y a pas de temps à perdre. »

Elle eut avec mon père une longue discussion au sujet de ses bâtisses ; je n'écoutai guère, mais tout d'un coup, j'entendis prononcer un certain nom qui me fit tressaillir.

— Winifred, me dit mon père, savez-vous, par hasard, ce qu'est devenu ce jeune homme — M. Donelly, je crois — qui a fait construire la maison de M. Jones?

— Non, répondis-je, sentant que je rougissais; heureusement il commençait à faire sombre.

— C'est dommage; car, je vous assure, madame, que ce serait tout à fait l'homme qui conviendrait; plus d'une fois il m'a parlé de ses projets de cottages pour les pauvres. Sorti du peuple, il en connaissait mieux que personne les besoins; et puis, il était si habile, si honnête, si consciencieux. Winifred, tâchez donc de voir comment nous pourrions le retrouver.

— Il est parti pour l'étranger, répondis-je.

— Mais il est peut-être de retour; depuis deux ans, il a eu le temps de revenir; qui sait? Jones a peut-être son adresse.

Lady de Bougainville, dans son désir de contenter mon père, sonna sans me laisser le temps de dire un mot de plus.

— Allez chez M. Jones, dit-elle au domestique, et priez-le de me donner l'adresse de M. Donelly, l'architecte.

Je n'avais rien à dire; j'étais bien obligée de laisser aller les choses.

Deux jours après, lady de Bougainville m'apprit qu'elle avait eu une lettre du jeune homme.

— C'est une lettre pleine de bon sens, me dit-elle, vous pouvez la lire, ma chère; il ne perd pas de temps, cela me plaît; dans un instant il sera ici. Je suppose qu'il faut que je le voie moi-même..... et cependant.....

Il lui en coûtait beaucoup de voir un visage inconnu, c'était évident, mais elle tâcha de se dominer; quand on annonça M. Donelly, elle me pria de l'accompagner.

L'architecte nous attendait dans la salle des tapisseries.

Il était très changé, je le trouvai plus vieux, plus grave et plus bronzé, mais c'était bien cette même figure agréable, bonne et honnête. Je ne le regardai pas beaucoup, en entrant, je m'inclinai simplement et j'allai me réfugier près de la fenêtre la plus éloignée.

De là je l'entendais causer avec lady de Bougainville. Ils parlèrent d'abord de la tapisserie, qu'il paraissait admirer beaucoup, puis ils changèrent bientôt de sujet pour se lancer dans la grande question des cottages.

Ils s'entretinrent pendant près de deux heures, au bout desquelles l'affaire était tout à fait arrangée.

Quand l'architecte fut parti, lady de Bougainville me dit :

— Il me plaît beaucoup ce jeune homme; votre père avait raison de me le recommander, j'aurai confiance en lui, bien qu'il soit Irlandais.

Pendant quelques mois, M. Donelly se montra au château toutes les fois qu'on le demandait, et même plus souvent qu'il n'était nécessaire, mais il ne venait plus chez mon père. Il trouvait toujours une excuse pour refuser les invitations. Quand je le rencontrais par hasard, il était plein de réserve et de courtoisie, mais il paraissait si maître de lui-même que je commençais à me demander s'il n'avait pas tout oublié et s'il m'était bien nécessaire de me tenir si strictement sur la réserve. Peut-être, après tout, est-il marié? me disais-je. Aurais-je appris son mariage avec plaisir? Je n'ose l'affirmer.

Je ne fis pas de confidence à lady de Bougainville, elle était trop préoccupée de ses cottages; elle s'intéressait à ses travaux et prenait plaisir à aller voir construire ses petites maisonnettes.

— Je ne compte pas faire une brillante affaire en plaçant ainsi mon argent, dit-elle un jour à l'architecte, mais j'espère ne rien perdre. Vous savez que je ne fais rien par pure charité. Les ouvriers honnêtes et laborieux qui me payeront mes termes régulièrement obtiendront de moi tout ce que je pourrai leur accorder, mais les paresseux et les ivrognes ne resteront pas longtemps chez moi; ce serait faire tort aux braves gens que d'avoir pitié des fainéants.

— Je sais bien quels sont vos sentiments à cet égard, madame, répondit-il, mais je sais aussi que vous serez pleine d'indulgence et qu'on trouvera en vous la meilleure des propriétaires.

Ils causaient souvent ensemble, mais ce jour-là la discussion dura si longtemps que l'heure du lunch vint les interrompre et que lady de Bougainville fut obligée d'inviter M. Donelly; il accepta, en se faisant un peu prier.

Pendant le repas la conversation fut très animée; lady de Bougainville, en autres choses, parla de M. Jones, le propriétaire dont la maison dominait le mur de son parc.

— Il me semble, dit-elle, que la société de cet homme enrichi doit être bien peu agréable.

— Vous avez raison, reprit M. Donelly; c'est un homme

grossier et illettré, qui essaye de faire oublier son manque
d'éducation en faisant étalage de sa richesse. Mais, malgré tout, c'est un homme qui ne manque pas d'une certaine intelligence : il prend soin de faire donner à ses
enfants une bonne instruction et de les envoyer dans
d'excellentes écoles. Encore une génération, et les Jones
seront des gens distingués et accomplis.

— Vraiment, vous croyez?

— Vous verrez.

— Je ne le verrai pas, dit lady de Bougainville avec douceur, mais je suis heureuse de penser qu'il en sera ainsi.

— N'allez pas croire cependant que je ne fasse aucun
cas de la naissance; c'est, pour un homme, un des plus
grands bonheurs d'appartenir à une bonne famille, mais
c'est un heureux hasard, et celui qui n'a pas ce bonheur
doit apprendre à s'en passer. Je crois qu'il le peut; c'est
beaucoup, il est vrai, de descendre d'une famille honorable, mais c'est quelque chose aussi d'être le chef d'une
famille respectée.

— C'est beaucoup plus, suivant moi, reprit lady de
Bougainville.

On se leva de table et la conversation continua entre
eux dans la grande salle qui conduisait au salon.

Je les entendis, je ne sais trop comment, car il était
bien évident qu'ils ne parlaient pas pour être entendus.

— Vous parlez de chef de famille, lui dit-elle en s'excu-
sant d'être aussi curieuse, êtes-vous marié?

— Non.

— Mais vous vous marierez bientôt sans doute.

— Je n'en sais rien. Il hésita un peu et ajouta : Puisque je suis le seul intéressé, je veux être franc avec vous. J'ai un jour, demandé à une jeune fille d'être ma femme, et elle m'a refusé : je ne ferai pas d'autres tentatives ; le travail me tiendra lieu de tout.

— C'est dommage ; cette jeune fille a eu tort, vous auriez été un bon mari.

— Merci...

Ce fut tout ce que j'entendis ; lady de Bougainville garda le secret, car en me parlant de M. Donelly dans la suite elle ne fit jamais allusion à cette confidence.

Quelque temps après, l'architecte fut encore invité — ce fut moi qui écrivis la lettre — mais il fit savoir qu'il ne pouvait accepter ; sa réponse était assez longue ; je ne la vis pas, lady de Bougainville la mit dans sa poche en me disant qu'elle me la ferait voir une autre fois.

Pendant toute cette journée je vis qu'elle était distraite et qu'elle avait un air inquiet ; elle me parla longuement de son passé.

— Vous n'êtes plus une enfant, me dit-elle, vous pouvez comprendre maintenant le sérieux de l'existence. Je n'ai pas eu de jeunesse, vous savez, je me suis mariée si tôt, hélas ! Je ne voudrais conseiller à aucune jeune fille de songer au mariage avant d'être sûre de connaître à fond celui qu'elle doit épouser ; aussi — ajouta-t-elle en me donnant une petite tape sur la joue — je suis bien heureuse de voir que ma petite Winifred ne pense à personne et qu'elle ne se mariera pas encore... peut-être même qu'elle ne se mariera jamais.

— Oh! jamais, m'écriai-je, avec un accent de sincérité, croyant naïvement que je ne pourrais aimer personne comme j'aimais ma chère lady de Bougainville.

Elle sourit et continua à me parler de ses beaux rêves de jeune fille et de toutes ses illusions d'autrefois, mais elle ne me dit pas un mot de la lettre de M. Donelly.

Je finis par l'oublier complètement ; pendant quelques semaines, rien ne vint me la rappeler ; l'architecte se montrait assez rarement au château, jamais lorsque je m'y trouvais. Je découvris cependant qu'il voyait assez souvent lady de Bougainville, au bout du parc, près des maisonnettes qui allaient être finies, et qu'ils étaient tous deux les meilleurs amis du monde.

Peu à peu, je sentis que je devenais jalouse ; jalouse de qui et de quoi? Il m'était impossible de m'en rendre compte exactement je savais seulement que ce sentiment étrange me rendait très malheureuse. Je ne pouvais me faire à cette idée que quelque chose ou quelqu'un s'était interposé entre ma vénérable amie et moi. Je ne me plaignais pas, j'étais bien trop fière, mais toute joie avait disparu pour moi.

Un jour, j'étais à causer avec ma chère bienfaitrice, lorsque nous fûmes interrompues par une visite inattendue : on annonça M. Donelly.

Il commença par s'excuser, et laissa entendre qu'il avait une communication importante à faire.

— Dans quatre jours, dit-il, je pars pour les Indes, et je viens vous demander, madame, la permission de confier à un ami la direction des travaux que j'ai entrepris pour vous.

— Très bien, répondit-elle, venez avec moi au salon, vous allez me donner quelques explications dont j'ai besoin.

Au bout d'une heure environ, lady de Bougainville revint seule.

— Je suis bien fâchée, me dit-elle, de voir partir M. Donelly ; j'ai pu apprécier son noble caractère, et je m'étais attachée à lui.

A ces mots, je commençai à pleurer, elle me prit la tête dans ses mains en disant : « Pauvre petite ! » et, d'une voix plus basse, elle me dit à l'oreille :

— Je sais tout.

— Comment, il a osé vous parler ?... m'écriai-je indignée ; il vous a parlé et vous croyez....

— Je crois que vous avez très bien agi et lui aussi le croit. Comment pouvait-il espérer que vous diriez oui, tout de suite ? C'était bien sot de sa part et je ne le lui ai pas caché.

Je ne disais rien.

— Mais je crois aussi, continua-t-elle, que c'est un brave garçon, généreux, sincère et honnête ! Si vous le connaissiez, ma chère, vous l'aimeriez, car on peut avoir confiance en lui... et c'est là qu'est la force de tout amour vrai.

Elle soupira.

— Qu'avez-vous donc contre lui ? Lui reprocheriez-vous d'être fils d'ouvrier ?

— Non, cela ne serait rien.

— Vous avez raison, Winifred, car, quelle que soit sa

naissance, il est très bien élevé, c'est tout à fait un homme
du monde. Je ne veux pas vous presser : l'amour ne souffre
pas de contrainte et, si vous ne l'aimez pas, laissez-le
partir. Il supportera ce coup comme il pourra ; les
hommes occupés ne se laissent pas abattre, seulement s'il
ne vous épouse pas, je crois qu'il ne se mariera jamais.

Une mère n'aurait pas pu être plus tendre qu'elle ne
le fut pour moi en cette circonstance.

Je me calmai peu à peu.

— Si j'hésite, lui dis-je, c'est que je ne puis penser
sans douleur à me séparer de vous.

— Mais il faudra bien un jour que nous nous séparions,
et avant de mourir ce serait une consolation pour moi de
vous voir heureuse, mariée à un homme qui est doux
et bon sans être faible et qui prendra soin de vous. Oh! si
vous saviez ce que c'est qu'un mauvais mari! vous.....
mais laissons ce triste sujet. Voyons, ajouta-t-elle plus bas,
en prenant un ton enjoué, supposons qu'au lieu d'une
vieille femme qui vous parle d'amour par procuration, le
jeune homme vienne lui-même causer avec vous, que
diriez-vous?

— Ah! il ne peut venir, il est trop tard. Il est parti
pour longtemps.

— Mais non, reprit-elle en souriant d'un air plein de
malice, je l'ai prié de faire un petit tour de promenade
et de revenir, quand je vous aurais renvoyée, pour
prendre une tasse de thé avec une vieille femme qui
l'aime et qu'il ne reverra sans doute jamais. Ecoutez!
le voilà.

On entendait des pas sur le gravier.

— Faut-il lui dire de venir ou de s'en aller, ma chérie ?
Décidez-vous. Est-ce oui ou non ?

Je ne pus rien dire, je me mis à sangloter et me jetai
à son cou ; l'émotion la gagnait, je crois ; elle sortit de la
chambre.

Je ne me souviens pas très bien de ce qui se passa ce
soir-là, au château, pendant le dîner. Lady de Bougainville avait deux hôtes au lieu d'un, et je me rappelle
seulement qu'elle les regardait avec cet air content des
gens qui sentent qu'ils ont fait des heureux.

Edouard était, comme lady de Bougainville le savait
bien, le meilleur gendre qu'on aurait pu trouver ; mon
père l'agréa d'autant plus volontiers que, pour ne pas
me séparer de ceux qui m'étaient chers, il voulut bien
consentir à demeurer à Brierley pendant un an ou deux.

Il ne partit pas pour les Indes, il fit ce sacrifice pour
moi et ne l'a jamais regretté.

Ce fut au château que mon père célébra notre mariage,
et ce fut ma chère lady de Bougainville qui me servit de
mère pendant la cérémonie. Je la vois encore aujourd'hui
dans sa longue robe de soie grise et son léger bonnet de
crêpe blanc sous lequel sa figure pâlie semblait si belle ;
je sens encore sa main si douce prendre la mienne pour
la mettre dans celle de mon mari !

Dix-huit mois après, je travaillais avec elle à une
layette ; elle devait être la marraine de l'enfant que
j'attendais.

— Je suis bien fière, me disait-elle, de donner mon

nom à votre premier enfant, mais vous savez que je n'ai
pas l'intention de lui laisser ma fortune, je lui léguerai
seulement de quoi ne pas mourir de faim ; et elle ajouta
avec un sourire : Votre mari gagnera le reste, il le peut, et
il le fera. Il me l'a dit hier, il est tout heureux de sentir
qu'il va travailler pour sa femme et pour son enfant !

En cet instant, Brigitte apporta une lettre. En voyant
l'écriture, lady de Bougainville tressaillit et la retourna
plusieurs fois entre ses doigts avant de l'ouvrir. Enfin
elle se mit à l'écart, près d'une fenêtre, et la lut. Puis
elle revint et dit à sa servante :

— Il est encore en vie ; je le croyais mort depuis longtemps ; c'est étrange ! tous les miens sont morts, et lui
est encore de ce monde ! Cette lettre est de lui !

— De qui donc, madame ?

— De M. Summerhayes.

A ce nom, Brigitte ne put retenir un mouvement de
colère. Elle saisit la lettre qui était sur la table, la jeta à
terre et piétina dessus avec emportement.

— Ne vous inquiétez pas de lui, je vous en prie,
disait-elle ; comment ose-t-il vous écrire ? que veut-il ?

— Ce qu'il veut ? de l'argent ; plus d'une fois, vous le
savez, je lui en ai refusé ; mais aujourd'hui il m'écrit qu'il
est mourant..... au *work-house*..... Il est vieux... il a le
même âge que moi... Qui aurait jamais pensé que lui et
moi nous aurions survécu si longtemps ?... Il me supplie
de ne pas le laisser mourir dans cette maison de pauvres.
Que dois-je faire ? Donnez-moi un conseil, Winifred ;
vous le connaissez par mes récits, vous savez qu'il a été

le seul homme que j'aie haï dans ma **vie**, mais enfin ne dois-je pas avoir pitié de lui?

Je n'osai répondre, mais tout d'un coup une pensée me vint à l'esprit et je lui dis :

— Quelqu'un l'a-t-il aimé ? Ne l'aimait-*elle* pas?

Oh! je n'oublierai jamais l'air que prit alors la mère de la pauvre Adrienne ! Je vis sur son visage ce qui se passait en elle, et je pus comprendre ce qu'elle avait dû souffrir autrefois !

Au bout d'un moment, elle reprit avec calme :

— Vous avez raison ; elle l'a aimé, voilà ce qui me décide.

Lady de Bougainville chargea mon mari d'aller voir M. Summerhayes et de le faire transporter dans une maison où l'on pourrait prendre soin de lui jusqu'à sa mort.

Mais il ne vécut que quelques semaines à la charge de celle dont il avait fait le malheur.

Le reste de l'après-midi nous travaillâmes très tranquillement; je n'avais jamais vu ma chère lady aussi calme. Elle voulut même m'accompagner jusqu'à la grille du parc, car depuis plusieurs semaines elle n'était pas sortie, le temps avait été trop mauvais.

— Ne dites rien à Brigitte, je sens que je pourrai très bien revenir toute seule en m'appuyant sur ma canne. Tout d'abord elle avait eu une grande répugnance à se servir d'un bâton, mais elle ne l'appelait plus alors que « son bon ami ».

Elle refusa de prendre mon bras, disant que je devais

aussi me ménager, et nous nous dirigeâmes ensemble vers la grande avenue du parc. Les arbres n'avaient pas de feuilles, mais ils étaient bien beaux, cependant, avec leurs grandes silhouettes qui se dessinaient sur le ciel ; elle me les fit remarquer et parut ravie de se retrouver en plein air. Elle écouta aussi le chant d'un rouge-gorge qui, perché sur une haute branche, chantait à tue-tête.

— J'aime le rouge-gorge, dit-elle, c'est un oiseau si bon !

Lorsque nous fûmes arrivées à la grille, elle devint un peu plus pâle et s'appuya plus fortement sur son bâton.

— Vous êtes fatiguée, n'est-ce pas ? lui dis-je.

— Ma chère, me répondit-elle, je suis toujours fatiguée maintenant. Ce n'est rien, je serai bientôt guérie de mes maux.

En la quittant ce soir-là, je ne me doutais guère que je ne la reverrais plus jamais en ce monde.

La nuit qui suivit, je sentis que je perdais la raison.... une petite fille m'était née, mais je n'en avais pas eu conscience, et pendant plusieurs semaines je fus en proie au délire.

Parmi les apparitions effrayantes qui remplissaient ma chambre, je me souviens d'avoir vu une femme aux regards doux et tristes se pencher sur mon lit. Je crus, m'a-t-on dit, que c'était la Vierge Marie, seulement ce n'était pas la jeune Madone, belle et calme des peintres italiens, c'était Marie, Mère des douleurs. Lorsque la vision disparut, on m'a rapporté que je me mis à pleurer et que pendant plusieurs jours je suppliai la Vierge Marie de revenir près de moi.

Quand je repris connaissance, après ma longue maladie, je n'étais plus chez moi, mais dans une maisonnette au bord de la mer ; je vis près de moi mon mari, mais j'eus quelque peine à le reconnaître, tant il était changé !

Ce fut lui qui, avec ménagement, me dit combien j'avais été malade et m'annonça qu'une petite Joséphine m'attendait à Brierley.

— Qui donc a pris soin d'elle pendant tout ce temps ? lui demandai-je. C'est sans doute sa marraine qui s'en est chargée ?

Mon mari ne me répondit pas.

— Sa marraine l'a-t-elle vue ? repris-j

— Une fois.

— Une fois seulement !

— Elle la reverra un jour, me dit Edouard en me pressant la main. Cette bonne marraine n'a plus besoin maintenant de notre petite fille, elle a retrouvé ses enfants.

C'est ainsi que j'appris que lady de Bougainville n'était plus de ce monde ; on ne pouvait pas me l'annoncer plus délicatement. Quand je revins à Brierley auprès de ma petite Joséphine, la place de celle que j'avais tant aimée était vide à l'église.

Il me sembla alors que ma vision de la Vierge avait été réelle et que, me sachant si souffrante, lady de Bougainville s'était levée au milieu de la nuit et était venue à moi pour me revoir.

Elle n'avait été alitée que quelques jours, paraît-il, et mourut entourée de ses fidèles serviteurs. A ses derniers moments, elle ne reconnaissait personne; ce n'est qu'un instant avant de rendre le dernier soupir qu'elle saisit vivement la main qui tenait la sienne et que, ouvrant les yeux, elle dit:

— Regarde, Brigitte! quel bonheur! les enfants.... les enfants!

. . . .

Ce fut au mois de mai, que mon mari, qui tenait notre petite fille dans ses bras, me conduisit pour la première fois au cimetière de Brierley où reposait lady de Bougainville. Je cueillis sur son tombeau de jolies primevères que je mis dans les mains de Joséphine en lui parlant de sa marraine, quoiqu'elle fût hors d'état de comprendre ce que je lui disais.

Je ne pouvais m'imaginer que celle qui, jusqu'à sa dernière heure, avait été une si noble femme était couchée là, sous ce gazon. Je la voyais ailleurs, toujours aussi aimable, mais plus heureuse.

C'est ainsi que je la vois encore, et que je la veux toujours voir; je sais bien que sur cette terre je ne rencontrerai jamais personne qui approche de ma chère lady de Bougainville.

FIN

TABLE DES MATIÈRES

298　　　　　　　TABLE DES MATIÈRES.

FIN DE LA TABLE DES MATIÈRES.

Imprimeries réunies **B**,

LIBRAIRIE HACHETTE ET Cie

BOULEVARD SAINT-GERMAIN, 79, A PARIS

BONS POINTS INSTRUCTIFS

POUR ÊTRE DONNÉS

EN RÉCOMPENSE DANS LES ÉCOLES

FORMAT PETIT IN-16

(13 CENTIMÈTRES SUR 8)

Ces nouvelles images, imprimées en couleur, dont les sujets sont empruntés à l'histoire naturelle, à la géographie, à l'histoire, aux travaux agricoles et industriels, contiennent au dos un texte explicatif approprié à l'âge des enfants.

La collection comprend actuellement 276 sujets divisés par séries de 12, renfermées chacune dans une enveloppe.

Botanique, 15 séries.

Travaux agricoles et industriels, 2 séries.

Géographie, 1 série. **Insectes,** 5 séries.

PRIX DE CHAQUE SÉRIE : **1 fr. 20 c.**

Envoyée FRANCO *par la poste en échange du prix en un mandat ou en timbres-poste.*

Septembre 1883.

BOTANIQUE

PREMIÈRE SÉRIE

Robinia — Tilleul — Violette — Muguet — Liseron — Orme — Pensée — Lis — Guimauve — Iris — Gesse odorante — Fucus.

DEUXIÈME SÉRIE

Amandier — Érable sycomore — Héliotrope — Lilas — Lierre — Lavande — Ortie — Orchis tacheté — Pâquerette — Primevère — Prêle — Yucca.

TROISIÈME SÉRIE

Belladone — Campanule — Capucine — Chicorée — Colchique d'automne — Digitale — Ficoïde — Giroflée — Lin — Pêcher — Pomme de terre — Sauge.

QUATRIÈME SÉRIE

Anémone sylvie — Arum tacheté — Coquelicot — Chèvrefeuille — Fuchsia — If — Jonc fleuri — Marronnier — Mauve sylvestre — Muflier — Pommier — Sarrasin.

CINQUIÈME SÉRIE

Agave — Aloès — Bambou — Caféier — Chêne — Mûrier — Narcisse — Ricin — Riz — Roseau — Saule — Sorbier.

SIXIÈME SÉRIE

Agaric comestible — Aristoloche siphon — Avoine — Ciguë — Cotonnier — Figuier — Genévrier — Gourde-bouteille — Jasmin — Mousse — Nénuphar — Scirpe.

SEPTIÈME SÉRIE

Cactus — Cardère — Cerisier — Dahlia — Fraisier — Framboisier — Menthe — Œillet — Rhododendron — Scabieuse — Souci — Tulipe.

HUITIÈME SÉRIE

Aubépine — Bleuet — Dattier — Fougère — Gentiane bleue — Houblon — Jacinthe — Maïs — Mélèze — Myosotis — Néflier — Platane.

NEUVIÈME SÉRIE

Balsamine — Châtaignier — Grenadier — Groseillier — Melon — Palmier cocotier — Poirier — Prunier — Reine-Marguerite — Rose trémière — Tabac — Vigne.

DIXIÈME SÉRIE

Abricotier — Bruyère — Concombre — Églantine — Oranger — Géranium bec-de-grue — Pin — Quinquina — Renoncule — Ronce — Sapin — Soleil.

ONZIÈME SÉRIE

Blé — Buis — Canne à sucre — Chanvre — Fenouil — Laurier — Nielle des blés — Olivier — Pavot — Pervenche — Peuplier — Romarin.

DOUZIÈME SÉRIE

Asperge — Chou-Colza — Haricot — Mouron rouge — Ellébore, Rose de Noël — Moutarde — Navet — Oseille — Réséda — Rhubarbe — Tithymale — Tomate.

TREIZIÈME SÉRIE

Aubergine — Cassis — Fève — Groseillier à grappes — Luzerne — Morelle Douce-Amère — Pivoine — Sainfoin — Salsifis — Sureau — Trèfle — Vigne (variété à raisins noirs).

QUATORZIÈME SÉRIE

Aconit — Artichaut — Bourrache — Carotte — Chardon — Chou-fleur — Clématite — Datura — Pomme épineuse — Gui — Plantain Pois — Thym.

QUINZIÈME SÉRIE

Ananas — Cresson — Cuscute — Épinard — Garance — Laitue — Persil — Sorgho — Thé — Topinambour — Verveine — Vulpin des prés.

GÉOGRAPHIE

Les Cercles de la Sphère — Le Jour et la Nuit — L'Europe — L'Asie — L'Afrique — L'Amérique du Nord — L'Amérique du Sud — L'Océanie — Les Régions polaires : le Pôle Nord — Les Régions polaires : le Pôle Sud — L'Océan Atlantique — L'Océan Pacifique.

TRAVAUX AGRICOLES

ET INDUSTRIELS

PREMIÈRE SÉRIE

Fabrication du vin — Le Beurre — Le Laitage — Le Cidre — Le Drainage — Le Labourage — Le Hersage — Les Semailles — Le Battage du blé à la machine — Le Battage du blé — Le Tarare — Le Vannage au van.

INSECTES

Imprimeries réunies, A, rue Mignon, 2, Paris.

Librairie HACHETTE et Cⁱᵉ, boulevard Saint-Germain, nᵒ 79, à Paris.

ÉDITIONS A 1 FRANC 25 C. LE VOLUME

FORMAT IN-18 JÉSUS

BIBLIOTHÈQUE DES MEILLEURS ROMANS ÉTRANGERS

Ainsworth (W. Harrisson) : Abigaïl. 1 v. — Crichton. 2 v. — Jack Sheppard. 2 v.

Andersen : Livre d'images sans images. 1 v.

Anonymes : César Borgia. 2 v. — Les Pilleurs d'épaves. 1 v. — Paul Ferroll. 1 v. — Violette. 1 v. — Whitehall. 2 v. — Whitefriars. 2 v. — Miss Mortimer. 1 v.

Azeglio (Massimo d') : Nicolas de Lapi. 2 v.

Beecher-Stowe (Mʳˢ) : La Case de l'oncle Tom. 1 v. — La Fiancée du ministre. 1 v.

Bersezio (V.) : Nouvelles piémontaises. 1 v.

Braddon (miss) : OEuvres. 33 v. — Aurora Floyd. 2 v. — Henry Dunbar. 1 v. — Lady Lisle. 1 v. — La trace du Serpent. 2 v. — Le Cap. du Vautour. 1 v. — Le Secret de lady Audley. 2 v. — Le Testament de John Marchmont. 2 v. — Le Triomphe d'Eléanor. 2 v. — Ralph l'intendant. 1 v. — La Femme du Docteur. 2 v. — Le Locataire de sir Gaspard. 1 v. — L'Allée des Dames. 2 v. — Rupert Godwin. 2 v. — Le Brosseur du Lieutenant. 2 v. — Les Oiseaux de proie. 2 v. — L'Héritage de Charlotte. 2 v. — La Chanteuse des rues. 2 v. — Un fruit de la mer Morte. 2 v.

Bulwer-Lytton : OEuvres. 26 v. — Devereux. 2 v. — Ernest Maltravers. 1 v. — Le Dernier des Barons. 2 v. — Le Désavoué. 2 v. — Les Derniers jours de Pompéi. 1 v. — Mémoires de Pisistrate Caxton. 2 v. — Mon roman. 2 v. — Paul Clifford. 2 v. — Qu'en fera-t-il ? 2 v. — Rienzi. 2 v. — Zanoni. 1 v. — Eugène Aram. 2 v. — Alice ou les Mystères. 1 v. — Pelham. 2 v. — Jour et Nuit. 2 v.

Caballero (F.) : Nouvelles andalouses. 1 v.

Cervantès : Nouvelles. Trad. 1 v.

Cummins (miss) : L'Allumeur de réverbères. 1 v. — Mabel Vaughan. 1 v. — La Rose du Liban. 1 v.

Currer Bell (miss Brontë) : Jane Eyre. 2 v. — Le Professeur. 1 v. — Shirley. 2 v.

Dickens (Charles) : OEuvres. 27 v. — Aventures de M. Pickwick. 2 v. — Barnabé Rudge. 2 v. — Bleak-House. 2 v. — Contes de Noël. 1 v. — David Copperfield. 2 v. — Dombey et fils. 3 v. — La petite Dorrit. 2 v. — Le Magasin d'antiquités. 2 v. — Les Temps difficiles. 1 v. — Nicolas Nickleby. 2 — Olivier Twist. 1 v. — Paris et Londres en 1793. 1 v. — Vie et Aventures de Martin Chuzzlewit. 2 v. — Les grandes Espérances. 2 v. — L'Ami commun. 2 v.

Dickens et Collins : L'Abîme. 1 v.

Disraeli : Sybil. 2 v. — Lothair. 2 v.

Douglas Jerrold : Sous les rideaux. 1 v.

Freytag (G.) : Doit et Avoir. 3 v.

Fullerton (lady) : L'Oiseau du bon Dieu. 1 v. — Hélène Middleton. 1 v.

Gaskell (Mʳˢ) : OEuvres. 8 v. — Autour du sofa. 1 v. — Marie Barton. 1 v. — Cranford. 1 v. — Marguerite Hall (Nord et Sud). 2 v. — Ruth. 1 v. — Les Amoureux de Sylvia. 1 v. — Cousine Philis. 1 v.

Gerstacker : Les deux Convicts. 1 v. — Les Pirates du Mississipi. 1 v. — Aventures d'une colonie d'émigrants en Amérique. 1 v.

Goethe : Werther. 1 v.

Gogol (N.) : Tarass Boulba. 1 v.

Grenville Murray (E. C.) : Le jeune Brown. 2 v. — La Cabale de boudoir. 2 v.

Hacklænder : Boutique et Comptoir. 1 v. — Le Moment du Bonheur. 1 v. — La Vie militaire en Prusse, 4 séries. Chaque série se vend séparément.

Hall (Cap. Basil) : Scènes de la Vie maritime. 1 v. — Scènes du Bord et de la Terre ferme. 1 v.

Hauff (W) : Nouvelles. 1 vol. — Lichtenstein. 1 v.

Hawthorne (N.) : La Lettre rouge. 1 v. — La Maison aux sept pignons. 1 v.

Heiberg (L.) : Nouvelles danoises. 1 v.

Hildreth : L'Esclave blanc. 1 v.

Immermann : Les Paysans de Westphalie. 1 v.

James : Léonora d'Orco. 1 v.

Jenkin (Mʳˢ) : Qui casse paie. 1 v.

Kavanagh (J.) : Tuteur et Pupille. 2 v.

Kingsley : Il y a deux ans. 2 v.

Kompert : Nouvelles Juives. 1 v.

Lawrence : Maurice Dering. 1 v. — Guy Livingstone. 1 v. — Frontière et prison. 1 v. — L'épée et la robe. 1 v. — Honneur stérile. 2 v.

Lennep (J. Van) : Les Aventures de Ferdinand Huyck. 2 v.

Lever (Ch.) : Harry Lorrequer. 2 v. — L'Homme du jour. 1 v.

Longfellow : Drames et Poésies. 1 v.

Ludwig (O.) : Entre ciel et terre. 1 v.

Mayne-Reid : La Piste de guerre. 1 v. — La Quarteronne. 1 v. — Le Doigt du Destin. 1 v. — Le Roi des Séminoles. 1 v.

Melville (G. J. Whyte) : Les Gladiateurs. 1 v. — Katerfelto. 1 v.

Mügge (Th.) : Afraja. 2 v.

Pouchkine : La Fille du Capitaine. 1 v.

Smith (J.-F.) : L'Héritage (Dick Tarleton). 3 v.

Stephens (miss A.-S.) : Opulence et Misère. 1 v.

Thackeray : OEuvres. 9 vol. — Henry Esmond. 2 v. — Histoire de Pendennis. 3 v. — La Foire aux vanités. 3 v. — Le Livre des Snobs. 1 v. — Mémoires de Barry Lyndon. 1 v.

Tourguéneff : Mém. d'un seigneur russe. 2 v.

Trolloppe (A.) : Le Domaine de Belton. 1 v.

Trolloppe (Mʳˢ) : La Pupille. 1 v.

Wilkie Collins : Le Secret. 1 v. — La Pierre de Lune. 2 v. — Mademoiselle ou Madame? 1 v. — Mari et Femme. 2 v. — La Morte vivante. 1 vol. — La Piste du crime. 2 v. — Pauvre Lucile! 2 v. — Cache-Cache. 2 v.

Wood (Mʳˢ H.) : Les Filles de lord Oakburn. 2 v.

Zschokke : Addrich des Mousses. 1 v. — Le Château d'Aarau. 1 v.

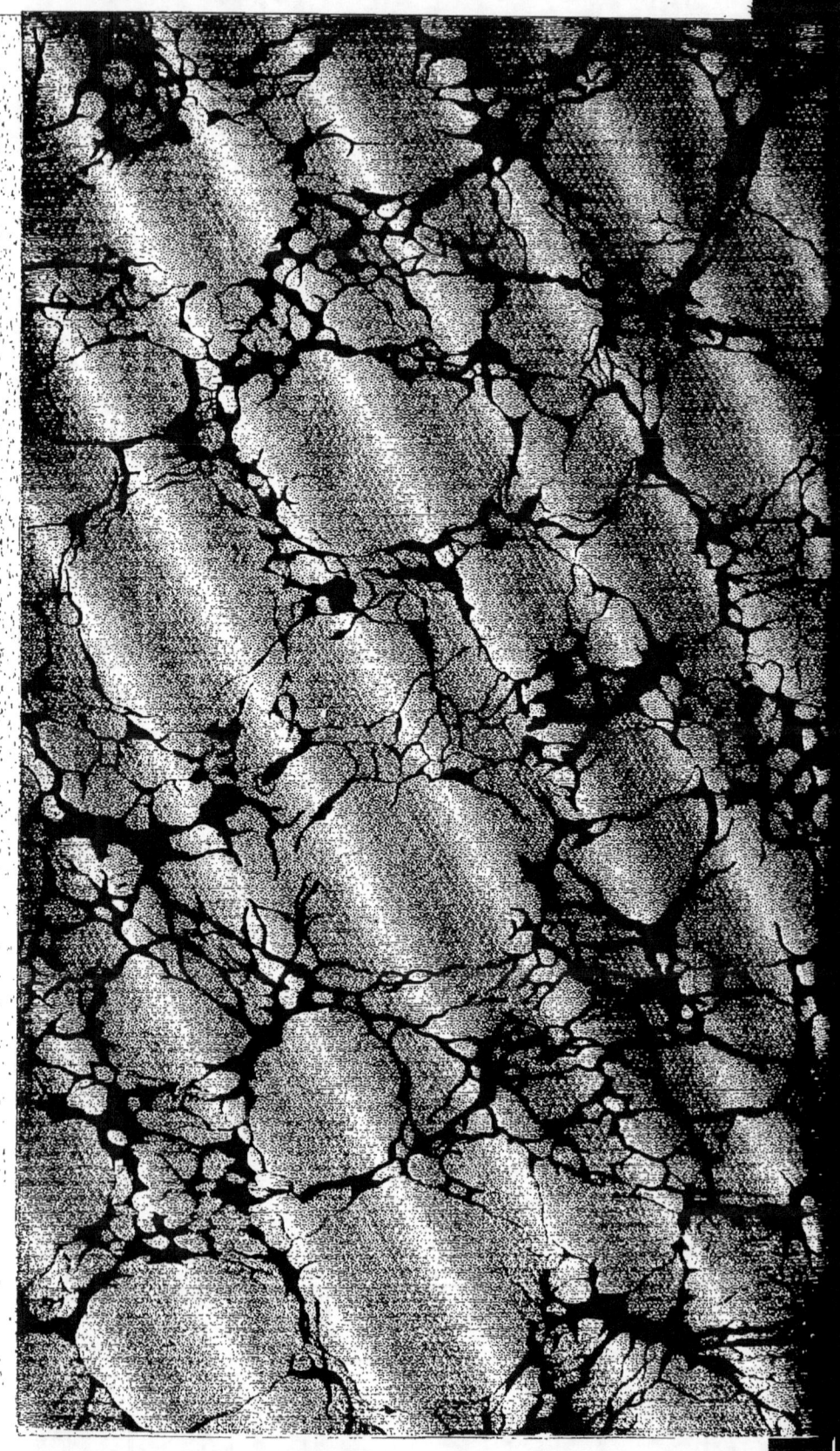

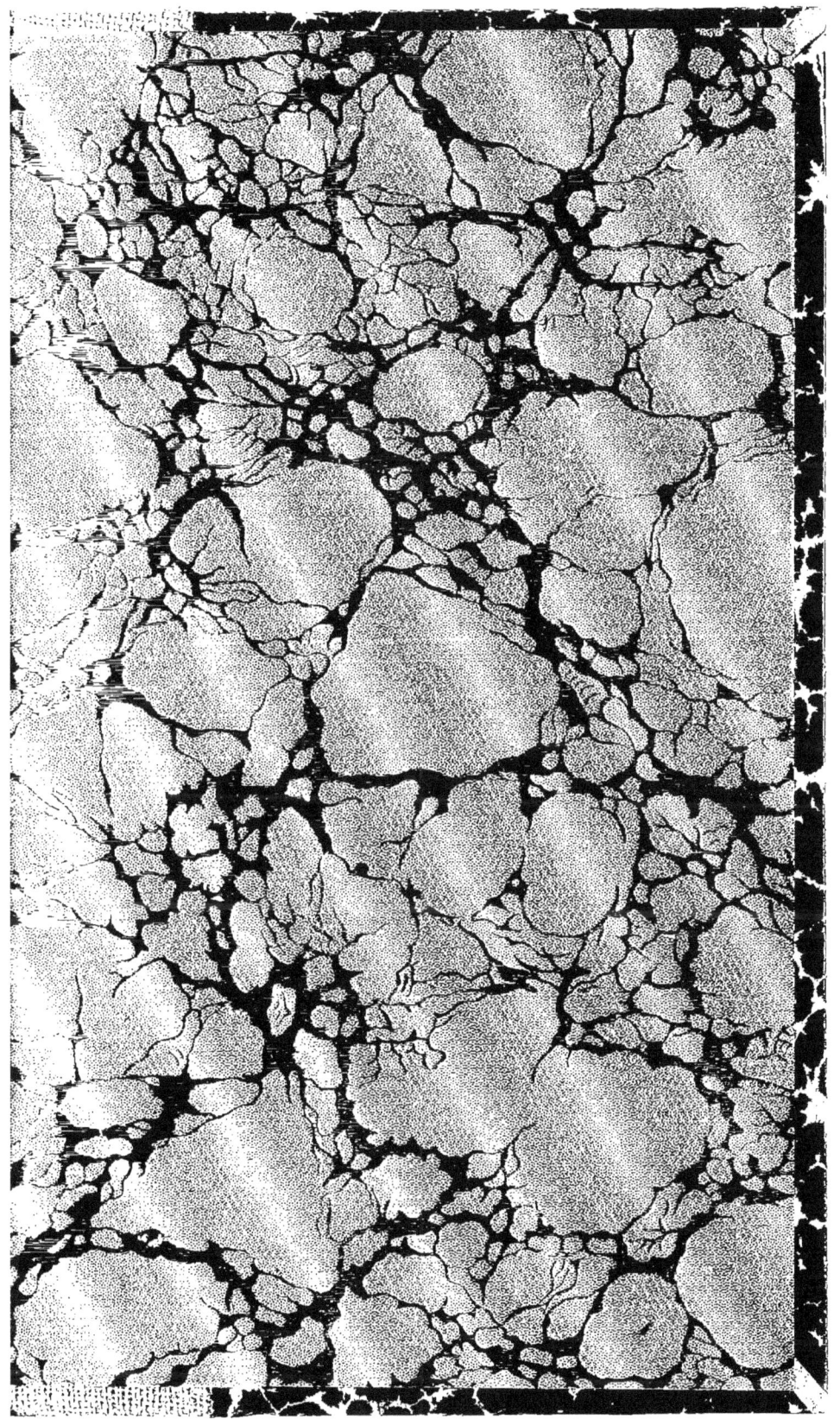

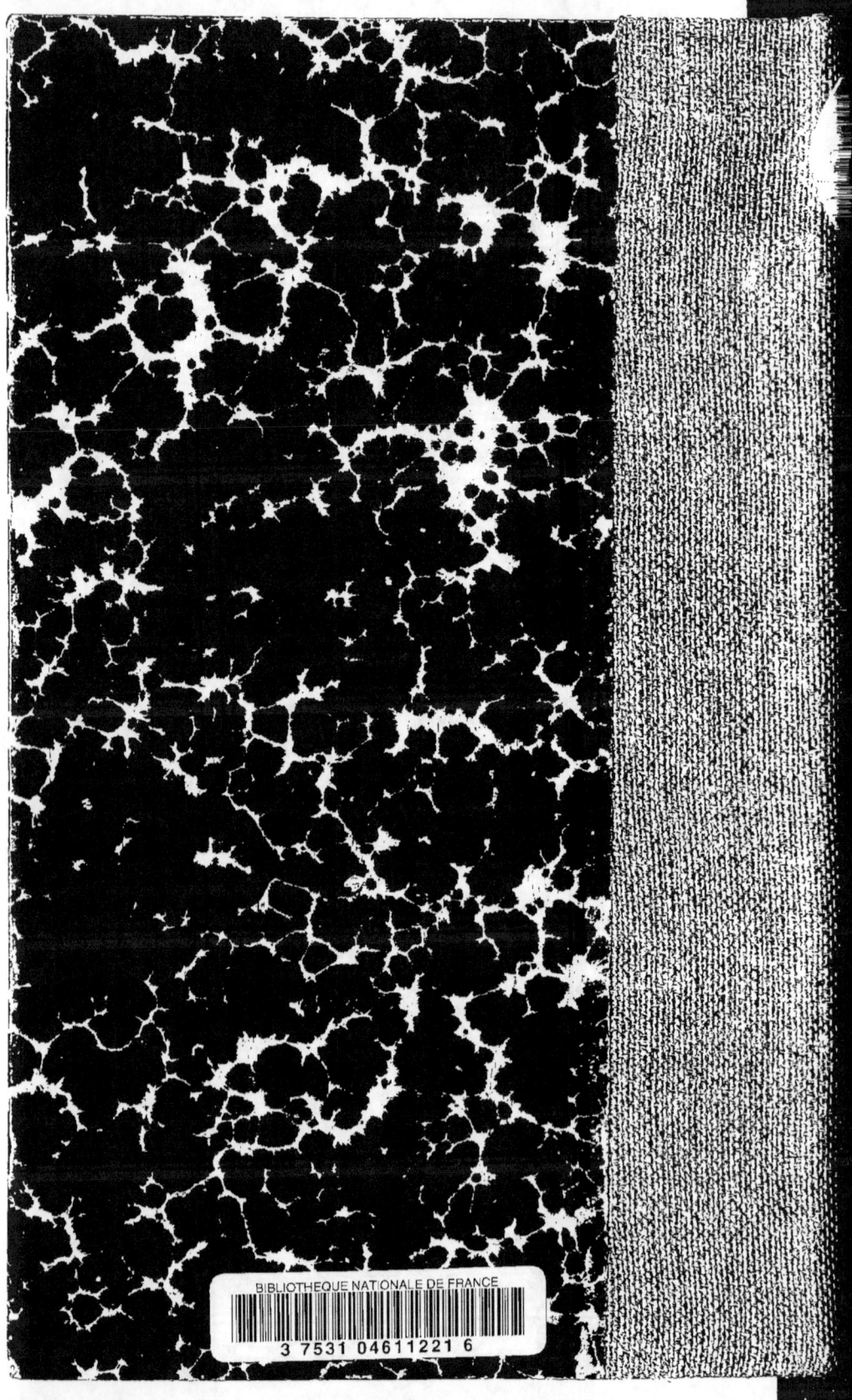